I0526303

DAS DILEMMA DES DRACHEN

Lochguard Highland Drachen

Buch 1

JESSIE DONOVAN

Mythical Lake Press, LLC

Impressum

Dies ist eine erfundene Geschichte. Namen, Figuren, Orte und Ereignisse sind entweder ein Fantasieprodukt der Autorin oder werden fiktiv verwendet. Jegliche Ähnlichkeit mit Personen, lebend oder tot, Geschäften, Ereignissen oder Orten ist rein zufällig.

Das Dilemma des Drachen

Englisches Copyright © 2015 Laura Hoak-Kagey

Deutsches Copyright © 2023 Laura Hoak-Kagey

Deutsche Übersetzung von Anna Drago und Katrin Dolle

Mythical Lake Press, LLC

www.JessieDonovan.com

Alle Rechte vorbehalten. Dieses Buch oder Teile davon dürfen ohne die ausdrückliche schriftliche Genehmigung der Autorin nicht vervielfältigt oder in irgendeiner Weise verwendet werden. Ausgenommen sind kurze Zitate im Rahmen einer Buchbesprechung.

Cover-Art von Laura Hoak-Kagey von Mythical Lake Design

ISBN: 978-1944776770

Die Stonefire Drachen und Lochguard Highland Drachen Serien sind miteinander verflochten. Da so viele Leser nach der Lesereihenfolge fragen, habe ich sie in dieses Buch aufgenommen. (Diese Liste gilt ab April 2026.)

Dem Drachen geopfert (Stonefire Drachen #1)

Den Drachen verführen (Stonefire Drachen #2)

Die Drachen offenbaren (Stonefire Drachen #3)

Den Drachen heilen (Stonefire Drachen #4)

Den Drachen wiedererwecken (Stonefire Drachen #5)

Das Dilemma des Drachen (Lochguard Highland Drachen #1)

Vom Drachen geliebt (Stonefire Drachen #6)

Der Drachenwächter (Lochguard Highland Drachen #2)

Dem Drachen ergeben (Stonefire Drachen #7)

Das Drachenherz (Lochguard Highland Drachen #3)

Vom Drachen geheilt (Stonefire Drachen #8)

Der Drachenkrieger (Lochguard Highland Drachen #4)

Dem Drachen helfen (Stonefire Drachen #9)

Den Drachen finden (Stonefire Drachen #10)

Vom Drachen ersehnt (Stonefire Drachen #11)

Die Drachenfamilie (Lochguard Highland Drachen #5)

Skyhunter gewinnen (Stonefire Drachen Universum #1)

Die Entdeckung des Drachen (Lochguard Highland Drachen #6)

Snowridge Verwandeln (Stonefire Drachen Universum #2)

Die Wahl des Drachen (Die Gefährten der Tahoe-Drachen #1)

Das Bedürfnis der Drachenfrau (Die Gefährten der Tahoe-Drachen #2)

Das Streben des Drachen (Lochguard Highland Drachen #7)

Ein Drache zum ersten, zum zweiten… (Die Gefährten der Tahoe-Drachen #3)

Den Drachen überzeugen (Stonefire Drachen #12)

Die Bürde des Drachen (Die Gefährten der Tahoe-Drachen #4)

Vom Drachen geschätzt (Stonefire Drachen #13)

Die Schwäche des Drachen (Die Gefährten der Tahoe-Drachen #5)

Das Drachenkollektiv (Lochguard Highland Drachen #8)

Der Fund des Drachen - (Die Gefährten der Tahoe-Drachen #6)

Die Chance des Drachen (Lochguard Highland Drachen #9)

Sommer in Lochguard (Die Zusammenkünfte der Drachenclans #1)

Dem Drachen Vertrauen (Stonefire Drachen #14) - erscheint demnächst

Die Erinnerung des Drachen (Lochguard Highland Drachen #10) - erscheint demnächst

Kapitel Eins

Holly Anderson bezahlte den Taxifahrer und drehte sich zu den großen Stein- und Metalltoren hinter sich um. Als sie aufblickte, sah sie „Lochguard" in gewundenem Metall und einige Wörter in einer Sprache, die sie nicht lesen konnte.

Die seltsamen Worte erinnerten sie nur daran, wo sie stand – am Eingang zu den Ländereien des schottischen Drachenwandler-Clans.

Holly atmete tief durch, um ihren Magen zu beruhigen. Dafür hatte sie sich gemeldet. Als Gegenleistung für den Versuch, das Kind eines Drachenwandlers zu empfangen, hatte Clan Lochguard ihr eine Ampulle mit Drachenblut gegeben. Das Geld aus dem Verkauf des Drachenblutes finanzierte die experimentellen Krebsbehandlungen ihres Vaters.

Sie musste nur die nächsten sechs Monate mit einem Drachenwandler schlafen. Wenn sie nicht schwanger wurde, konnte sie nach Hause gehen. Wenn sie es tat, blieb sie, bis das Baby geboren war.

Was wäre ein Minimum von sechs Monaten ihres Lebens, wenn es bedeuten würde, dass ihr Vater leben könnte?

Das heißt, wenn du nicht bei der Geburt eines Halb-Drachenwandler-Babys stirbst.

Holly stellte den Griff ihres Koffers neu ein und verwarf diese Möglichkeit. Nach allem, was sie gelesen hatte, waren große wissenschaftliche Fortschritte erzielt worden, welche Auswirkungen Drachenhormone auf den menschlichen Körper hatten. Wenn sie Glück hatte, konnte es sogar eine Möglichkeit geben, ihr Sterben in neun bis fünfzehn Monaten zu verhindern, abhängig vom Datum der Empfängnis.

Du bist nicht bei der Arbeit. Hör auf, über Empfängnis und Geburt von Babys nachzudenken. Vielleicht hatte sie Glück und wurde gar nicht schwanger.

Holly ging zum Vordereingang in Sichtweite des Lochs an der Seite. Die trübe Farbe der Seeoberfläche war ruhig, von zerklüfteten Hügeln und Bergen umrahmt. Wenn man bedachte, dass sie im November in den schottischen Highlands war, konnte sie einfach nur froh sein, dass es nicht regnete.

Sie fragte sich, ob es in Aberdeen regnete.

Der Gedanke an die Heimat und ihren Vater trieb ihr Tränen in die Augen. Er erholte sich gut von seiner ersten Krebsbehandlung, aber sein Gesundheitszustand konnte jeden Moment umschlagen. Wenn Drachenblut doch nur Krebs heilen könnte, müsste sie sich keine Sorgen machen.

Aber da Krebs eine der Krankheiten war, gegen die Drachenblut machtlos war, würde das Ministerium für Drachenangelegenheiten ihr sicher noch ein paar Wochen gewähren, um sich um ihren Vater zu kümmern, wenn sie darum bat.

Als das Taxi die Zufahrt hinunterfuhr, drehte Holly sich um und wollte dem Fahrer zuwinken, er solle zurückkommen. Bevor sie jedoch auch nur eine Hand heben konnte, dröhnte eine Stimme von rechts. „Mädel, hier drüben!"

Sie drehte sich der Stimme zu, und ein großer, blonder Mann winkte sie mit einem Lächeln zu sich.

Mit seinen vom Wind zerzausten Haaren, den funkelnden Augen und seinem Grinsen, war der Mann wunderschön.

Nicht nur das, er hatte sie auch davon abgehalten, etwas Dummes zu tun. Wenn Holly abgehauen wäre, bevor sie ihren Vertrag eingehalten hatte, wäre sie im Gefängnis gelandet. Und wer hätte sich dann um ihren Vater gekümmert?

Der Mann winkte erneut. „Komm schon, Mädel. Ich beiße nicht."

Als er zwinkerte, verblasste Hollys Nervosität ein wenig. Trotz der Gerüchte, Drachenwandler seien Monster, hatte sie die Nachrichten des letzten Jahres verfolgt und wusste, dass Lochguard einer der guten Drachenclans war. Gerüchte besagten sogar, dass die Lochguard-Drachen und die Menschen vor Ort einst ihr eigenes Opfersystem aufgebaut hatten, lange bevor die britische Regierung ein nationales eingerichtet hatte.

Es war an der Zeit, die Drachenwandler aus erster Hand zu erleben und die Wahrheit zu erfahren.

Holly drückte ihre Schultern nach hinten, setzte ihren sachlichen Krankenschwestern-Gesichtsausdruck auf und ging hinüber zu dem Drachenmann. Als sie nah genug war, fragte sie: „Wer sind Sie?"

Der Mann grinste breiter. „Ich bin froh zu sehen, dass du keine Angst vor mir hast, Mädel. Das macht alles viel einfacher. Und übrigens duzen wir uns hier."

Bevor sie sich zurückhalten konnte, platzte Holly heraus: „Bist du wirklich ein Drachenwandler?"

Der Drachenmann lachte. „Aye, bin ich. Genau genommen bin ich der Clanführer. Ich heiße Finn. Und du?"

Der entspannte Mann passte nicht zu dem grimmigen Bild, das sie in den letzten Wochen in ihrem Kopf heraufbeschworen hatte.

Trotzdem mochten Drachen Stärke, zumindest hatte ihr Berater im Drachenministerium sie darüber informiert. Ihr letztes Jahrzehnt als Entbindungskrankenschwester würde ihr gute Dienste leisten – wenn sie mit hektischen Vätern und Müttern während der Wehen umgehen konnte, konnte sie mit allem fertig werden. „Sie sind kein sehr guter Clanführer, wenn Sie meinen Namen nicht kennen."

Finn schmunzelte. „Ich habe versucht, höflich zu sein, Holly." Er senkte die Stimme zu einem Flüstern. „Manche behaupten, wir sind Monster, die zum Frühstück Kinder fressen. Ich wollte dir nur versichern, dass wir freundlich sein können."

Überzeugt, der lächelnde Mann würde ihr nicht wehtun, wenn sie ihn fragte, erklärte sie: „Du könntest mir was vormachen."

„Ich denke, meine Gefährtin wird dich mögen."

Bei der Erwähnung des Wortes „Gefährtin" sank Hollys Selbstvertrauen um einen Bruchteil. Schließlich hatte sie bald Sex mit einem Drachenwandler, um ein Kind zu empfangen. Das war der Preis, den alle Opfer zahlen mussten.

Und es bestand immer eine kleine Chance, dass sie sich als die wahre Gefährtin des Drachenwandlers erwies. Wenn das passierte, konnte sie ihren Vater vielleicht nie wiedersehen. Drachen waren notorisch besitzergreifend. Sie dachte nicht, dass sie eine Gefährtin gehen lassen würden, sobald sie sie gefunden hatten.

Finns Stimme unterbrach ihre Gedanken. „Lass mich den Koffer nehmen, Holly. Je eher wir dich zu mir bringen, desto eher können wir dich einquartieren und einige deiner Fragen beantworten."

Finn streckte eine Hand aus, und sie reichte ihm den Koffer. Sie murmelte: „Danke."

„Da du meinem Clan mehr hilfst, als du ahnst, kann ich ja wohl wenigstens eine Tasche tragen."

Sie beäugte den großen Drachenmann. „Du musst mich nicht beruhigen. Ich weiß, wozu ich mich freiwillig gemeldet habe."

Finn hob eine blonde Braue. „Vor ein paar Minuten sahst du aus, als würdest du gleich die Flucht ergreifen oder in Tränen ausbrechen. Ich denke, ein wenig Freundlichkeit könnte nicht schaden."

Er hatte recht, nicht, dass sie das zugeben würde. Schließlich sollte sie stark sein.

Holly deutete zu den Toren. „Wie wäre es, wenn wir gehen, damit du mir alles erklären und mich dann meinen Drachenmann treffen lassen kannst?"

Das Lächeln des Drachenmanns verblasste. „Du gibst mir jetzt also Befehle, aye?"

Obwohl Holly ein Mensch war, spürte sie dennoch die Dominanz und Stärke in seiner Stimme. Sie konnte sich entschuldigen und versuchen, ihr wahres Ich zu verbergen, aber es wäre zu anstrengend, das langfristig aufrecht zu halten. Stattdessen neigte sie den Kopf. „Ich bin es gewohnt, Befehle zu erteilen. Meiner Erfahrung nach, sobald eine Frau in den Wehen ist, drehte ihre andere Hälfte durch. Wenn ich nicht das Kommando übernehme, könnte das das Leben der Mutter und auch das des Kindes gefährden. Ich bin sicher, dass du meine Akte gelesen hast und wissen solltest, was du erwarten kannst."

Einer von Finns Mundwinkeln hob sich. „Aye,

das habe ich. Aber ich teste gerne die Stimmung mit potenziellen Clan-Angehörigen."

„Ich bin nicht —"

Finn unterbrach sie. „Das braucht Zeit, Mädel. Auf lange Sicht wirst du vielleicht eins."

Ohne ein weiteres Wort ging Finn los. Da er mindestens acht Zentimeter größer war als sie, musste sie joggen, um ihn einzuholen. Doch bevor sie antworten konnte, näherte sich ein weiterer großer, muskulöser Drachenmann. Er hatte immer noch das weiche Gesicht der späten Jugend und konnte nicht älter als zwanzig sein.

Der jüngere Drachenwandler deutete mit einem Daumen hinter sich. „Archie und Cal sind wieder dabei. Wenn du es nicht unterbindest, werden sie möglicherweise wandeln und die Rinder des anderen zum zweiten Mal in dieser Woche fallen lassen."

Finn seufzte. „Ich sollte ihnen einen Vollzeit-Babysitter zuweisen."

Der jüngere Mann grinste. „Das hast du versucht, aber mein Großvater ist entkommen, wie du dich vielleicht erinnern wirst."

„Nur, weil er ein hinterhältiger Bastard ist." Finn sah Holly an. „Das hier ist Jamie MacAllister. Er bringt dich zu meiner Gefährtin Arabella. Sie kann dir helfen, dich einzugewöhnen, bevor du Fergus kennenlernst."

„Wer ist Fergus?", fragte Holly, obwohl sie das Gefühl hatte, es zu wissen.

Finn antwortete: „Fergus MacKenzie ist mein

Cousin, aber er ist auch dein dir zugewiesener Drachenmann."

Natürlich bekam sie den Cousin des Clanführers. Schließlich war Holly das erste menschliche Opfer in Lochguard seit über einem Jahrzehnt. Sie wollten sie im Auge behalten.

Holly gefiel das nicht, aber da sie diesen Fergus noch nicht kennengelernt hatte, wollte sie ihn nicht schon im Vorfeld verurteilen. Schließlich konnte Fergus MacKenzie eine schüchterne, ruhige Kopie seines Cousins sein.

Vielleicht.

Unsicher, was sie sonst tun sollte, nickte Holly. Nachdem er ein paar weitere Befehle gegeben hatte, ging Finn los, um das Problem anzugehen, und Jamie lächelte sie an. „Hier gibt es nie einen langweiligen Moment, Mädel. Willkommen in Lochguard."

Holly war sich nicht sicher, ob das eine Warnung oder ein Willkommen war.

~

FRASER MACKENZIE BEOBACHTETE seinen Zwillingsbruder aus der Küche. Sein Bruder Fergus sollte in den nächsten Stunden sein Menschenopfer kennenlernen. Und anstatt seine letzten Stunden der Freiheit zu feiern, erledigte Fergus Papierkram.

Manchmal fragte sich Fraser, wie sie überhaupt verwandt sein konnten.

Er zielte und schleuderte einen Eiswürfel durch

den Raum. Er prallte von der Wange seines Bruders ab, und Fraser schrie: „Tor!"

Stirnrunzelnd sah Fergus rüber. „Hast du nicht ein Loch zu buddeln? Oder vielleicht ein paar Nägel einzuhauen?"

Fraser zuckte mit einer Schulter und bewegte seine Finger in Richtung eines weiteren Eiswürfels. „Ich habe meine Arbeit früh beendet. Schließlich passiert es nicht jeden Tag, dass mein Zwillingsbruder die mögliche Mutter seines Kindes kennenlernt."

Als Fraser seinen zweiten Eiswürfel nahm, dröhnte die Stimme seiner Mutter hinter ihm. „Leg das weg, Fraser Moore MacKenzie. Ich lasse nicht zu, dass du etwas zerbrichst, wenn du ihn verfehlst."

Er sah seine Mutter an und hob die Brauen. „Ich treffe nie daneben."

Seine Mutter, Lorna, schnalzte mit der Zunge und ging zum Kühlschrank. „Hör auf, mich anzulügen, Junge. Du hast eine Stufe übersehen und jetzt die Narbe am Auge, die das beweist."

Fraser widerstand dem Drang, die Wunde zu berühren. „Das lag daran, dass mich meine Schwester abgelenkt hat." Er legte eine Hand über sein Herz. „Ich habe nur auf das kleine Mädchen aufgepasst."

Lorna verdrehte die Augen. „Faye war damals sechzehn, und du warst zu sehr damit beschäftigt, einen der Jungs finster anzustarren."

„Der sah nach Ärger aus. Faye hatte Besseres verdient", antwortete Fraser.

Fergus sah von seinem Papierkram auf. „Wo ist Faye?"

Lorna wedelte mit einer Hand. „Wie jeden Tag. Sie geht früh am Morgen los, und ich sehe sie erst am Abend wieder."

Fraser wurde ernst. „Ich wünschte, sie würde uns ihr helfen lassen. Weiß jemand, ob sie wieder fliegen kann?"

Seine jüngere Schwester, Faye, war fast zwei Monate zuvor von einer Explosion in Drachengestalt vom Himmel geschossen und ihr Flügel schwer verletzt worden. Auch wenn sie nicht mehr im Rollstuhl saß, waren sich die Ärzte nicht sicher, ob Faye jemals wieder fliegen würde.

Seine Mutter drehte sich ihm zu. „Ich vertraue darauf, dass Arabella ihr hilft. Faye wird zu uns kommen, sobald sie so weit ist."

Fraser stürzte sich auf die Gelegenheit, die Stimmung wieder aufzuhellen, warf den Eiswürfel in die Spüle und fügte hinzu: „Ich mache mir im Moment ohnehin mehr Sorgen um Fergus. Wer verbringt seine letzten Stunden in Freiheit drinnen eingesperrt? Selbst wenn er nicht trinken gehen will, könnte er wenigstens einen Flug machen."

Fergus hob die Papiere in seiner Hand. „Zu deiner Information, das hier sind alles neuen Verfahren und Vorschläge des Ministeriums für Drachenangelegenheiten. Finn hat hart daran gearbeitet, Lochguard zu einem der Versuchsclans für diese neuen Regeln zu machen, und ich werde das nicht versauen." Lorna schnalzte erneut mit der

Zunge, und Fergus fügte hinzu: „Tut mir leid, Mom."

Lorna lehnte sich gegen den Küchentresen. „Ich beglückwünsche dich immer noch für das, was du tust, Fergus. Nach den letzten fünfzehn Jahren der Beinahe-Isolation braucht der Clan dringend neues Blut."

Fergus zuckte mit der Schulter. „Das ist keine Garantie. Wie könnte ich mir außerdem die Chance entgehen lassen, unserem Cousin zu helfen?"

Fraser verdrehte die Augen. „Klar, du bist so richtig edel, auch wenn ich weiß, dass du einfach nur ...", er blickte zu seiner Mutter und zurück zu Fergus, „mit einer Menschenfrau schlafen willst."

„Keine hier hat einen Paarungsrausch ausgelöst, und ich habe nicht vor, mich in den anderen Clans umzusehen. Ich werde hier gebraucht", antwortete Fergus. „Ein Menschenopfer ist meine einzige andere Chance."

„Und was, wenn sie nicht deine wahre Gefährtin ist, Bruder? Was dann?", fragte Fraser.

„Versuche ich immer noch, sie zu gewinnen. Wenn sie mir ein Kind schenkt, will ich versuchen, die Menschenfrau vom Bleiben zu überzeugen."

Lorna meldete sich zu Wort. „Ihr Vater ist krank, Fergus. Sehen wir uns an, wie es läuft, bevor wir mit der Zukunftsplanung der Menschenfrau beginnen." Lorna blickte zu Fraser. „Hoffen wir einfach, dass sie Temperament hat. Ich kann mit allem umgehen, nur nicht mit Angst."

Fraser antwortete: „Wenn Finn sie ausgesucht

hat, dann sollten wir darauf vertrauen, dass er eine gute gewählt hat."

„Du hast recht, mein Sohn", antwortete Lorna. Sie winkte zum Wohnzimmer. „Jetzt geh und hol diesen Eiswürfel."

„Fergus ist näher dran. Er könnte ihn einfach rüberwerfen."

Fergus sah zurück auf seinen Papierstapel. „Hol ihn dir selbst."

Mit einem Seufzer ging Fraser ins Wohnzimmer. „Du warst schon immer ein fauler Sack."

Fergus sah auf. „Man sollte nicht von sich auf andere schließen. Aber wenigstens bekommt dieser faule Sack bald sein eigenes Cottage."

Lornas Stimme drang ins Wohnzimmer. „Wurde aber auch Zeit. Einer weg, noch zwei übrig."

Fraser hob den Eiswürfel auf und sah seine Mutter an. „Mach dir keine Sorgen, Mom. Mich wirst du immer haben. Wenn ich Glück habe, werde ich erst mit fünfzig eine Gefährtin haben."

Fergus meldete sich zu Wort. „Sie wird dich vorher raus- und auf den Hintern werfen."

„Ich fühle die Liebe, Bruder."

Fergus sah mit einem Grinsen auf. „Jemand muss dich ja lieben, du unliebsamer Bastard."

Fraser warf den Eiswürfel in die Spüle und trocknete sich die Hände ab. „Du weißt, dass du mich vermissen wirst, Fergus. Ich gebe dir eine Woche, dann wirst du um meine Gesellschaft betteln."

„Wir werden sehen, Fraser. Wenn ich Glück

habe, werde ich eine Woche im Bett meines Opfers verbringen."

Der Gedanke, seinen Zwilling nicht jeden Tag zu sehen, stellte etwas Seltsames mit seinem Herzen an. Fraser verdrängte ihn und ging zur Tür. „So gerne ich bleiben und dir beim Lesen langweiliger Protokolle zusehen würde, werde ich mir stattdessen ansehen, wie etwas Farbe trocknet."

Fergus hob eine kastanienbraune Braue. „Was ist daraus geworden, Zeit mit deinem Bruder verbringen zu wollen?"

„Ich habe nie etwas davon gesagt, Zeit mit dir verbringen zu wollen. Ich wollte nur, dass du dich amüsierst. Das Angebot steht noch, falls du daran interessiert bist."

Fergus schüttelte den Kopf und antwortete: „Dein Amüsieren führt immer dazu, dass wir an seltsamen Orten aufwachen und uns nicht an die vorige Nacht erinnern. Ich glaube, ich bleibe hier."

Fraser zuckte mit den Schultern. „Dein Verlust." Er blickte zu seiner Mom. „Ich bin zum Abendessen zurück, keine Sorge."

Lorna antwortete: „Das solltest du auch besser. Finn möchte, dass wir ein ruhiges Abendessen mit Holly haben und ihr helfen, ihr neues Leben hier zu beginnen."

„Ruhig ist ein bisschen weit hergeholt."

Lorna nahm einen Apfel und warf ihn ihm an den Kopf. Sobald er ihn gefangen hatte, antwortete sie: „Beweg einfach deinen Hintern pünktlich nach Hause."

Fraser zwinkerte. „Ich werde mein Bestes geben, aber du weißt, wie sehr mich die Mädels lieben."

Da Fraser nicht zum hundertsten Mal den Vortrag seiner Mutter darüber hören wollte, dass er endlich eine Familie gründen sollte, ging er zur Haustür hinaus.

Auch wenn die Menschenfrau nicht vor dem Abendessen bei ihnen sein würde, sollte sie jeden Moment in Lochguard eintreffen. Er hatte gewusst, dass Fergus nicht ausgehen wollte, aber Fraser zu fragen, gab ihm die perfekte Tarnung und niemand würde ahnen, was er vorhatte.

Es war an der Zeit, die zukünftige Frau seines Bruders auszuspionieren und sicherzustellen, dass sie eines MacKenzie würdig war.

HOLLY BEHIELT für die Dauer des Spaziergangs zu Finns Cottage ihre Gedanken für sich. Sie hätte sowieso keine Chance gehabt, etwas zu sagen.

Jamie MacAllister redete gern. Viel.

Jamie deutete nach links. „Dort drüben ist der Trainingsbereich für die Kleinen. Ich würde nicht dorthin gehen, bis du dem Clan vorgestellt wurdest." Er sah sie an. „Drachenwandler-Eltern sind ein wenig protektiv, verstehst du?"

Sie nickte und öffnete den Mund, aber Jamie kam ihr zuvor. „Das hier ist der Hauptwohnbereich. Finns Hütte ist geradeaus. Man kann es an den überwucherten Blumen und Sträuchern vorn erkennen." Er senkte seine Stimme. „Weder Finn noch seine Gefährtin mögen Gartenarbeit. Um ehrlich zu sein, die Wildnis passt zu ihnen."

„Wenn du es sagst", murmelte sie.

Jamie fuhr fort, als hätte sie nichts gesagt. „Die meisten dieser Cottages sind seit über zweihundert Jahren hier." Er sah zu ihr hinab. „Anders als der schottische Clan bei Stirling haben wir den Jakobitenaufstand des 18. Jahrhunderts gut überlebt."

Da sie während ihrer Beratungssitzungen im MDA Geschichtsunterricht bekommen hatte, wusste Holly bereits, dass es einmal zwei schottische Drachen-Clans gegeben hatte. Aber sie entschied, dass es einfacher war, Jamie weiterreden zu lassen, damit sie nicht versuchen musste, gesellig oder höflich zu sein.

Jamie öffnete den Mund, um noch etwas zu sagen, als sich die Tür zu Finns Cottage öffnete. Eine große Drachenfrau mit dunklen Haaren stand da. Die Narbe auf ihrem Gesicht und die verheilte Verbrennung auf einer Seite ihres Halses sagten Holly, dass es Arabella MacLeod war. Wie der Großteil Großbritanniens hatte auch Holly das Interview der Drachenfrau mit der BBC mehrere Monate zuvor gesehen.

Arabella runzelte die Stirn. „Jamie, hör auf, dem armen Menschen das Ohr abzukauen. Sie interessiert sich nicht für den Jakobitenaufstand oder wie alt die Cottages sind."

Jamie straffte die Schultern. „Könnte sie aber."

Arabella sah Holly an. „Interessiert es dich?"

Die Stimme der Drachenfrau war von Dominanz geprägt. Während Holly Arabella für mutig gehalten hatte, ihre Geschichte im nationalen Fernsehen zu erzählen, hatte sie persönlich sogar noch mehr Power. „Nicht wirklich." Jamie verzog das Gesicht, also fügte sie hinzu: „Aber ich habe gerne erfahren, wo sich die verschiedenen Bereiche befinden. Ich weiß jetzt, dass ich nicht in den Kinderbereich geraten darf, bis ich mich besser eingelebt habe."

Jamie strahlte, aber Arabella verdrehte die Augen. „Bitte streichle nicht auch noch sein Ego. Wenn es eines gibt, das du schnell lernen wirst, dann, dass die Drachenwandler-Männer glauben, sie könnten die Sonne bewegen, wenn sie sich nur genug anstrengen."

Jamie erwiderte: „Das ist nicht fair, Ara. Dein Gefährte ist der Schlimmste von uns allen."

Arabella wedelte mit einer Hand. „Lass uns nicht über Finn reden." Arabella sah zu Holly zurück. „Ich weiß, wie es ist, als Außenseiter zum Clan dazuzustoßen. Ich wette, du könntest etwas Tee und Kuchen vertragen."

Holly blinzelte. „Drachenwandler essen Tee und Kuchen?"

Einer von Arabellas Mundwinkeln zuckte nach oben. „Natürlich. Es ist die beste Art, gemahlene Menschenbabys zu servieren."

Holly lachte. „Netter Versuch, aber die MDA-Mitarbeiter haben mir mindestens zwanzigmal versichert, dass Drachenwandler keine Menschen essen. Zumindest nicht seit dem Mittelalter."

Selbst aus wenigen Metern Entfernung sah Holly Arabellas Pupillen in Schlitze und zurück blitzen. *Sie muss mit ihrem Drachen reden. Ich frage mich, wie das ist.*

Aber Holly war die Fremde hier und wusste nicht, wie die Dinge in Lochguard liefen. Bis jetzt schienen alle freundlich zu sein, aber es konnte auch alles nur gespielt sein. Es gab Geschichten über Opfer, die schlecht behandelt und manchmal sogar missbraucht wurden. Soweit Holly wusste, hatte Lochguard das nicht getan, aber sie wollte mehr Zeit, um ihre eigenen Schlüsse zu ziehen.

Arabella sah Jamie an. „Du kannst gehen, Jamie."

Mit einem Nicken lächelte der junge Drachenmann Holly an und ging den Weg zurück, den sie gekommen waren.

Arabella trat zur Seite. „Komm. Bis du Fergus triffst, ist noch eine Menge zu tun."

Holly wurde beim Namen des unbekannten Drachenmanns ernst, mit dem sie bald schlafen würde. „Wann wird das sein?"

Arabella musterte sie eine Sekunde lang, bevor sie antwortete: „In ein paar Stunden. Finn muss zuerst einige Dinge mit dir besprechen." Die Drachenfrau hielt inne und fügte hinzu: „Fergus kann manchmal nervtötend sein, insbesondere wenn er mit seinem Zwillingsbruder zusammen ist, aber er ist ein guter Mann. Du solltest keine Angst vor ihm haben."

„Gut zu wissen."

Arabella hob eine Braue. „Also hattest du etwas Angst?"

Holly zuckte mit den Schultern. „Natürlich. Ein paar Absätze über seine Geschichte und seine Tätigkeit als Analyst sagen mir kaum viel über ihn."

„Du bist ehrlich. Das gefällt mir." Arabella deutete hinein. „Komm rein, bevor der ganze Clan rauskommt, um dich anzustarren."

Sie runzelte die Stirn. „Warum sollten sie mich anstarren?"

Arabella sah ihr in die Augen. „Weil du das erste Menschenopfer bist, das seit über fünfzehn Jahren einen Fuß auf Lochguard-Land gesetzt hat."

Kapitel Zwei

Fraser linste um eine der Cottagemauern, als eine kleine, dunkelhaarige Frau in Finns und Arabellas Haus verschwand. Als sich die Tür hinter ihr schloss, fluchte er. Er hatte sie gerade verpasst.

Sein Drache meldete sich zu Wort. *Wir können sie von einem der Fenster aus ausspionieren.*

Arabella wird nicht glücklich sein, wenn sie uns beim Spionieren erwischt.

Dann stell sicher, dass sie es nicht merkt. Ich will diese Menschenfrau sehen, der für unseren Bruder bestimmt ist.

Okay, aber wenn Arabella uns bemerkt, wandeln wir. Vielleicht können deine unschuldigen Drachenaugen sie besänftigen.

Sein Tier schnaubte. *Vielleicht, wenn wir noch klein wären. Lass dich einfach nicht erwischen.*

Wir werden fast nie erwischt.

Bevor sein Drache antworten konnte, sah Fraser sich um. Der beste Weg, seinen Cousin und die

Menschenfrau auszuspionieren, war, die Rückwand zu erklimmen und sich im überwucherten Garten zu verstecken.

Fraser ging von einem Cottage zum anderen, froh, dass es mitten am Tag war. Fast jeder war bei der Arbeit, und das bedeutete weniger Zeugen.

Er erreichte die zweieinhalb Meter hohe Mauer hinter Finns Haus. Sein Cousin schaltete die Überwachungskameras nur am Abend ein, oder wenn niemand zu Hause war, also packte Fraser den Rand der Mauer, zog sich hoch und sprang auf der anderen Seite hinunter.

Er ging tief in die Hocke und sah das hintere Küchenfenster. Durch das hohe Gras sah er Arabellas dunkle Haare und ihr vernarbtes Gesicht sprechen, während sie etwas am Waschbecken machte.

Fraser blieb still, bis Arabella sich abwandte.

Er schlich sich durch das Gras und die wilden Rosenbüsche und war einen halben Meter vom Fenster entfernt, als ein Dorn an einem der Rosenbüsche seinen Arm erwischte. Trotz des Kratzers schlich er sich weiter ans Fenster. Zentimeterweise schlich er sich heran, bis er hineinblicken konnte und Arabella und die unbekannte Frau am Küchentisch sitzen sah.

Leider konnte er nur den Hinterkopf der Frau sehen. Ihr Haar war in einem Knoten am Nacken festgesteckt, und sie trug einen dunkelroten Pullover.

Sein Drache knurrte. *Das reicht nicht. Ich will ihr Gesicht sehen.*

Warum interessiert es dich?

Ich mag Frauen. Ich will ihr Gesicht sehen.

Es war eine etwas seltsame Bitte, aber Fraser verdrängte den Zweifel. Er war genauso gespannt darauf, das Opfer seines Bruders zu sehen, wie sein Drache.

Arabella stand vom Tisch auf, und Fraser duckte sich. Wenn er sich an die Wand drückte, sollte ihn niemand entdecken können, selbst wenn derjenige in den Garten sah. Schließlich hatte niemand einen Grund, unter das Fenster zu sehen.

Das Klicken des Wasserkochers sagte ihm, dass Arabella zum anderen Tresen gehen würde, weg vom Fenster. Fraser linste wieder hinein, aber Arabella war nirgends zu sehen.

Die hintere Glasschiebetür öffnete sich, und Fraser sah hinüber. Arabella stand mit vor der Brust verschränkten Armen da und hob ihre Brauen. „Warte nur, bis ich Finn sage, dass du mir nachspioniert hast."

Fraser stand auf und zuckte mit den Schultern. „Ich habe nicht dir nachspioniert. Ich bin neugierig auf das Opfer. Schließlich gab es seit meiner Kindheit keine mehr in Lochguard."

Arabella zuckte mit den Schultern. „Das ist immer noch Spionieren."

Er straffte die Schultern. „Ich will nur meinen Bruder beschützen."

Arabella musterte ihn einen Moment lang, bevor sie die Arme öffnete. „Versprich mir, dass du den Garten aufräumst, und ich stelle dich ihr vor."

Fraser betrachtete den Garten mit dem kniehohen Gras und all dem Unkraut. „Das wird mich Tage kosten."

Arabella lächelte. „Genau."

Er seufzte. „Ich habe keine wirkliche Wahl, oder?"

„Nein, nicht wirklich."

Sein Drache meldete sich wieder zu Wort. *Tu es. Du arbeitest sowieso gern mit den Händen. Außerdem können wir Riesenbärenklau pflanzen. Finn und Ara werden es nicht erkennen und könnten es anfassen. Dann bekommen sie einen Ausschlag.*

Fraser lachte in seinem Kopf. *Du bist verdammt teuflisch, Drache.*

Ich weiß.

Fraser nickte. „Schön, abgemacht. Jetzt stell mich dem Mädel vor."

„Dann komm."

Arabella ging zurück ins Haus, und Fraser folgte ihr.

Als er in die Küche trat, drehte sich die Menschenfrau um.

Obwohl ihr Haar aus dem Gesicht gebunden war und sie nicht lächelte, war sie hübsch mit ihrem runden Gesicht und der kleinen Nase. Ihre Augen waren neugierig, aber intelligent. Ihre hellbraune Farbe ließ ihn an ein Glas dunklen Honigs denken.

Fraser hatte schon immer eine Schwäche für Brünette, aber zusammen mit der Farbe ihrer Augen war Holly eines der schönsten Mädels, die er je gesehen hatte.

Bevor er sich fragen konnte, woher dieser Gedanke kam, knurrte sein Tier. *Sag doch was. Ich will ihre Stimme hören.*

Fraser achtete darauf, sich seine Verwirrung nicht ansehen zu lassen. *Seit wann liegt dir was an Stimmen?*

Tu es einfach. Wir müssen sie ohnehin für Fergus um Antworten bitten.

Fraser grinste und streckte eine Hand aus. „Wie heißt du, hübsches Mädel?"

Arabella verdrehte die Augen. „Entschuldige den Cousin meines Gefährten. Er ist unverbesserlich."

„Ich versuche nur, unseren Gast willkommen zu heißen." Er sah zurück zu der Menschenfrau. „Ich will nur deinen Namen, sonst nenne ich dich einfach Honey."

Ein amüsiertes Flackern tanzte in den Augen der Menschenfrau. „Und warum das?"

„Weil deine Augen mich an dunklen Honig erinnern. Ich wette, du bist auch unheimlich süß."

Arabella öffnete den Mund, aber die Menschenfrau kam ihr zuvor. „Ich benutze Honig, um dich anzulocken und dir dann in die Eier zu treten."

„Ein Mädel mit Feuer. Das weiß ich zu schätzen." Fraser beugte sich vor. „Also, wie ist dein Name, Honey?"

„Nenn mich noch einmal so, *Rotschopf*. Ich fordere dich heraus."

Fraser strich sich über die Haare. „Es ist mehr kastanienbraun als rot, Honey."

Holly lächelte. „Und da dachte ich, Drachenwandler seien nicht unsicher."

„Wer sagt, dass ich das bin?" Fraser zerzauste sich die Haare und warf seinen Kopf zurück. „Viele Mädels beneiden mich um diese üppigen Locken."

Bevor das Mädel eine Antwort geben konnte, trat Arabella zwischen sie. „Ich bin mir nicht sicher, wie viel ich davon noch ertragen kann. Fraser, das ist Holly. Holly, das ist Fraser MacKenzie, Zwillingsbruder deines dir zugeteilten Drachenmanns Fergus."

Fraser zwinkerte. „Zumindest war ich nah dran, dein Name beginnt mit einem H."

Statt eine witzige Antwort zu geben, wurden Hollys Gesicht und Augen neutral. „Mr. MacKenzie."

Er widersetzte sich kaum dem Stirnrunzeln, als sie so ihr Verhalten änderte. „Kein Grund, mich so förmlich zu behandeln, Mädel. Fraser ist gut."

Holly sah zu Arabella. „Ich habe meine Meinung über den Tee geändert. Ist es in Ordnung, wenn ich auspacke und mich frisch mache, bevor Finn zurückkommt?"

Arabella sah sie überrascht an. „Sicher. Du bleibst die ersten Nächte bei uns, also zeige ich dir dein Zimmer." Arabella wandte ihren Blick Fraser zu. „Ich habe meinen Teil der Abmachung eingehalten. Fang mit dem Garten an."

Fraser runzelte daraufhin die Stirn. „Heute?"

Arabella hob eine Braue. „Wenn du Zeit hast, uns auszuspionieren, dann hast du auch Zeit, den Garten aufzuräumen."

Sein Drache meldete sich. *Ich will ihre weichen Finger spüren.*

Warum?

Ich erkläre es später, wenn Arabella uns nicht beobachtet.

Fraser und sein Drache waren immer offen miteinander. Bei Hollys Verhalten und dem seines Drachen fragte sich Fraser, was zum Teufel los war.

Fraser setzte ein Lächeln auf, um Arabellas Neugier nicht zu wecken, und nickte. „Aye, ich werde es machen. Aber du darfst dich nicht über das beschweren, was ich damit mache."

Arabella wedelte mit einer Hand. „Schön. Geh und mach dich nützlich."

Er seufzte. „Ich vermisse die Tage, als wir uns gemeinsam verschworen haben, wie wir uns an Finn rächen."

Arabella setzte ein Lächeln auf. „Ach, dafür ist in Zukunft noch reichlich Zeit. Im Moment versuche ich nur, mein Essen bei mir zu behalten. Finns Brut macht mir das Leben gern zur Hölle. Bis jetzt ist die Schwangerschaft eines meiner am wenigsten liebsten Dinge auf der Welt."

„Mit so viel Liebe gesprochen, Cousine."

Arabella schlug ihm auf den Arm. „Geh raus, bevor ich beschließe, dir in den Arsch zu treten."

Fraser zwinkerte. „Alles für meine Cousine." Er sah zu Holly zurück und nickte. „Ich sehe dich dann heute Abend beim Essen, Holly. Ich bin der Reifere in der Familie, also sei vorbereitet. Es wird mit Sicherheit ein interessanter Abend."

Arabella verdrehte die Augen, aber bevor sie ihn zurechtweisen konnte, floh Fraser durch die Hintertür. Als er die Wildnis betrachtete, entschied er sich, die Arbeit auf seine eigene Art zu erledigen, komplett mit unangemessenen Hecken-Skulpturen und den hässlichsten Gartenzwergen, die er finden konnte.

Fraser fing an, ein paar Unkräuter herauszuziehen, als sein Drache sprach. *Vielleicht sollten wir die Menschenfrau noch mehr auskundschaften.*

Ich glaube nicht. Wir brauchen ein paar Tage, um den Garten aufzuräumen. Mehr zusätzliche Arbeit brauche ich nicht. Wir werden nie die Chance haben, wegzuschleichen und Spaß zu haben, wenn sich die Aufgaben anhäufen.

Aber ich will wissen, warum sie aufgehört hat zu flirten.

Ich würde das kaum Flirten nennen, Drache.

Sie sollte nicht kühl uns gegenüber sein.

Fraser hörte auf, Unkraut zu jäten, und hielt inne. *Und warum das?*

Sie sollte immer mit uns lächeln. Sie wird bald uns gehören.

Frasers Herz setzte einen Schlag aus. *Nein, sie ist Fergus' Opfer, nicht unseres. Ich dachte, weder du noch ich wollten uns niederlassen.*

Das war vor Holly und ihren honigfarbenen Augen.

Verdammt, das konnte nicht sein. *Sag mir, dass du Witze machst. Sie kann niemals uns gehören.*

Sein Tier knurrte. *Sie wird. Gewöhn dich an den*

Gedanken. Ich werde ihr etwas Zeit geben, sich einzugewöhnen. Aber danach gehe ich ihr nach.

Fraser warf das Unkraut in seiner Hand beiseite und fiel auf seinen Po. Als er zum Fenster des Gästezimmers hinaufsah, das Holly wahrscheinlich benutzen würde, geriet er in Panik. So sehr er es auch genossen hatte, das Mädel zu necken, sein Drache hatte gerade Frasers Zukunft gestohlen.

Wenn sein Drache recht hatte, war Holly seine wahre Gefährtin.

Er widerstand, seinem Drachen zu sagen, dass er ihn mal könne. Solange Fraser Holly nicht küsste, konnte er sich von ihr fernhalten. Fergus konnte sein Opfer haben, und alles wäre gut für den Clan.

Fraser hätte die neuen Protokolle und Richtlinien vielleicht nicht so studiert wie sein Bruder, aber es gab eine Sache, die sich nicht geändert hatte: Wenn Holly die Bedingungen des Opfervertrags verletzte, würde sie ins Gefängnis gehen.

Und wer zum Teufel wusste, was Finn ihm antun würde.

Fraser stand auf und traf eine Entscheidung. Egal, was sein Drache ihm an den Kopf warf, er würde der menschlichen Frau widerstehen. Und der einzige Weg, das zu tun, war, Abstand zu halten. Er musste sich nur eine gute Ausrede ausdenken, um aus dem Abendessen mit seiner Familie rauszukommen.

Das Tier brüllte in seinem Kopf, aber Fraser steckte es in ein mentales Labyrinth.

Ausnahmsweise würde Fraser seinem Drachen etwas versagen.

Schließlich hatte sein Bruder das letzte Mal, dass Fraser Fergus ein Mädel ausgespannt hatte, fünf Wochen lang nicht mit ihm geredet. Wenn er es noch mal tat, hatte Fraser keine Ahnung, was passieren würde. Ganz zu schweigen davon, dass ihm einiges von Finn blühte. Hollys Zeit in Lochguard zu vermasseln, konnte die Möglichkeit künftiger Opfer gefährden.

Und Lochguard brauchte dringend neues Blut. Im Gegensatz zum Stonefire-Clan hatten sie keine besonderen Privilegien gewonnen, um sich mit einer weiblichen Frau paaren zu können, die sie sich wünschten.

Richtig. Als Fraser wieder an die Arbeit ging und Unkraut zupfte, überlegte er sich Gründe, warum er keine Gefährtin wollte.

Zum einen würde er seine Freiheit verlieren. Und der Gedanke, in weniger als einem Jahr Vater zu sein, erschreckte ihn zu Tode. Er mochte als Architekt arbeiten und beim Bau helfen, aber er war alles andere als ein verantwortungsbewusster Erwachsener. Er wollte sich nicht für eine verdammte Frau ändern, egal, wie süß ihre Augen waren.

Ja, all diese Gründe würden ihm helfen, sich von dem Mädel fernzuhalten. Außerdem war seine besondere Nähe zu seinem Zwillingsbruder viel wichtiger, als eine wahre Gefährtin zu haben.

Oder zumindest wollte Fraser sich davon überzeugen, als er wieder Unkraut zupfte.

In dem Moment, als Fraser nach draußen ging, sah Arabella Holly an. „Ich weiß, dass ich es ihm schwer mache, aber alle MacKenzies sind wunderbar. Es ist auf jeden Fall ein guter erster Schritt, dass du sein Flirten ignoriert hast. Er ist fast so schlimm wie mein Gefährte."

Holly konnte sich nicht an das letzte Mal erinnern, dass sie den Drang verspürt hatte, mit einem Mann zu flirten. Für einen kurzen Moment hatte sie gedacht, sie hätte Glück, und Fraser wäre ihr zugeteilter Drachenmann. Nicht nur, weil er gut aussah, mit dem roten Haar und den dunkelblauen Augen, sondern auch, weil es einfacher war, mit ihm zu reden als mit den meisten Männern.

Es war typisch für ihr Glück, dass er der Zwilling ihres zugewiesenen Drachenmanns war.

Vergiss ihn, Holly. Du kannst ihn nicht haben.

Holly konzentrierte sich auf Arabella und zuckte mit den Schultern. „Ich würde es nicht wirklich Flirten nennen. Er war albern, also habe ich beschlossen mitzumachen."

Arabellas braune Augen musterten ihre, und Holly widersetzte sich dem Drang zu zappeln. Seit sie Lochguard betreten hatte, schienen sie alle zu beobachten.

Arabella deutete zur Tür auf der anderen Seite der Küche. „Komm, ich bringe dich zu deinem Zimmer. Finn hat mir vorhin geschrieben und sollte in einer Stunde zu Hause sein, vorausgesetzt, die beiden alten Trottel führen sich diesmal nicht auf und fangen nicht an, das Eigentum anderer zu zerstören."

Während sie Arabella folgte, stürzte Holly sich auf die Ablenkung. „Finn erwähnte etwas darüber, dass Archie und Cal Rinder fallenlassen. Wovon hat er da gesprochen?"

Arabella zuckte mit den Schultern. „Ist kein großes Geheimnis. Die beiden Drachenmänner sind in ihren Siebzigern und bezichtigen einander seit über vierzig Jahren des Diebstahls. Sie haben benachbarte Farmen, also schreien sie sich ständig an. Manchmal verwandeln sie sich in Drachen, schnappen sich die Rinder ihres Rivalen und werfen sie in dessen Garten."

„Warum ziehen sie nicht einfach weiter voneinander weg?"

Einer von Arabellas Mundwinkeln zuckte nach oben. „Finn schlägt ihnen das seit über einem Jahr jeden Tag vor. Aber die beiden sturen Männer behaupten, ihren Familien gehöre dieses Land seit Jahrhunderten, und schlagen immer nur vor, der andere solle umziehen."

Als sie die Treppe hinaufstiegen, hielt Arabella einen Moment lang an, um die Augen zu schließen und sich den Mund zuzuhalten. Holly stellte ihren Koffer ab und trat auf dieselbe Stufe wie die Drachenfrau. „Du siehst blass aus. Vielleicht solltest du dich hinsetzen, und ich werde etwas gegen die Übelkeit finden."

Arabella atmete mehrmals tief durch und nahm dann die Hand runter. „Bislang hat nichts funktioniert. Ich habe alles probiert. Das Beste, was ich tun kann, ist weiterzumachen, bis das Baby da ist."

Holly drehte Arabella um und führte sie die Treppe hinunter zum Wohnzimmer. Die Schwangerschaft der Drachenfrau war genau die Ablenkung, die sie brauchte. „Du hast es mich noch nicht probieren lassen. Gib mir eine Chance."

Arabella setzte sich auf die Couch und legte die Füße auf eine Ottomane. „Warum? Du scheinst nett zu sein, aber ich kenne dich nicht."

Holly richtete sich auf. „Ich bin eine ausgebildete und erfahrene Hebamme. Ich habe vielleicht nicht mit Drachenwandlern gearbeitet, aber ich habe oft einige der schlimmsten Fälle von Morgenübelkeit und schwierigen Schwangerschaften während meiner Zeit behandelt. Ich kann dir helfen." Arabella schwieg, also fügte Holly hinzu: „Ich habe keinen Grund, dich zu vergiften oder dir zu schaden. Wenn ich meine Zeit als Opfer nicht einhalte, werde ich eingesperrt und meinem Vater nicht helfen können. Er ist krank, erholt sich aber. Ich bin die einzige Familie, die er hat. Ich kann es nicht riskieren, ihn allein zu lassen."

Arabellas Pupillen blitzten zu Schlitzen und zurück. „Ich höre die Wahrheit in deinen Worten."

Sie legte eine Hand auf ihren noch flachen Bauch. „Wenn du mir helfen kannst, die kleine Bestie zu zähmen, dann hast du meine Dankbarkeit, und ich schulde dir was. Und glaub mir, die Gnade der Gefährtin des Clanführers könnte sich als nützlich erweisen."

Holly hatte einen Blick in den wilden Garten draußen geworfen, aber sie fragte dennoch: „Wächst da draußen was Nützliches? Ich hab' hinten ein kleines Gewächshaus gesehen."

„Du bist sehr aufmerksam." Arabella passte ihre Position auf dem Sofa an. „Könnte sein. Aber ich könnte kein Teeblatt von einem Erdbeerblatt unterscheiden." Arabella hielt inne und fügte hinzu: „Nur eine Warnung: Fraser ist da draußen und flirtet mit fast allem, was weiblich ist. Wenn er dich stört, schick ihn einfach zu mir."

Das erklärte auf jeden Fall Frasers Verhalten von vorhin. Sie würde nicht noch einmal darüber nachdenken.

Holly deutete mit ihren Händen. „Du bleibst da. Ich werde erst mal sehen, was ich in der Küche finde. Wenn da nichts ist, dann sehe ich im Gewächshaus nach."

„Du bist ein Ass, Holly Anderson. Sobald du dich eingelebt hast, könnte die Krankenstation deine Hilfe gebrauchen, vorausgesetzt, die Ärzte stimmen dir zu. Natürlich nur, wenn du dich dazu in der Lage siehst."

Arabella bezog sich auf Hollys mögliche Schwangerschaft.

Sie verdrängte diesen Gedanken und konzentrierte sich auf das Positive. „Ich habe mich über die Wirkung von Drachenwandlerhormonen auf menschliche Frauen und über einige der neuesten Forschungsergebnisse informiert. Ich würde sehr gerne mit den Ärzten und Krankenschwestern hier zusammenarbeiten."

Arabella lächelte. „Ein paar Stunden erst hier, und du hast schon einen großen Plan. Du erinnerst mich ein wenig an einige der Menschen zu Hause."

„In Stonefire."

„Ja. Aber genug von mir. Ich kann nicht glauben, dass ich so in Plauderstimmung bin. Das muss die Hebamme in dir sein. Dann sieh mal nach, was du für mich kochen kannst, denn sobald ich wieder aufstehe, muss ich schnell zur Toilette. Und wenn man bedenkt, dass ich heute eine Million Dinge zu tun habe, möchte ich lieber nicht."

Mit einem Nicken ging Holly in die Küche und fing an, die Schränke zu durchsuchen.

Zum ersten Mal, seit sie erfahren hatte, dass sie als Opfer anerkannt worden war, fürchtete sich Holly nicht vor ihrer Zeit in Lochguard. Mit den verrückten alten Männern, die Vieh fallen ließen, rothaarigen Flirtern und einer Drachenwandler-Krankenstation, deutete alles auf einen angenehmen Aufenthalt hin.

Abgesehen von der Tatsache, dass sie Fergus noch nicht kennengelernt hatte.

Holly blickte aus dem Küchenfenster. Fraser hatte seine Hände an den schlanken Hüften, als er den Blick über den Dschungel schweifen ließ, der als Garten durchgehen sollte. Allein, wenn sie seine breiten Schultern ansah und sein sanft gewelltes Haar, fragte sie sich, wie es wäre, wenn er sie halten würde.

Holly blinzelte und erinnerte sich, dass sie Fergus zugewiesen war, nicht Fraser.

Außerdem waren sie Zwillinge. Wenn sie den einen attraktiv fand, dann fand sie auch den anderen attraktiv.

Und doch konnten sich ihre Persönlichkeiten, soweit sie wusste, enorm unterscheiden.

Anstatt darüber nachzudenken, wie anders Fergus als sein Bruder sein konnte, machte Holly sich wieder daran, die Schränke zu durchsuchen. Wenn sie Glück hätte, würde sie etwas in der Küche finden, um Arabella zu helfen. Sonst müsste Holly nach draußen gehen und Fraser ignorieren, egal wie nett er auch sein mochte.

Denn wenn sie wieder mit ihm sprach, könnte sie anfangen, ihn zu mögen. Und eine Frau in ihrer Position hatte diese Option nicht.

Kapitel Drei

Fraser hatte gerade einen halben Quadratmeter Unkraut beseitigt, als sich die Glasschiebetür öffnete. Er blickte über seine Schulter und sah, wie Holly von der Tür zum Gewächshaus in der hinteren Ecke marschierte. Sie blickte nicht einmal in seine Richtung.

Sein Drache knurrte und drängte sich aus dem mentalen Irrgarten. *Warum ignoriert sie uns? Folge ihr.*

Nein. Ich hab' Arbeit zu erledigen.

Fraser drehte sich zurück und wandte sich einem weiteren Unkrautfleck zu, aber sein Tier brüllte so laut, dass Fraser sich seine dreckigen und mit Gras bedeckten Hände über die Ohren klatschte. *Was zum Teufel tust du denn, Drache? Hör auf, dich so aufzuführen.*

Du wirst nicht gewinnen. Ich will mit Holly reden. Sonst mache ich das den ganzen Tag, bis du es tust.

Sein Tier machte sich wieder daran, zu brüllen

und zu knurren. Es war das, was er einen Drachenwutanfall nennen würde.

Mit einem Grunzen drehte Fraser sich zum Gewächshaus. Die Tür war offen, aber aufgrund des Krawalls seines Drachen konnte er nicht hören, was Holly tat. Fraser schrie in seinem Kopf, *Halt die Klappe, Drache! Ich gehe ja.*

Sein Tier schwieg, bevor es antwortete: *Gut. Und jetzt beeil dich.*

Fraser murmelte leise vor sich hin und nahm sich Zeit, zum Gewächshaus zu gehen. Er tat vielleicht, was sein Drache verlangte, aber Fraser würde es nach seinen eigenen Bedingungen tun.

Bevor sein Tier in einen weiteren Wutanfall geraten konnte, hatte Fraser seinen Kopf in das Gewächshaus gesteckt. Holly war über Pfefferminze gebeugt.

Die Abdeckung des Gewächshauses war schmutzig, wodurch das Licht, das ins Innere strömte, gedämpft war, aber Drachenwandler hatten ein starkes Sehvermögen. Er konnte jede dunkle Haarsträhne sehen, die ihrem Knoten entflohen war. Eine bog sich gegen ihre Wange, während eine andere sich die weiche Haut ihres Nackens hinunter ergoss.

Hollys Haare reichten ihr den ganzen Rücken hinunter.

Er musterte ihren schlichten dunkelroten Pullover und ihre schwarze Hose, kombiniert mit ihrem Knoten, und fragte sich, wie Holly aussah, wenn sie locker war. Er mochte ihre reservierte Erscheinung nicht. Er wettete, dass darunter ein wildes, abenteuerliches Temperament darauf aus war, rauszukommen.

Sein Drache meldete sich. *Wir werden es früh genug herausfinden.*

Die Worte seines Tiers waren wie ein Schlag ins Gesicht. *Nein, werden wir nicht. Fergus ist derjenige, der sie aus ihrer Hülle holt.*

Fergus ist zu zurückhaltend gegenüber fremden Frauen. Es wird zu lange dauern. Wir sollten das tun.

Bevor er antworten konnte, hallte Hollys Stimme durch das Gewächshaus. „Willst du mich nur anstarren, oder hast du was zu sagen?"

Fraser räusperte sich und betrat das Gewächshaus. „Ich habe mich nur gefragt, ob du Hilfe brauchst, Mädel. Das ist alles."

Holly begegnete seinem Blick und hob eine Augenbraue. „Ich kann ziemlich gut mit Heilkräutern und Pflanzen umgehen. Du kannst jetzt gehen."

Sein Drache knurrte. *Sie sollte nicht schroff uns gegenüber sein.*

Als Holly sich eine der langen, dunklen Haarsträhnen an ihrer Wange hinters Ohr steckte, schloss Fraser den Mund, um ihre Ohren zu bewundern. Sie waren winzig, zierlich, und sie hatte einen silbernen Stecker im Ohrläppchen.

Hollys Stimme unterbrach das Studium ihres Ohrs. „Ich weiß, dass mein Haar ein Chaos ist, aber es bleibt nie an Ort und Stelle, besonders wenn es feucht ist." Sie deutete auf seinen Kopf. „Außerdem solltest gerade du nichts sagen."

Fraser blinzelte. „Pardon?"

Als sie auf ihn zuging, fing Fraser den Duft von Frau und Pfefferminz ein, der seinen Drachen summen ließ. *Sie riecht gut. Ich wette, sie schmeckt auch gut.*

Sie wird nicht probiert. Still.

Holly hob die Hand und pflückte etwas aus seinen Haaren. Sie ließ ihren Fund fallen und drehte einen Grashalm zwischen den Fingern. „Was ist passiert? Bist du kopfüber in einen Grashaufen gesprungen?"

Fraser sollte grunzen und gehen. Die Frau war für seinen Bruder bestimmt. Er konnte es sich nicht leisten, mit ihr zu flirten.

Doch bevor er ein zweites Mal darüber nachdenken konnte, lächelte er und murmelte: „Es gibt mehr als einen Weg, um Gras in die Haare zu bekommen." Er lehnte sich näher und flüsterte: „Bist du noch nie mit einem Kerl auf einem Feld rumgetollt?"

HOLLY HATTE SICH BEMÜHT, Fraser MacKenzie zu ignorieren, aber nachdem er sie eine ganze Minute lang beobachtet hatte, hatte sie ihn zur Rede gestellt.

Es half nicht, dass er trotz der Erde an seiner Wange oder des Grases in seinen Haaren gut aussah. Als er sie anlächelte, beschleunigte sich ihr Herzschlag.

Der verdammte Drachenmann war zu attraktiv und charmant für sein eigenes Wohl.

Doch als sein Mund nur wenige Zentimeter von ihrem Gesicht entfernt war, musste sie, alles, was sie hatte, aufbringen, um ihren Blick auf seine Augen, anstatt auf seine Lippen zu richten.

Dann flüsterte er mit seinem heißen Atem an ihrer Wange: „Hast du noch nie mit einem Kerl auf einem Feld rumgetollt?" Und Bilder von ihr und Fraser, wie sie im Hochsommer auf einem Feld herumrollten, überfluteten ihren Geist. Trotz seiner roten Haare stellte sie sich seine Brust so braun und kräftig vor wie seine Unterarme.

Vielleicht sogar seinen Po, denn Drachenwandler scherten sich nicht um Nacktheit.

Frasers Pupillen wurden zu Schlitzen und wieder normal, bevor sie ihre Stimme wieder zur Kooperation bewegen konnte. „Honey, bei Drachenwandlern musst du vorsichtig sein. Unsere Sinne verraten uns eine Menge über dich."

Hitze flutete Hollys Körper in Verlegenheit. Sie konnte sich gerade beherrschen, nicht die Wangen mit ihren Händen zu bedecken. Stattdessen räusperte sie sich und legte sich entspannt zurück. „Ein Gentleman würde solche Dinge nicht erwähnen."

Er beugte sich vor. „Aye, nun, ich bin ja auch kein Gentleman."

Frasers blitzende Pupillen lenkten nicht von der Hitze seines Blicks ab. Es war fast so, als ob er sich überlegen würde, wie er sie verschlingen könnte.

Sie blickte schließlich auf seine festen Lippen und stellte sich vor, wie sie ihren Hals, ihre Schulter und schließlich ihre Brüste küssten. Er würde ihre Brustwarzen necken und quälen, bevor sein heißer, feuchter Mund sie endlich leckte und sich zwischen ihren Schenkeln labte. Ohne Zweifel würde der Drachenmann sie necken, bis sie darum bettelte, dass er sie kommen lassen würde.

Fraser knurrte, und sein Gesichtsausdruck wurde hart. Er löste sich von ihr und trat zur Gewächshaustür zurück. „Ich hab' Arbeit zu erledigen."

Ohne ein weiteres Wort ging Fraser zurück in den Garten. Holly betrachtete seinen Rücken und seinen Arsch, während er davonging.

Als sein Geruch verflog, verlangsamte sich Hollys Herzfrequenz einen Bruchteil.

Verdammt! Kein Mann hatte je einen solchen Eindruck auf sie gemacht. Sie war sehr nah dran gewesen, ihn zu küssen. Glücklicherweise hatte Fraser mehr Verstand bewiesen und war gegangen, bevor das geschehen war.

Holly tätschelte ihre Wangen. „Reiß dich zusammen, Holly. Dad zählt auf dich."

Holly beschäftigte sich mit Pfefferminzpflücken und versuchte, sich vorzustellen, wie ihr Treffen mit

Fergus verlaufen würde. Schließlich musste sie letzten Endes mit ihm schlafen

Die Erinnerung an Frasers Lippen, wenige Zentimeter von ihren entfernt, sandte wieder einen Hitzeschub durch ihren Körper, und Holly schloss die Augen. Um den Drachenmann zu vergessen, den sie nicht haben konnte, konzentrierte sich Holly auf frühere Patienten und ihre Angst und Freude über die Jahre. Die Erinnerung an die lächelnden Eltern, die ihre Neugeborenen mit Liebe anblickten, half, ihr Herz und ihre Nerven zu beruhigen.

„Also gut." Mit einem Nicken machte Holly sich wieder daran, genug Pfefferminz für einen Tee zu pflücken. Sie hatte es satt, sich das Verbotene vorzustellen. Holly würde ihre Pflicht erfüllen, und wenn es sie umbrachte.

Mit der Pfefferminze in der Hand verließ Holly das Gewächshaus. Sorgsam darauf bedacht, nicht über ihre Schulter zu blicken, um Frasers breiten Rücken oder die intensiven blauen Augen zu sehen, machte sie sich auf den Weg zur Glasschiebetür und ins Haus.

Als sie die Blätter gewaschen hatte, erklang Arabellas Stimme: „Bist du bald fertig mit dem, was auch immer du zubereiten willst? Finn sollte bald hier sein."

Holly schaltete den Wasserkocher an und sah aus der Küche ins Wohnzimmer. „Gib mir drei Minuten. Es hat eine Weile gedauert, bis ich gefunden hatte, was ich brauche."

Die Drachenfrau musterte sie gründlich. „Hat Fraser dich belästigt?"

Darauf bedacht, ihren Gesichtsausdruck neutral zu halten, schüttelte Holly den Kopf. „Nein. Er ist ziemlich entschlossen, den Garten zu jäten."

„Trotz all seiner Fehler wird Fraser, sobald er sich etwas in den Kopf gesetzt hat, sich lächerlich bemühen, es auch zu Ende zu bringen. Wenn du das nächste Mal mit ihm sprichst, frag ihn nach Loch Ness."

Sie blinzelte. „Loch Ness?"

Arabella lächelte. „Sagen wir einfach, sein Streich, den Menschen vor Ort zu beweisen, dass Nessie existiert, lief nicht wie geplant."

Trotz ihrer brennenden Neugier nickte Holly nur. „Das werde ich mir merken. Ich glaube, ich habe den Wasserkocher gehört, also lass mich dir den Tee kochen."

Holly stürzte in die Küche, machte sich an die Arbeit und zerriss die Pfefferminzblätter. Nachdem sie sie in eine Teekanne gelegt hatte, die sie auf der Theke fand, und heißes Wasser darüber gegossen hatte, lehnte sie sich gegen den Tresen und verschränkte die Arme, während der Tee zog.

Sie kannte Arabella vielleicht gar nicht, aber ihre Worte, dass Fraser sich auf das konzentrierte, was er wollte, machten ihr Sorgen. Sie war sich ziemlich sicher, dass der Beinahekuss im Gewächshaus beiderseitig gewesen war.

Holly hoffte nur, dass Fraser sie nicht im Visier

hatte. Sie konnte sich nicht vorstellen, dass er seinen Zwillingsbruder so verraten würde.

Als Holly auf die Uhr blickte, wünschte sie sich, der Clanführer des Lochguard-Clans würde bald nach Hause kommen. Je eher er anfing, sie in Protokollen und Ratschlägen zu ertränken, desto eher konnte sie sich voll und ganz auf den Grund für ihre Anwesenheit auf schottischem Drachenwandler-Land konzentrieren.

Holly war Fergus' Opfer. Egal, wie sehr ihr Herz klopfte oder ihre Haut in Frasers Gegenwart kribbelte, sie konnte ihn nicht haben.

Holly nickte sich zu und traf eine Entscheidung. Sie hielt sich von Fraser fern und war so höflich, aber distanziert, wie sie konnte. Sie konnte Fergus sogar bitten, sie früher ins Bett zu bringen, als erst nach der Woche, die ihr gewährt wurde, um den Clan kennenzulernen. Bis vor Kurzem hatten alle Opfer nur zwei Tage bekommen, um sich an ihre neue Heimat zu gewöhnen. Holly konnte nicht verstehen, warum sie nicht das Gleiche tun konnte.

Ja, sie würde einen Weg finden, Fergus allein zu erwischen und mit ihm zu flirten.

Natürlich hatte sie vorher Fergus MacKenzie treffen müssen. Holly sah wieder auf die Uhr. Drei Minuten waren vergangen.

Als sie Arabellas Tee eingoss, blickte sie noch einmal aus dem Küchenfenster. Doch alles, was sie sah, war Fraser, der über die Mauer kletterte.

Gut. Der Mann hatte offensichtlich etwas Verstand und brachte Abstand zwischen sie.

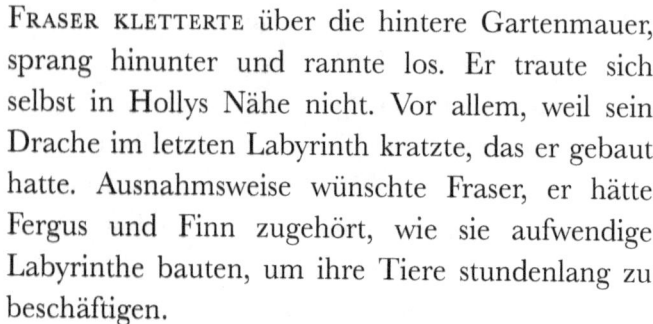

Fʀᴀsᴇʀ ᴋʟᴇᴛᴛᴇʀᴛᴇ über die hintere Gartenmauer, sprang hinunter und rannte los. Er traute sich selbst in Hollys Nähe nicht. Vor allem, weil sein Drache im letzten Labyrinth kratzte, das er gebaut hatte. Ausnahmsweise wünschte Fraser, er hätte Fergus und Finn zugehört, wie sie aufwendige Labyrinthe bauten, um ihre Tiere stundenlang zu beschäftigen.

Jetzt bezahlte Fraser dafür, dass er seinem Drachen immer nachgegeben hatte.

Er drängte seine Beine, schneller zu laufen, und hoffte, dass die Anstrengung die nervöse Energie seines Drachen reduzieren würde. Das Auf- und Abgehen in seinem Kopf machte Fraser verrückt.

Sein Tier hatte sich endlich befreit und schnaubte. *Du hattest die Chance, sie zu küssen. Du hättest sie nutzen sollen. Wir könnten jetzt unsere Gefährtin ficken.*

Nein. Wie ich schon dreißig Mal sagte, sie gehört nicht uns.

Sein Drache knurrte, *Doch, das tut sie.*

Bist du bereit, die Zukunft des Clans zu riskieren? Finn hat hart gearbeitet, um Lochguard wieder in die Gunst des MDA zu bringen. Wenn wir Holly küssen, geschweige denn sie ficken, vertrauen sie uns vielleicht noch ein Jahrzehnt lang nicht.

Sein Drache knurrte. *Finn wird einen Weg finden. Wir sind doch eine Familie.*

Fraser lachte erstickt. *Familie hin oder her, der Clan steht an erster Stelle. Sogar Arabella weiß das.*

Ich will Holly. Sie wird uns glücklich machen und uns ein Kind schenken.

Fraser konnte seinen Geist nicht davon abhalten, sich Holly lächelnd vorzustellen, während er sie durch den Wald jagte, wobei ihr langes Haar hinter ihr her wehte. Als sie sich umdrehte, war ihr sanft gerundeter Bauch gefüllt mit seinem Kind. *Ich werde den Clan nicht aufs Spiel setzen.*

Das wirst du bereuen.

Sein Drache schnaubte und verblasste in seinen Hinterkopf.

Großartig. Sein Tier hatte wieder einen Wutanfall.

Mit einem Seufzer drängte Fraser seine Beine erneut, sich schneller zu bewegen. Er hatte nur noch ein paar Minuten, bevor er nach Hause kam, und er musste sich eine Ausrede einfallen lassen. Und nicht einfach irgendeine Ausrede, sondern eine, die seine Mutter tatsächlich glauben würde.

Eine Idee kam ihm gerade, als er sich endlich dem MacKenzie-Haushalt näherte.

Sobald er den Fuß in die Tür setzte, erklang die Stimme seiner Mutter. „Fraser, komm her!"

Da er vor langer Zeit festgestellt hatte, welche Kämpfe er mit seiner Mutter zu bestehen hatte, ging er in die Küche. „Hey, Mom. Was auch immer du da kochst, es riecht fantastisch."

Lorna drehte sich mit einem Holzlöffel in der Hand um. Ihre Augen schossen zu seiner Wange und seinen Haaren, bevor sie zu seinen Augen zurückkehrten. „Was ist mit dir passiert? Bitte sag mir nicht, dass du schon wieder mit einem Mädchen auf dem Feld herumgetollt hast. Die meisten Drachenwandler-Eltern mit Mädchen deines Alters werfen mir schon finstere Blicke zu."

Er zuckte die Schultern. „Alle ihre Töchter sind volljährig. Sie können ihre eigenen Entscheidungen treffen."

Er griff nach einem Apfel, aber seine Mutter schlug ihn mit dem Löffel. „Die brauche ich für meine Tarts."

Mit einem dramatischen Seufzer antwortete er: „Dann werde ich wohl wieder hungern müssen."

Lorna verdrehte die Augen und wandte sich zurück zum Herd. „Such dir eine eigene Wohnung, wenn es dir nicht gefällt."

„Was und dann selbst kochen? Der Horror."

Lorna schnaubte. „Dann würdest du wirklich verhungern."

„Wo wir gerade davon sprechen, dass eines deiner Kinder auszieht, wo ist Fergus?"

„Oben, er macht, was du jetzt auch tun solltest: Duschen." Sie sah ihn an. „Wenn du an meinem Tisch essen willst, solltest du dich besser reinigen."

Zeit, seine Ausrede zu testen. „Ich gehe duschen, aber ich werde das Abendessen verpassen, Mom."

Lorna drehte sich wieder um. „Heute Abend ist wichtig, Fraser Moore MacKenzie. Wenn du nicht gerade im Sterben liegst oder eine Horde Drachenjäger abwehrst, kommst du zum Essen."

Obwohl er achtundzwanzig Jahre alt war,

brauchte es immer noch jede Unze Selbstkontrolle, die Fraser besaß, um nicht unter Lornas stechendem bernsteinfarbenem Blick zu zappeln.

Aber zum Wohle des Clans und für das Glück seines Bruders blieb Fraser stark. „Das neue Lagerhausprojekt am Rande unseres Landes hat einen Rückschlag erlitten. Wenn ich nicht hingehe und eine Lösung für das Grundlagenproblem finde, muss das gesamte Projekt möglicherweise gecancelt werden." Als Lorna ihn noch genauer ansah, fügte er hinzu: „Finn braucht das Lagerhaus für seine großen Pläne für den Clan. Ohne es können wir in der Hauptsaison keine Handwerkssachen und keine Holzmöbel zum Verkauf lagern. Du weißt, wie gern er unser Einkommen in den Bereichen Fisch und Landwirtschaft erweitern will."

Lorna wackelte mit ihrem Löffel. „Du hast drei Stunden vor dem Abendessen, das ist genug Zeit, um auf die Baustelle zu gehen, es dir anzusehen und zurückzukommen. Dein Gehirn funktioniert immer am besten, wenn du eine Nacht lang über ein Problem geschlafen hast." Sie nickte zur Tür. „Geh. Ich erwarte dich rechtzeitig zum Abendessen zurück."

Das Problem beim Streiten mit seiner Mutter war, dass sie all seine Tricks kannte. Die verdammte Frau hatte recht – Fraser funktionierte immer am besten, wenn er von einem Problem erfuhr und dann darüber schlief. In neun von zehn Fällen wachte er mit einer Antwort auf.

Da er keine bessere Ausrede hatte, seufzte

Fraser. „Schön. Wenn sich Finn jedoch über die Verzögerung ärgert, kannst du es ihm erklären."

„Fraser, verschwende nicht meine Zeit und beweg deinen Hintern aus der Tür. Ich habe hier zu viel zu tun, um noch mehr mit dir zu streiten."

„Ich fühle die Liebe, Mutter. Ich fühle die Liebe."

„Geh, du verdammter Schlingel. Mir ist egal, wie alt du bist, aber ich werde deinen Hintern mit meinem Löffel versohlen, um dich aus meiner Küche zu bekommen."

Als Fraser die Küche verließ und geradewegs zur Tür ging, lachte sein Drache. *Genau deshalb habe ich mich nicht allzu viel mit dir gestritten. Ich wusste, dass Mom dich zur Teilnahme zwingen würde.*

Halt die Klappe, Drache. Ich bin nicht in der Stimmung.

Ich muss meine Kraft sowieso für unsere Frau später aufsparen. Viel Spaß beim Erstellen und Lösen eines erfundenen Problems. Du weißt, dass Mom danach fragen wird.

Als sein Drache wieder lachte, knirschte Fraser mit den Zähnen. So viel zum Thema, edel sein und Fergus eine Chance bei Holly verschaffen. Dank seiner Mutter würde Fraser mit ihr am selben verdammten Tisch sitzen.

Nicht nur das, sondern auch noch vor seiner ganzen Familie.

Das Abendessen sollte der ultimative Test sein. Wäre er nicht charmant, würde das seiner Familie Warnsignale geben. Sie würden erwarten, dass er flirtete und die menschliche Frau bezauberte.

Er hoffte nur, Fergus würde nichts mehr merken. Sein Zwillingsbruder kannte Fraser besser als jeder andere auf der Welt, sogar ihre Mutter.

Seufzend rannte er in Richtung der Grenze von Lochguard. Vielleicht wäre körperliche Erschöpfung eine gute Ausrede, um das Abendessen früher zu verlassen.

Kapitel Vier

Holly setzte sich Finn gegenüber und runzelte die Stirn. „Der Vertrag enthielt nichts darüber, mit meinem zugewiesenen Drachenmann leben zu müssen. Meine einzige Pflicht ist es, mit ihm zu schlafen."

„Aye, das stimmt. Aber sowohl das MDA als auch ich denken, es ist das Beste, wenn du Fergus etwas besser kennenlernst. Anders als in der Vergangenheit wollen wir, dass Opfer in Kontakt mit ihren Kindern bleiben."

Das Wort „Kinder" brachte Berichte zurück, die sie über die Überlebenschancen von Frauen gelesen hatte, die das Kind eines Drachenwandlers zur Welt brachten.

Die Tatsache, dass sie eine 50-50-Chance hatte, die Geburt zu überleben, erinnerte sie an etwas, das Arabella erwähnt hatte. „Ich werde ab nächster Woche unter einer Bedingung bei Fergus leben."

Finn hob eine blonde Braue. „Oh, aye? Du stellst bereits Bedingungen?"

Holly weigerte sich, unter seinem intensiven Blick einen Rückzieher zu machen. „Ja. Ich möchte auf der Krankenstation helfen und Zugang zu allen Forschungsarbeiten haben, die im Zusammenhang mit den Auswirkungen von Drachenwandlerhormonen auf Menschen durchgeführt werden."

Finn lehnte sich zurück und legte seine Finger aneinander. „Es ist möglich, aber ich bin nicht derjenige, den du für dich gewinnen musst, Mädel. Das ist Dr. Gregor Innes, der Chefarzt hier in Lochguard. Und sagen wir einfach, er ist nicht der geselligste Drachenwandler."

„Ich habe mit allen Arten von Krankenschwestern und Ärzten zusammengearbeitet. Ich bin mir sicher, ich kann damit umgehen."

Arabella rief aus dem Nebenzimmer: „Lass sie es versuchen, Finn! Sie ist die Einzige, die mir bisher gegen meine Übelkeit helfen konnte."

In Finns Augen blitzte Sorge auf. „Geht es dir gut, Ara? Soll ich dir was bringen?"

„Macht einfach weiter mit eurem Meeting. Mir geht es gut", antwortete Arabella.

Finn sah bereit aus, aufzustehen, also nutzte Holly ihre Kraft und sagte mit ihrer strengsten Stimme: „Hör auf, so einen Wirbel zu machen."

Finn sah ihr in die Augen, und seine Pupillen

blitzten zu Schlitzen und zurück. „Vorsicht, Mädel. Du bist Gast auf meinem Land."

Holly stützte ihre Ellbogen auf Finns Tisch. „Und du erstickst deine Gefährtin. Wenn sie deine Hilfe braucht, wird sie dich darum bitten. Glaub mir, die häufigste Beschwerde, die ich über die andere Hälfte einer schwangeren Frau bekomme, ist, dass sie sie ersticken und wie auf Eiern gehen. Ich habe vielleicht keine Erfahrung mit schwangeren Drachenwandlern, aber ich bin mir ziemlich sicher, dass sie dasselbe wollen."

„Und das wäre?"

„Als normale Person behandelt zu werden." Holly beugte sich vor und flüsterte: „Meistens. Spar dir deinen Wirbel auf, bis sie ihn wirklich braucht."

Finn flüsterte zurück: „Und woher soll ich das wissen?"

Bevor Holly antworten konnte, schrie Arabella wieder. „Weil ich es dir sagen werde, du verdammter Idiot! Okay?"

Finn hob seine Stimme auf normale Sprechlautstärke. Wir reden später darüber, Liebes." Er sah zu Holly zurück. „Bevor wir mit dem Clan über Positionen oder Möglichkeiten sprechen, müssen wir jetzt zwei Dinge klarstellen, Mädel."

Holly weigerte sich, eingeschüchtert zu sein, und lehnte sich zurück in ihren Stuhl. „Was?"

„Ich erlaube dir, mir im Zusammenhang mit Aras Schwangerschaft Befehle zu erteilen, wenn wir allein sind. Aber ansonsten werde ich es nicht tolerieren. Du bist Gast auf meinem Land, und ich versuche, dir das bestmögliche Umfeld zu schaffen. Aber ich bin hier das Gesetz über Lochguard. Haben wir uns verstanden?"

Holly hätte fast über die Veränderung in Finn geblinzelt, von dem lächelnden, neckenden Kerl, der er vor ein paar Minuten noch gewesen war, zur stahläugigen, einschüchternden Präsenz. Die Dominanz seiner Stimme brachte sie fast dazu, einfach zu nicken und nichts zu sagen.

Aber das war nicht Hollys Art. „Ich stimme zu, vorausgesetzt, du bringst mich nicht in Verlegenheit oder tust etwas, das kritisiert werden muss."

Holly schwor, sie hörte ein Lachen aus dem anderen Zimmer, aber Finn antwortete, bevor sie darüber nachdenken konnte. „Vorausgesetzt, unsere Definitionen von „etwas, das kritisiert werden muss" sind die gleichen, kann ich das akzeptieren. Jedes Clanmitglied würde dasselbe tun."

Holly nickte. „Gut. Und was ist die andere Bedingung?"

Finns Gesicht entspannte sich, und er lächelte, als er sich in seinem Stuhl zurücklehnte. „Du brauchst eine Empfehlung von meiner Tante Lorna, bevor du dich an Dr. Innes wenden kannst, um auf der Krankenstation zu arbeiten. Und bevor du fragst: Sie ist Fergus' und Frasers Mutter."

Holly spürte, dass Finn ihr etwas verschwieg, aber sie würde es schon noch früh genug herausfinden. „Ich bin sicher, sie wird mir bis spätestens morgen Abend einen begeisterten Bericht vorlegen."

In Finns Augen tanzte Belustigung. „Aye, vielleicht. Sehen wir erst einmal, ob du das Abendessen überlebst." Sie stand auf und deutete zur Tür. „Mach dich frisch, Mädel. Wir sollten in weniger als einer Stunde rübergehen."

Holly deutete zu dem Papierkram auf dem Schreibtisch. „Aber wir sind kaum durch den ersten Stapel gekommen."

Finn wedelte mit einer Hand. „Keine Sorgen. Wir haben reichlich Zeit. Schließlich hast du eine Woche Zeit, bevor du bei Fergus einziehst und versuchst, deinen Vertrag zu erfüllen."

Holly bemühte sich, ihren Gesichtsausdruck neutral zu halten. Das Letzte, was sie brauchte, war, dass Finn ihren Plan durchschaute, Fergus früher in ihr Bett zu locken. „Du hast recht." Sie stand auf. „Soll ich mich formell anziehen?"

„Ist nur ein Familienessen." Er senkte die Stimme. „Aber alle Hetero-Drachenmänner schätzen ein Mädel in einem hübschen Oberteil. Selbst Arabella hat das herausgefunden."

Arabellas Gestalt erschien in der Tür. „Finlay Stewart, lass sie in Ruhe." Arabella sah sie an. „Trag, was du willst. Fergus zu treffen, wird stressig genug sein. Da brauchst du nicht auch noch unbequeme Kleidung. Fergus wird es verstehen."

Finn ging zu Arabella und legte einen Arm um ihre Taille. Nachdem er sie oben auf den Kopf geküsst hatte, legte er seine Wange dorthin und sah Holly in die Augen. „Abgesehen von der Clanführer-

Dominanz und den Regeln ist Fergus ein guter Mann. Er ist mit Mädels geduldig, auch wenn er in anderen Lebensbereichen nicht übermäßig geduldig ist."

Arabella schlug seine Seite. „Das ist alles Frasers Schuld. Apropos, Fraser hat angeboten, unseren Garten aufzuräumen."

„Angeboten?", fragte Finn trocken.

Arabella schmunzelte. „Okay, ich habe ihn irgendwie genötigt. Aber ich hatte einen guten Grund. Lass Holly nach oben gehen, und ich erzähle dir alles."

Finn grunzte, und Holly nahm das als ihr Stichwort, um zu gehen. Sie huschte um Finn und Arabella herum und ging zur Treppe.

Auf dem Weg nach oben verfluchte sie Arabella, weil sie Fraser wieder erwähnt hatte. Allein die Erwähnung seines Namens hatte den Moment, in dem sie im Gewächshaus waren, mit seinem heißen Atem auf ihrer Wange und seinem wunderbaren männlichen Duft, der sie umgab, in den Vordergrund ihres Geistes gerückt.

Wenn der Opfervertrag nicht über ihrem Kopf gehangen hätte, fragte sie sich, ob sie ihn geküsst hätte.

Als Holly ihr Zimmer betrat und die Tür zuschob, schloss sie die Augen und atmete tief durch. Es war Zeitverschwendung, über „Was wäre, wenn" nachzudenken. Sie war da, um Fergus ein Kind zu gebären, nicht Fraser.

Und beim Abendessen würde Holly alles in

ihrer Macht Stehende tun, um den verbotenen Zwilling zu vergessen.

Die Entscheidung war gefallen, sie öffnete die Augen und ging zu ihrem Koffer. Sie hatte sicher etwas Freizügiges zu tragen. Sie brauchte es, um zwei Fliegen mit einer Klappe zu schlagen – sowohl, um Fergus dazu zu verleiten, sie zu küssen oder mehr, als auch, um Fraser so verrückt zu machen, dass er früher gehen könnte, sodass sie sich konzentrieren konnte. Wenn alles nach Plan lief, konnte sie Fergus vielleicht sogar überzeugen, etwas Zeit mit ihr zu verbringen.

Als sie durch ihre Tasche wühlte, fand Holly ein kleines Geschenk versteckt unter ihrem Hosenstapel.

Ihr Vater musste es dort hingelegt haben.

Sie setzte sich hin, riss das Geschenkpapier auf, und in ihren Augen sammelten sich Tränen. Sie zog den Titel des Buches nach: „Medizinische Pflanzen der schottischen Highlands". Wie ihr Vater es geschafft hatte, das Buch ohne ihr Wissen zu bestellen und zu verstecken, wusste sie nicht. Aber die Geste ließ ihre Augen feucht werden.

Sie drückte das Buch an ihre Brust und schloss die Augen. Das Geschenk ihres Vaters erinnerte sie an das große Ganze. Fraser, Fergus oder irgendeiner der anderen Drachenwandler spielten keine Rolle. Holly musste ihre Zeit in Lochguard überleben, damit sie nach Aberdeen zurückkehren und sich um ihren Vater kümmern konnte. Sie war alles, was er noch hatte.

Sie würde ihn nicht im Stich lassen.

Holly legte das Buch vorsichtig aufs Bett und wählte ihre verführerischsten Kleider aus. Sie waren zahm im Vergleich zu einigen der Frauen, die sie in der Vergangenheit an Freitagabenden gesehen hatte, aber sie mussten reichen.

Zeit, sich einen Drachenmann zu schnappen.

FRASER FUHR ein letztes Mal mit den Fingern durch sein gewelltes Haar, bevor er sein Schlafzimmer verließ. Nach dem Joggen und der Dusche war er müde, aber etwas entspannter. Wenn er Glück hatte, könnte seine Erschöpfung ihm den Grund geben, warum er beim Abendessen weniger als charmant sein musste.

Als er in das Zimmer seiner jüngeren Schwester kam, begegnete er ihrem Blick im Spiegel, und Faye runzelte die Stirn. „Du hast nicht angeklopft."

Er zuckte die Schultern. „Unser ganzes Leben lang warst du immer fünf Minuten vor allen anderen bereit. Das erwähnst du bei jeder Gelegenheit." Er änderte seine Stimme, um die seiner Schwester zu imitieren. „Fraser, warum hast du so lange gebraucht? Wahrscheinlich ordnest du jede Strähne einzeln."

Faye drehte sich um und warf einen Plüschtiger nach ihm. Als er von seiner Brust prallte, setzte er einen beleidigten Blick auf. „Liebe Schwester, das war unangebracht."

„Ich bin heute Abend nicht in der Stimmung dafür, Fraser."

Die Worte waren aus seinem Mund, bevor er sie stoppen konnte. „In letzter Zeit bist du das nie."

Fayes Miene wurde neutral. „Ich war früher Finns bevorzugte Beschützerin für den Clan. Jetzt kann ich so gerade eben in Drachenform springen, aber trotzdem nicht fliegen. Entschuldige, dass ich nicht so charmant und voller Lächeln bin."

Fraser war meistens um Fayes Verletzung herumgeschlichen, seit sie zwei Monate zuvor passiert war. Aber da der Drache in seinem Kopf herumlief und darauf drängte, dass er nach unten ging und auf Holly wartete, versagte seine Geduld. „Hör auf, dich zu bemitleiden, Faye. Du bist nicht die Einzige mit Problemen."

„Oh, aye? Hast du Schwierigkeiten, dich zwischen zwei Frauen zu entscheiden? Oder lass mich raten, du kannst dich nicht mehr mit Fergus davonschleichen, um Ärger in den Nachbarstädten und Dörfern zu machen?" Sie verdrehte die Augen. „Das sind keine echten Probleme, Fraser."

Knurrend machte Fraser einen Schritt in Richtung Faye. „In mir steckt mehr als nur Mädchen und Ärger."

Sie hob eine Braue. „Das ist so ziemlich das, was du in den letzten zehn Jahren getan hast. Was hat sich geändert?"

Er war kurz davor, Faye von Holly zu erzählen. Seine Schwester konnte ein Geheimnis bewahren, wenn sie wollte. Schließlich war sie eine der höchsten Sicherheitsbeamten von Lochguard.

Aber in letzter Minute entschied er sich dagegen. Dass Fraser Fergus' Opfer wollte, konnte ein so großes Problem für Faye sein, dass sie zu Finn oder ihrer Mutter ging. „Ach, egal. Ist nicht so wichtig, und wir wollen Mom nicht warten lassen." Er hielt ihr einen Arm entgegen. „Soll ich dich zum Essen begleiten?"

Fayes bernsteinfarbene Augen untersuchten ihn einen Moment lang, und sie sah fast wie ihr altes Ich aus, vor dem Unfall, der ihren Flügel beschädigt hatte.

Endlich erhob sie sich und schob ihren Arm durch seinen. „Es wäre mir eine Ehre, Fraser Moore."

Er neigte den Kopf. „Wie mir, Faye Cleopatra."

Sie rümpfte die Nase. „Ich verstehe immer noch nicht, warum du und Fergus nach Roger Moore und ich nach einer ägyptischen Pharaonin benannt wurde."

Er zwinkerte. „Es hätte viel schlimmer sein können, wenn Dad diesen zweiten Vornamen nicht gewollt hätte. Mom hätte mit Connery oder sogar Sean kommen können. Du weißt, wie sehr sie James-Bond-Filme liebt."

Fayes Stimme wurde ernst. „Ich wünschte, ich hätte Dad kennengelernt."

Sie sprachen selten darüber, aber ihr Vater war in der Nacht vor Fayes Geburt gestorben.

Fraser drückte die Schultern seiner Schwester.

„Ich erinnere mich selbst kaum an ihn, aber wenigstens hatten wir Mom. Sie hat so viel Persönlichkeit und Stärke wie zwei Elternteile zusammen." Fraser wollte unbedingt das Thema wechseln, zog seine Schwester am Arm, und sie gingen los. „Ich hoffe, dass Fergus' Treffen mit seinem Opfer gut läuft."

Faye sah zu ihm auf. „Das hoffe ich auch. Er mag es vielleicht verbergen, aber er ist im Herzen ein Romantiker. Wenn er in dieser Holly keine Gefährtin findet, weiß ich nicht, wo er sonst suchen kann. Er hat es mit jeder in Lochguard ausprobiert, ohne Erfolg, und er ist entschlossen, in den Highlands zu bleiben. Ohne einen Austausch mit einem der anderen Clans anzunehmen, bin ich mir nicht sicher, wie Fergus jemals jemand anderen treffen könnte."

Frasers Drache knurrte bei der Vorstellung, dass Fergus Holly hätte, aber er schaffte es gerade, sein Tier in den Hinterkopf zu schieben. *Sie ist tabu, Drache.*

Er zwang seinen Ton, entspannt zu bleiben, und antwortete: „Er wird es schaffen. Fergus ist vielleicht nicht so charmant wie ich, aber er wird es trotzdem schaffen, die Menschenfrau für sich zu gewinnen. Denk daran, dass mehr auf dem Spiel steht als nur Fergus' Glück — Hollys Abschlussbericht über ihre Zeit hier wird uns dabei helfen, zu entscheiden, ob wir jemals wieder Opfer bekommen werden."

„Vielleicht. Aber ich will nicht, dass unser

Bruder sich nur niederlässt. Er sollte sich eine Gefährtin aus Liebe aussuchen."

Fraser sah zu seiner Schwester hinab. „Seit wann bist du so romantisch? Ich glaube mich zu erinnern, dass du gesagt hast, ein Gefährte würde nur deine Karriere behindern."

„Aye, das habe ich. Aber ich habe derzeit nicht viel Karriere, auf die ich mich freuen kann, oder?"

Fraser hielt sie auf und drehte Faye zu sich um. „Hör mit dem Selbstmitleid auf, Faye. Du bist eine MacKenzie. Wir sind stur und geben nie auf. Selbst wenn ich einen Wissenschaftler finden muss, der ein maßgeschneidertes Drachenjet-Pack entwirft, wirst du wieder fliegen."

Faye lächelte, und es erfreute sowohl Mensch als auch Tier.

Sie neigte den Kopf. „Das würde ich gerne sehen. Obwohl ich mir sicher bin, dass die Menschen Drachenjet-Packs nicht gutheißen würden."

„Wen interessiert, was die Menschen denken?" Fraser tätschelte ihren Arm. „Gut, wie wäre es, wenn wir erst das Abendessen überleben und dann die Jetpack-Option später besprechen."

„Weil es eine so glaubwürdige Option ist", antwortete Faye. Fraser knurrte, und jetzt tätschelte sie seinen Arm. „Okay, okay. Wir beginnen mit dem Abendessen und sehen dann weiter."

Die Schuld flutete seinen Körper, weil er die Wahrheit über Holly vor seiner jüngeren Schwester geheim hielt, aber Fraser stieß sie weg. Leider konnte er seinen Drachen nicht davon abhalten, sich zu befreien. *Ich werde um Holly kämpfen, und du wirst mich nicht aufhalten können.*

Willst du wirklich unsere Familie verraten, um es zu tun?

Sie ist unsere wahre Gefährtin. Sag es Fergus. Er wird es verstehen.

Ich wünschte, es wäre so einfach, aber er hat es nicht gut aufgenommen, als wir ihm das letzte Mal ein Mädchen ausgespannt haben. Außerdem bin ich mir nicht sicher, ob Finn der Übertragung des Vertrags zustimmen würde. Es könnte nicht einmal möglich sein.

Man weiß nie, bis man es versucht.

Hör zu, Drache. Ich werde meinem Zwillingsbruder nicht wehtun oder ihm seine letzte Chance auf Glück nehmen, also hör auf zu drängen.

Sein Tier knurrte. *Du hast deine Meinung deutlich gemacht. Ich mache meinen nächsten Schritt ohne dich.*

Als sein Drache sich in seinen Hinterkopf zurückzog, wurde Frasers Magen schwer. Wenn sein Drache die Kontrolle übernahm, konnte das Tier alle möglichen Schäden anrichten. Nicht nur Holly erschrecken, sondern auch die Bande seiner Familie testen.

Fraser hatte vielleicht in der Vergangenheit nicht versucht, den Wünschen seines Drachen zu widerstehen, aber das änderte sich von diesem Moment an.

Das Lachen seines Drachen hallte in seinem Kopf, und Fraser verkrampfte seinen Kiefer. *Warte nur, Drache. Ich bin stärker, als du denkst.*

Das Schweigen seines Tiers sprach Bände. Manche mochten denken, das bedeutete, sein Drache stimmte zu, aber nach Frasers Erfahrung war sein Tier normalerweise nur still, wenn es meinte, seine Zeit wäre ihm zu kostbar, um wegen einer Sache zu streiten.

Die Reaktion seines Drachen hatte seine Entschlossenheit nur noch verstärkt. Für den Rest seines Gangs in die Küche erinnerte sich Fraser an jedes Detail, das er im Laufe der Jahre über den Bau eines komplizierten Labyrinths gehört hatte, um seinen Drachen zu beschäftigen. Wenn er das schaffte, könnte er einen Weg finden, das Abendessen früher zu verlassen. Je länger er mit Holly im Raum blieb, desto größer war die Chance, dass sein Drache die Kontrolle übernahm und weiß Gott was mit ihr tat.

Fayes Stimme unterbrach seine Gedanken. „Du bist ja so still, Brüderchen. Was ist los?"

Er zwang sich zu einem müßigen Lächeln und schüttelte den Kopf. „Du kennst mich, ich plane nur Ärger. Ich muss Fergus vor der Paarungszeremonie einen großen Abschied bereiten."

Während er Pubnamen und die besten Jagdgründe herunterrasselte, um seine Schwester zu täuschen, baute Fraser Stück für Stück sein Labyrinth. Auf keinen verdammten Fall würde er zulassen, dass sein Drache die Sache für seine Familie ruinierte.

∼

HOLLY SCHOB sich eine Strähne hinters Ohr. Sie trug die Haare normalerweise hochgesteckt, aber ihre Freunde hatten immer erwähnt, wie hübsch sie aussah, wenn sie offen waren. In Kombination mit ihrem blauen, tief ausgeschnittenen Oberteil konnte sie Fergus vielleicht davon überzeugen, sie zu küssen.

Sie zupfte an ihrem Hosenbein und widersetzte sich dem Drang, in dem kleinen Arbeitsraum auf- und abzugehen. Finn sollte jeden Moment mit besagtem Fergus zurückkommen.

Obwohl sie im MacKenzie-Haushalt zu Abend aß, traf sie sich zuerst mit Fergus bei Finn. Finn hatte etwas vor sich hingemurmelt, dass er so die übermäßige Neugier der Familie bei ihrer ersten Begegnung mit ihrem zugewiesenen Drachenmann aus dem Weg räumte.

Es würde ihr auch die Chance geben, Fergus zu bewundern, ohne dass sein verdammter Zwillingsbruder sie ablenkte.

Der Türknauf drehte sich, und sie atmete tief durch. *Jetzt kommt's. Zeit, deine Zukunft kennenzulernen.*

Die Tür öffnete sich, um Finns lächelndes Gesicht zu enthüllen. „Ms. Holly Anderson, darf ich vorstellen: Fergus Roger MacKenzie."

Hinter ihm hörte sie ein männliches Murmeln: „Den zweiten Vornamen braucht keiner, Finn."

Finn grinste, als er zur Seite trat. „Gib deiner Mutter die Schuld, wenn er dir nicht gefällt, nicht mir."

Mit einem Seufzer betrat ein großer Drachenmann mit welligem, braunem Haar und blauen Augen den Raum. Von seinen breiten Schultern bis zu der leichten Einkerbung am Kinn sah Fergus genau wie Fraser aus, nur dass der Mann vor ihr keine Narbe neben seinem linken Auge hatte.

Obwohl Fergus die gleiche Statur und das gleiche Gesicht wie sein Zwillingsbruder hatte, war der Blick in Fergus' Augen freundlich und hatte nicht das Funkeln oder die Hitze seines Bruders. Fergus hatte auch keine späten Stoppel wie Fraser. Und vor allem hatte Holly nicht den Wunsch, Fergus auf die Lippen zu starren.

Holly riss sich zusammen, bevor sie sich wieder an den Vorfall im Gewächshaus erinnerte. „Schön, dich kennenzulernen, Fergus."

Fergus nahm ihre Hand und schüttelte sie. Seine Berührung war warm, aber es fehlte jegliche Art von Kribbeln. Der Handschlag war fast so, als würde sie einem Patienten oder einer Kollegin die Hand schütteln.

Im Gegensatz dazu hatte nur die Hitze von Frasers Atem auf ihrem Gesicht Wärme zwischen ihre Beine gesandt.

Hör auf, Holly. Fergus und nicht Fraser ist deine Zukunft. Denk daran, wie glücklich Dad sein wird, wenn er dich wieder in Aberdeen sieht.

Fergus ließ ihre Hand los und lächelte. „Ich weiß, dass dir alles seltsam erscheinen muss, aber ich werde dafür sorgen, dass dein Aufenthalt hier angenehm wird. Es gibt nichts, wovor du dich in Lochguard fürchten müsstest."

Ein kleiner Teil von Holly wollte viel mehr als angenehm; sie wollte heiße, unkontrollierbare Leidenschaft.

Anstatt ihre Gedanken auszusprechen, nickte sie. „Das spüre ich bereits."

Finn ging zurück zur Tür. „Ich gebe euch beiden ein paar Minuten. Aber danach sollten wir wirklich gehen." Er sah zu Holly. „Tante Lorna hasst Verspätungen."

Sie lächelte. „Das werde ich mir merken."

Finn grinste, schloss die Tür und ließ sie mit Fergus allein.

Fergus lächelte sie breiter an. „Ich hoffe, Finn und Arabella behandeln dich gut." Er senkte die Stimme. „Sag es Ara nicht, aber ihre Schwangerschaft hat sie besonders mürrisch gemacht. Ich bin mir nicht sicher, wie Finn damit klarkommt."

Einer von Hollys Mundwinkeln zuckte nach oben. „Wenn dir ständig das Essen wieder hochkäme, wärst du sicher auch besonders mürrisch."

„Richtig, richtig! Ich bin jeden Tag dankbar, dass ich keine Frau bin."

Sie hob eine Braue. „Manche könnten das falsch verstehen."

Fergus hob die Hände. „Ich entschuldige mich dafür. Ich bin es gewohnt, meine Meinung zu sagen. Ich werde versuchen, vorsichtig zu sein."

„Nein, nicht. Ich mag Direktheit."

„Gut, dann solltest du dich mit meiner Familie gut verstehen."

Als zwischen ihnen Schweigen aufkam, widersetzte sich Holly dem Vergleich von Fergus mit Fraser. Sie würde nicht daran denken, wie viel einfacher es war, mit dem anderen Zwilling zu reden. Oder dass der andere Zwilling nie so vorsichtig bei ihr wäre. Fraser konnte sie sogar gegen die Wand stoßen und versuchen, einen Kuss zu gewinnen, wenn sie auch nur mit der Wimper in seine Richtung zuckte.

Hör auf. Holly musste an Fergus arbeiten und Fraser MacKenzie vergessen. Je eher sie den Deal besiegelte, desto eher konnte Holly ihren Opfervertrag erfüllen und die Tage herunterzählen, bis sie nach Hause zurückkehren konnte.

Sie entschied, die Dinge beschleunigen zu müssen, ging zu Fergus, stellte sich vor ihn und legte eine Hand an seine Brust. „Vielleicht sollten wir gehen. Ich muss bei deiner Mutter einen guten Eindruck machen."

Fergus legte seine Hand über ihre und drückte sie. „Keine Sorge. Im Vergleich zu meinem Bruder und meiner Schwester wirst du wie ein frischer Atemzug sein."

„Wie das?"

Er grinste und seine Augenwinkel legten sich in Falten. Fergus war ein gutaussehender Mann, aber nicht ganz so gutaussehend wie Fraser.

Bevor sie sich wieder geistig schelten konnte,

antwortete Fergus: „Sagen wir einfach, dass 'still' nie benutzt wird, um meine Familie zu beschreiben." Er drückte wieder ihre Hand. „Ich warne dich jedoch. Um sie für dich zu gewinnen, gib nicht nach. Selbst wenn meine Mutter etwas Unpassendes sagt oder völlig daneben liegt, sprich sie darauf an. Das ist der schnellste Weg, um dir ihren Respekt zu verdienen."

Hollys Mom war ähnlich gewesen.

Aber ihre Mutter war vor Jahren gestorben. Holly vermisste ihre Stimme und ihr Angebot, ihr früh am Morgen zuerst eine Tasse Tee zu machen.

Sie fühlte sich jedoch nicht wohl dabei, mit Fergus MacKenzie über ihre Mutter zu sprechen.

Und was noch wichtiger war: Die MacKenzies mussten nicht von ihrer Vergangenheit erfahren und ihr am Ende den ganzen Abend mitleidige Blicke zuwerfen. „Gut, gehen wir?"

Fergus bewegte ihre Hände zwischen sie, bis er seine Finger durch ihre fädeln konnte. „Komm. Je eher du meine Familie triffst, desto eher können wir uns wegschleichen und reden. Ich werde dir deine Geheimnisse noch nicht entlocken, aber ich bin immer da, um zu reden, wenn du bereit bist."

Hollys Respekt für Fergus bekam einen Schub. Der Drachenmann war aufmerksam, das musste sie ihm lassen.

Unsicher, was sie sonst sagen sollte, nickte Holly. Stille kam auf, und Fergus zog an ihrer Hand. „Gehen wir."

Das Schweigen setzte sich fort. Bevor Holly sich etwas einfallen lassen konnte, was sie Fergus fragen sollte, das nicht so ein Blödsinn war wie „Was ist deine Lieblingsfarbe?", hatten sie sich Finn und Arabella in der Eingangshalle angeschlossen.

Finns Augen schossen zu ihren ineinander liegenden Händen, und er lächelte. „Wie ich sehe, hattet ihr beide einen guten Start."

Fergus drückte ihre Hand. „Vergraul sie nicht, Finn. Sie hat eine Woche Zeit, und nicht einmal dein derbster Witz wird mich überzeugen, sie zu drängen."

Holly hielt ihren Gesichtsausdruck neutral. Fergus erwartete später eine Überraschung, wenn sie plante, sich auf ihn zu stürzen.

Na ja, vielleicht nicht sich auf ihn stürzen. Aber sie war sicherlich entschlossen, ihn zu küssen, bevor die Nacht vorbei war.

Holly hob eine Braue. „Ich habe einige Zeit ehrenamtlich im East End von London gearbeitet. Es gibt nicht viel, was du sagen könnest, das mich überraschen wird."

Finn grinste, als er Arabella näher zog. „Aye? Ich freue mich darauf, später einige dieser Witze zu hören. Wir können hier immer neue gebrauchen."

Arabella verdrehte die Augen. „Finn, du kannst später um schmutzige Witze bitten. Wenn du nicht Tante Lornas Zorn begegnen willst, müssen wir sofort gehen."

Finn deutete mit dem Kopf. „Dann lasst uns gehen."

Glücklicherweise übernahm Finn auf dem Weg zum Haus der MacKenzies den Großteil der

Unterhaltung und erklärte die eine oder andere Legende. Holly hörte nur halb zu, ihre Gedanken waren mit dem Drachenmann beschäftigt, der ihre Hand hielt.

Fergus war nett, aber Holly hatte sich mehr als das erwünscht. Nach dem Funken bei Fraser hatte sie gehofft, sein Zwilling würde die gleiche Reaktion auslösen.

Leider hatte er das nicht.

Holly musste das Beste daraus machen. Sie glaubte nicht, dass sie in Lochguard misshandelt werden würde. Wenn sie ein Kind bekäme, die Geburt überlebte und zu Besuch kommen wollte, hätte sie das Gefühl, Finn würde es ihr erlauben, selbst wenn sie nicht bei Fergus bliebe.

Der schwierige Teil wäre, das Abendessen mit Frasers Blick auf ihrem Gesicht zu überleben. Wenn sie auf Fraser nur einen halb so starken Eindruck gemacht hatte, wie er auf sie, dann würden sie sich den ganzen Abend lang verstohlene Blicke zuwerfen.

Und wenn das der Fall wäre, hätte Holly das Gefühl, Finn oder Arabella würden es bemerken.

Kapitel Fünf

Sobald Fraser und Faye in die Küche kamen, ließ Fraser den Arm seiner Schwester los und stibitzte ein Stück Apfelkuchen vom nächsten Teller. Gerade als er kurz davor war, einen Bissen zu nehmen, drehte sich seine Mutter nicht einmal um, während sie sagte: „Leg das weg, sonst isst du heute Abend nichts mehr."

Er sah zu Faye und fragte lautlos: „Wie macht sie das?"

Lorna drehte sich um und hob ihre Augenbrauen. „Ich bin seit fast drei Jahrzehnten deine Mutter, Fraser Moore. Es gibt nicht viel, was mich an dir noch überraschen würde."

Faye lächelte. Es war schön, das zu sehen, da seine Schwester in letzter Zeit nicht viel gelächelt hatte. „Wenn du Hunger hast, frag einfach." Faye sah zu ihrer Mutter. „Mom, darf ich ein Stück Kuchen haben?"

Lorna wedelte mit einer Hand. „Nur zu, Kind.

Du bist von allen am unleidigsten, wenn du Hunger hast."

Faye streckte ihrem Bruder die Zunge raus, während sie sich Kuchen vom Teller nahm. Als er seinen eigenen hinlegte, murmelte er: „Arschkriecher."

Seine Mutter schüttelte nur den Kopf und schnitt den Braten weiter. „Bringt schon mal das Essen auf den Tisch."

Faye klopfte sich dramatisch die Krümel von den Händen und knurrte. „Hör auf, es mir auch noch unter die Nase zu reiben."

Seine Schwester zuckte mit den Achseln. „Ich musste doch meine Hände säubern."

Er nahm den Korb mit den Brötchen und ging zum Esszimmer. Nach den letzten Wochen, als Faye mürrisch und zurückgezogen gewesen war, hatte er vergessen, wie nervtötend sie manchmal sein konnte.

Fraser war gerade dabei, für eine weitere Beilage in die Küche zurückzukehren, als er hörte, wie sich die Tür öffnete. Finns Stimme dröhnte durch den Flur. „Wir sind da, Tante Lorna."

Wenn Finn angekommen war, waren es auch Fergus und Holly.

Sein Tier meldete sich zu Wort. *Gut. Ich kann sie beobachten und mir überlegen, wie ich meinen Schritt machen kann.*

Das wird nicht passieren, Drache.

Du unterschätzt mich.

Finn kam mit Arabella an seiner Seite ins

Esszimmer. „Hey, Cousins." Finn sah ihn mit einem Funkeln in den Augen an. „Danke, dass du angeboten hast, den Garten aufzuräumen. Ich habe schon seit einiger Zeit vor, das zu tun."

Fraser verdrehte die Augen. „Du würdest eher eine Toilette schrubben, bevor du jemals Unkraut jätest, geschweige denn etwas pflanzt."

Finn grinste. „Du hast recht, aber ich freue mich darauf zu sehen, wie du die Knochenarbeit erledigst."

Fraser öffnete den Mund, um zu antworten, aber Fergus kam mit Holly herein.

Und sie hielten Händchen.

Bevor er es aufhalten konnte, erklang ein schallendes *Auf keinen Fall* in seinem Kopf.

Das Beängstigende war, dass er nicht wusste, ob es von Mensch, Tier oder beidem war.

Wenn es nicht schon schlimm genug war, dass Holly und Fergus Händchen hielten, hatte die Menschenfrau auch noch ein dunkelblaues Oberteil an, das sich zu einem V senkte, um die oberen Rundungen ihrer cremigen, blassen Brüste zu zeigen.

Brüste, die nur ihm gehören sollten.

Verdammt. Sein Drache lachte, und er ignorierte sein Tier. Stattdessen zwang Fraser seine Stimme zu funktionieren. „Hey, Brüderchen. Holly."

Fergus runzelte die Stirn. „Ihr beide kennt euch schon?"

Fraser zuckte mit den Schultern. „Ich war heute

bei Finn und Ara. Da haben wir uns kennengelernt."

Fergus verengte die Augen. „Bitte sag mir, dass du nichts getan hast, um ihr Angst zu machen oder einen falschen Eindruck von mir zu erwecken."

Fraser deutete auf Holly. „Frag sie selbst. Sie steht direkt da, falls du es vergessen hast."

Mit einem Seufzer sah Fergus auf Holly hinab. „Vergib meinem Bruder. Er ist so ziemlich dauernd eine Plage für mich."

Als Holly Fergus anlächelte, drückte Fraser die Finger einer Hand zusammen.

Sein Drache meldete sich zu Wort. *Wir können sie haben. Sprich einfach mit Fergus.*

Halt die Klappe, Drache. Holly könnte Fergus' einzige Chance auf Glück sein.

Und was ist mit unserem?

Er baute ein grobes Labyrinth und schob sein Tier hinein. Das Labyrinth würde nicht lange halten, da Fraser ein Anfänger war, aber es würde ihnen zumindest erlauben, mit dem Abendessen zu beginnen.

Fraser blickte Finn und Arabella an, die ihn beide musterten.

Faye betrat den Raum mit einer riesigen Schüssel Salat. Das war sein Stichwort zu gehen. „Ich muss Mom mit dem Braten helfen. Ihr könnt euch schon an den Tisch setzen und vor dem Abendessen ein wenig plaudern."

Bevor jemand antworten konnte, eilte Fraser in die Küche. Als der Duft von Rindfleisch und

Kartoffeln seine Nase traf, half das, seine Wut geringfügig zu verringern. Jetzt, da er seinen Bruder und Holly zusammen gesehen hatte, war er vorbereitet. Wenn er jede Unze Sturheit, die er besaß, ausschöpfte, konnte er das Essen überleben.

Er achtete darauf, seine Stimme neutral halten und fragte: „Brauchst du Hilfe beim Tranchieren des Fleisches, Mom? Fergus und die Menschenfrau sind da. Wenn du mit Fergus und seinem Opfer sprechen willst, kann ich das für dich machen."

Lorna drehte sich langsam um, mit dem Messer und einer zweizinkigen Fleischgabel, die sie noch in ihren Fingern hielt. Nachdem sie seine Augen geprüft hatte, verlangte sie zu erfahren: „Was hast du getan?"

„Gar nichts. Ich wollte dich nur entlasten."

Lorna blieb ein paar Sekunden still. Dann deutete sie mit den Utensilien in ihren Händen. „Komm. Ich werde nicht eines deiner seltenen Hilfeangebote ablehnen."

„Oh, komm schon, Mom. Ich helfe ständig mit dem Geschirr."

Sie reichte ihm das Messer und die Gabel. „Nur weil du weißt, dass ich nichts koche, wenn du es nicht tust."

Fraser deutete mit dem Kopf. „Wir können später darüber sprechen. Geh und lern die mögliche Mutter deines ersten Enkelkindes kennen."

Lorna wusch sich die Hände und trocknete sie an einem Handtuch. „Um ehrlich zu sein, angesichts deiner Art mit den Mädchen, war ich überzeugt, dass du der Erste sein würdest, der mir ein Enkelkind schenkt."

Auf gar keinen Fall sprach er mit seiner Mutter über Sex und Babys. „Ich habe keine Kinder. Ich bin vorsichtig. Aber ist es nicht deine Pflicht als Familienoberhaupt, Holly zu begutachten?"

„Finn hat sie zuerst begutachtet. Ich vertraue dem Jungen."

Ihm gingen die Möglichkeiten aus, seine Mutter zum Gehen zu bringen. Als sie ihn schweigend betrachtete, traf ihn eine weitere. „Dann geh, um deine Neugier zu befriedigen. Andernfalls wird Meg Boyd Tatsachen über Holly verbreiten, bevor du überhaupt ein richtiges Gespräch mit der Menschenfrau geführt hast."

„Meg hat sie noch nicht getroffen." Fraser hob eine Augenbraue, und seine Mutter seufzte. „Du hast recht. So sehr ich diese Drachenfrau auch liebe, sie war wahrscheinlich in ihrem früheren Leben Detective Inspector. Ich will nicht, dass sie mehr über Holly weiß als ich. Vor allem, da ihr ungepaarter Sohn Alistair wahrscheinlich nie ein Opfer erhalten wird und ich sie später nicht zurückbekommen kann."

Er hätte fast einen Atemzug vor Erleichterung ausgestoßen. „Ganz genau. Geh und finde so viel heraus, wie du kannst. Dann kannst du es morgen Meg servieren."

Lorna ging auf ihn zu und nahm sein Kinn in die Hände. Fraser hatte vor langer Zeit geübt, seine wahren Gedanken vor seiner Mutter zu verbergen.

Es funktionierte nur etwa die Hälfte der Zeit, aber vielleicht hatte er Glück.

Lorna betrachtete seine Augen, bevor sie ihm die Wange tätschelte. „Auch wenn ich immer lamentiere, du bist ein guter Junge, Fraser. Ich liebe dich."

„Mom, bitte."

Lorna schüttelte den Kopf und ging Richtung Tür. „Manchmal wünschte ich, ich hätte nur Mädchen."

Er wollte seine Mutter gerade schon mit dem Thema weibliche Hormone aufziehen, aber sie war weg.

Endlich allein arbeitete Fraser an der Verstärkung seines mentalen Labyrinths, während er den Braten tranchierte. Wenn Finn und seine Mutter bereits misstrauisch waren, dass etwas nicht stimmte, musste er sein Spiel verbessern.

Auf keinen verdammten Fall würde er sie wissen lassen, wie sehr er Holly entführen, in eine private Hütte bringen und sie ficken wollte, bis sie sein Kind in sich trug.

Oh, aber nicht bevor er Fergus zuerst ins Gesicht geschlagen hatte, weil er es wagte, die Menschenfrau zu berühren oder auf ihre Brüste zu starren.

～

HOLLYS HAND WAR VERSCHWITZT, weil sie so lange Händchen gehalten hatte, aber sie dachte, es wäre unhöflich, sie aus Fergus' Griff zu ziehen und sich die Hände an der Hose abzuwischen.

Das Treffen mit Fraser war gut genug verlaufen. Keiner von ihnen hatte abgesehen von den Namen übermäßig vertraut getan, und Holly hatte ihr Bestes gegeben, um sich auf Fergus zu konzentrieren.

Gerade als eine junge Frau mit braunem Haar und braunen Augen mit einer großen Schüssel in den Händen eintrat, verließ Fraser den Raum, und Holly atmete auf. Der Versuch, Fergus zu verführen, wäre viel einfacher, wenn Fraser nicht im Raum wäre.

Nachdem sie die Salatschüssel mit großer Geste in die Mitte des Tisches gestellt hatte, sah die junge, braunhaarige Drachenfrau Holly direkt an. „Du musst Holly sein. Ich bin Faye, Fergus' Lieblingsschwester."

„Du bist meine einzige Schwester", antwortete Fergus.

Faye streckte Fergus die Zunge heraus und lächelte Holly dann an. „Ich warne dich: an den meisten Abenden, an denen wir alle zusammen essen, landet das Essen an den Wänden."

Holly blinzelte. „Pardon?"

Arabellas Stimme war amüsiert, als sie sagte: „Die MacKenzies und Stewarts mögen zwar so aussehen, als wären sie in ihren Zwanzigern und Dreißigern, aber sie haben ein geistiges Alter von etwa dreizehn, wenn sie zusammen im selben Raum sind."

Finn, Faye und Fergus sagten gleichzeitig: „Hey."

Arabella zuckte mit den Schultern. „Siehst du, was ich meine?"

Holly grinste. „Ich fange an."

Fergus ließ ihre Hand los und berührte ihren unteren Rücken. „Setzen wir uns, bevor Arabella noch mehr Geschichten erzählt, die dir Angst einjagen." Er erhöhte den Druck gegen ihren Rücken. „Außerdem war es ein anstrengender Tag. Du musst erschöpft sein."

Sie wollte gerade schon sagen, dass sie Krankenschwester und daran gewöhnt war, stundenlang auf den Füßen zu stehen, aber in dem Moment, als sie die Güte in Fergus' Augen wieder sah, hielt sie sich zurück. „Danke."

Gerade als sie sich auf dem Holzstuhl niederließ, kam eine Frau mittleren Alters mit graublondem Haar aus der Küche. Sie war groß und leicht übergewichtig. Die braunen Augen der älteren Drachenfrau erinnerten Holly sowohl an Fayes als auch an Finns Augen.

Die ältere Drachenfrau begegnete ihrem Blick und lächelte. „Da ist sie ja endlich. Ich bin Lorna MacKenzie, Fayes, Frasers und Fergus' Mutter. Ich hoffe, meine Familie hat dich noch nicht erschreckt. Sie scheinen immer in Ärger zu geraten, wenn sie außerhalb meiner Sichtweite sind."

Von den Lachfalten um Lornas Mund bis zu den Falten um ihre Augen dachte Holly, dass sich die ältere MacKenzie vielleicht über ihre Brut beschwerte, aber einen Großteil ihrer Zeit damit verbrachte, mit ihnen zu lachen. „Nein, sie haben sich bisher sehr gut benommen, Mrs. MacKenzie."

Lorna wedelte mit einer Hand. „Nenn mich erst einmal Tante Lorna."

Holly verstand, was unausgesprochen blieb – Holly könnte sie eines Tages ihre Mom nennen.

Aber wenn sie bliebe und das täte, wäre Holly von ihrem Vater abgeschnitten.

Nein, das Beste war, ihren Vertrag zu erfüllen und nach Hause zu gehen. Um das zu tun, durfte sie nicht an eine Zukunft in Lochguard denken.

Moment mal, seit wann wollte sie in Lochguard bleiben? Vielleicht war Holly erschöpfter, als sie gedacht hatte.

Fayes Stimme schnitt in Hollys Gedanken. „Bist du sicher, dass es klug ist, Fraser mit dem Braten allein zu lassen? Er wird wahrscheinlich die besten Stücke essen oder für sich selbst beiseitelegen."

Lorna stemmte eine Hand in die Hüfte. „Faye Cleopatra, es ist genug Braten da, um eine kleine Armee zu ernähren. Hab etwas Geduld."

Fergus lehnte sich zu Hollys Ohr und flüsterte: „Faye ist wirklich unleidlich, wenn sie Hunger hat."

In dem Moment kam Fraser mit einem großen Tablett herein. Seine blauen Augen sahen in ihre. Bei der Intensität seines Blicks stürzte eine Hitzewelle durch ihren Körper.

Als seine Pupillen zu Schlitzen und zurück blitzten, blieb ihr Herz einen Moment stehen.

Fraser war derjenige, der den Blickkontakt

brach. Er stellte die Platte auf den Tisch. Da es im Raum still geworden war, hallte das Klappern des Porzellans gegen Holz darin wider.

Lorna war die Erste, die sich äußerte. „Siehst du, Faye? Es gibt reichlich Fleisch zu essen, auch wenn Fraser schon was gegessen hat."

Faye blickte weg von Holly und zu Fraser. „Du hast aber nicht draufgespuckt, oder?"

Fraser legte eine Hand an seine Brust und setzte einen gespielt entsetzten Ausdruck auf. „Und Moms Zorn ertragen? Bist du verrückt?"

Fergus lehnte sich von ihr weg. Aus den Augenwinkeln wagte sie einen Blick auf ihn. Fergus musterte Frasers Gesicht.

Ihr Herz schlug schneller. Hatte ihr gemeinsamer Blick seinen Verdacht geschürt?

Beruhige dich, Holly. Auch wenn es irgendjemand bemerkt hatte, hatte Holly nur mit Fraser gesprochen und ein paar Blicke geteilt. Sie hatte ihren Vertrag nicht verletzt.

Und sie würde dafür sorgen, dass sie es auch nicht tat.

Mit erneuerter Entschlossenheit berührte Holly Fergus' Bizeps. „Würdest du mir etwas Wein einschenken?"

Fergus sah endlich vom Gesicht seines Bruders zu ihrem. „Natürlich."

Er griff nach der nächsten Flasche Rotwein und schüttete ihr ein halbes Glas ein. In dem Moment, in dem er es ihr reichte, nahm Holly einen Schluck und dann noch einen. Sie brauchte den ganzen flüssigen Mut, den sie aufbringen konnte, wenn sie die nächsten, wie viele Minuten auch immer nicht zu Fraser blicken durfte.

Faye meldete sich. „Können wir jetzt essen, Mom? Je länger das Essen auf dem Tisch steht, desto größer ist das Risiko, dass es zu einem Kampf darum kommt, und ich bin verdammt hungrig."

Lorna schnalzte mit der Zunge. „Deine Ausdrucksweise, Faye."

Faye murmelte etwas, das Holly nicht hören konnte, aber Fergus lachte leise an ihrer Seite. „Warte, bis ich gehe, und nur du und Fraser im Haus seid. Wenn ich weg bin, wird Mom mehr Zeit haben, sich auf euch zu konzentrieren."

Aus dem Augenwinkel sah Holly, wie Fraser zusammenzuckte. „Ich werde vermutlich auch nicht oft zu Hause sein. Ohne dich, Bruder, werde ich mehr Mädels für mich haben."

Frasers Worte waren ein Stich in ihr Herz. Sie musste zu viel in ihre gemeinsamen Blicke und den Beinahe-Kuss im Gewächshaus gelesen haben.

Fraser MacKenzie war ihre Zeit oder Sorge eindeutig nicht wert.

Mit ihrer neu gefundenen Entschlossenheit starrte Holly zu Fraser. Doch sobald er ihrem Blick begegnete, sah Fraser weg und lächelte seinen Bruder an. „Dies könnte tatsächlich dein letzter potenzieller Nahrungsmittelkampf ums Leben sein. Holly scheint mir nicht der Typ dafür zu sein."

Arabellas Stimme mischte sich ein. „Du meinst,

sie benimmt sich, als wäre sie älter als ein Teenager."

Holly trank einen Schluck Wein und drehte sich dann in Fergus' Richtung um. „Wenn ein Essenskampf ausbricht, wirst du mich dann beschützen?"

Einer von Fergus' Mundwinkeln zuckte nach oben. „Das hängt davon ab, ob du ihn anfängst oder nicht."

Holly beugte sich vor. „Ich dachte daran, dass du ihn beginnst, indem du deinen Bruder mit einer gekochten Kartoffel triffst."

Fergus grinste, wodurch seine Augenwinkel sich in Falten legten. „Ich mag deine Denkweise, Mädel." Fergus beugte sich hinunter und flüsterte: „Es ist besser abzuwarten, bis Fraser nicht damit rechnet. Aber keine Sorge, ich habe ein paar Tricks im Ärmel. Ich bin der Champion im Essenskampf."

Fraser knurrte. „Er lügt, Holly."

Lorna klatschte in die Hände. „Na, na, Kinder, lasst uns nett sein." Lornas Stimme wurde zu Stahl. „Lasst uns essen."

Holly versteckte ihr Lachen, indem sie einen Schluck nahm.

Es lief gut mit Fergus. Jede Minute in seiner Gesellschaft half ihr zu entspannen. Vor allem, seit Fraser so tat, als hätte er sich nicht vorher mit ihr getroffen.

Als Fergus sanft seine Schulter gegen ihre stieß, murmelte er: „Ich werde dich schützen, Holly. Immer."

Sie zwang sich zu lächeln. Die Worte sollten romantisch sein, aber sie weckten kein Flattern oder Hitze. Vielleicht würden die Hitze und das Gefühl sich mit der Zeit einstellen.

Als sie ein letztes Mal zu Fraser sah, begegnete er ihrem Blick. Hitze flammte kurz auf, bevor sein Gesichtsausdruck etwas überheblich, aber sorglos wurde.

Das Aufflackern der Anziehung erinnerte Holly nur daran, was auf dem Spiel stand. Nichts würde sie davon abhalten, zu ihrem Vater zurückzukehren.

Fergus legte ein paar Scheiben Braten auf ihren Teller, und Holly konzentrierte sich auf ihr Essen. Je schneller sie aß, desto eher konnte sie Fergus überzeugen, sie aus dem Raum zu bringen. Sie musste so bald wie möglich mit dem Drachenmann schlafen. Vielleicht sogar heute Abend.

Holly konnte es sich nicht leisten, länger als nötig in Lochguard zu bleiben, sonst würde ein gewisser rothaariger, blauäugiger Drachenmann sie in Schwierigkeiten bringen.

FRASER PACKTE seine Knie unter dem Tisch. Sein Drache brüllte und versuchte, sich aus dem Labyrinth herauszukratzen. Fraser war sich nicht sicher, wie lange er sein Tier noch zurückhalten konnte.

Aber wenn er das Abendessen verließe, ohne zu essen, würden Finn, seine Mutter und vielleicht sogar Fergus versuchen, mit ihm zu reden, um zu sehen, was los war. Wenn es eine Sache im MacKenzie-Haushalt gab, die immer stimmte, dann, dass man nie die Mahlzeiten verpasste und alle Geschwister um das Essen stritten. Wenn jemand das Abendessen verpasste, hatte er entweder einen verdammt guten Grund oder etwas stimmte nicht.

Solange er das Abendessen überlebte, konnte Fraser den Rest seiner Zeit damit verbringen, am Lagerhausprojekt zu arbeiten und Finns und Arabellas Garten aufzuräumen. Er musste Holly erst wiedersehen, nachdem sie mit Fergus geschlafen hatte und möglicherweise das Kind seines Bruders trug. Bis dahin konnte sein Drache vielleicht aufgegeben haben.

Fraser packte seine Gabel so fest, dass seine Finger weiß wurden. Wem machte er eigentlich etwas vor? Wenn man vom Wutanfall seines Drachen ausgehen konnte, würde Hollys Anblick, schwanger mit einem Kind, das nicht ihres war, sein Tier in Rage bringen. Er musste sich einen Plan ausdenken, um von Lochguard wegzukommen. Er konnte sogar darum bitten, zum Austausch nach Stonefire geschickt zu werden. Er konnte eine englische Drachenwandlerin treffen und Holly Anderson vergessen.

Er musste nur erst das Abendessen überstehen.

Faye nahm sich den Korb mit den Brötchen vor ihm und stapelte drei auf ihren Teller. Ein letztes Mal verstärkte er sein mentales Labyrinth und entschied sich, seine Rolle zu spielen. Er nahm eines der Brötchen seiner Schwester und aß einen Bissen. „Danke, Faye."

Faye starrte wütend. Selbst wenn sie sich nach ihrer Verletzung bemitleidet und vier Wochen im Rollstuhl festgesessen hatte, hatte seine Schwester immer ihr Essen beschützt. „Du hast fünf Scheiben Braten und einen Haufen Kartoffeln. Iss die zuerst. Du weißt, dass ich Brötchen am liebsten mag."

Fraser schob sich einen weiteren Bissen in den Mund und antwortete mit halbvollem Mund. „Aber sie sind warm."

Eine Erbse prallte von seiner Wange vom anderen Ende des Tisches ab. Fraser blickte auf Finn und dann auf Fergus. „Nicht jetzt. Wir haben einen Gast."

Holly nahm noch einen Schluck Wein, und er sah zu, wie die rote Flüssigkeit zwischen ihre Lippen glitt, bevor sie schluckte. Die Menschenfrau hatte zarte rosa Lippen, an denen er gerne knabbern und dann kosten würde.

Bevor er dabei erwischt wurde, wie er starrte, nahm Holly ihr Glas herunter und sagte: „Fergus sagte, er wird mich beschützen. Haltet euch also meinetwegen nicht zurück."

Fraser hob eine Braue. „Oh, aye? Hat er das?"

Fraser warf den Rest seines Brötchens in Hollys Richtung, aber Fergus fing es in der Luft auf. „Du wirst dir schon mehr Mühe geben müssen."

Als Fergus und Fraser einander angrinsten,

vergaß Fraser fast, dass Holly im Begriff war, zwischen sie zu geraten.

Dann nahm die verdammte Menschenfrau das Brötchen aus Fergus' Fingern – musste sie seine Finger streifen und auch noch so verweilen? – und warf es zurück in seine Richtung. „Wie wäre es, wenn wir erst essen und später spielen?"

Frasers Drache knurrte und versuchte, dem Labyrinth zu entkommen. Zweifellos hatte das Tier seine eigenen Spielvorstellungen.

Bevor er etwas Dummes tat, schüttete Fraser etwas Wein ein und trank einen Schluck.

Lorna brach die Stille, indem sie mit dem Messer gegen ihren Teller klopfte. „Auszeit. Ich hab' nicht den ganzen Tag in der Küche geschuftet, damit mein Essen über den Tisch geworfen wird. Wenn ihr so meine harte Arbeit würdigt, dann werde ich das nächste Mal den einfachen Weg gehen und Fisch, Pommes Frites und Erbsen zubereiten."

Finn lächelte. „Das ist keine große Drohung, Tante Lorna. Du weißt, dass ich das am liebsten mag."

Lorna seufzte. „Okay, wie wäre es dann, wenn ich ein paar Tiefkühlprodukte von den Menschen bestelle, die nach Pappe schmecken, und die dann aufwärmen würde?"

Fraser rümpfte die Nase. „Das ist eine echte Drohung, Mom."

Lorna brachte ihren Po auf dem Stuhl in eine

bequemere Position. „Gut, dann esst und verschiebt die Essenskämpfe auf später."

Alle außer Arabella und Holly murmelten ihre Zustimmung.

Lorna drehte ihren Kopf in Hollys Richtung. „Also, Mädel, wie geht es deinem Vater? Geht es ihm besser?"

Holly schluckte ihren Kartoffelbiss herunter und antwortete: „Die Ärzte denken das. Aber seine Genesung wird eine Weile dauern, und sie werden seinen Körper auf das weitere Wachstum von Krebszellen überwachen. Die Behandlungen sind experimentell, aber wenn sie erfolgreich sind, bringt der Prozess eine wesentlich höhere Überlebensrate als eine reguläre Chemotherapie."

Lorna lächelte. „Ich bin so froh, dass du deinem Vater hast helfen können. Wenn es ihm besser geht, kann er vielleicht zu Besuch kommen. Ich bin mir sicher, Finn kann das arrangieren."

Holly blinzelte. „Ich hätte nicht gedacht, dass menschliche Besucher gestattet sind."

Finn antwortete: „Das MDA und das Innenministerium stellen ein paar Besucherausweise für unseren Clan und Stonefire in England aus. Ich bin mir sicher, dass ich eine Lösung finden kann, sofern die Gesundheit deines Vaters stark genug ist."

Hollys Augen leuchteten auf, und Fraser hielt den Atem an. Wenn das Mädel glücklich und aufgeregt war, war es sogar noch schöner.

Fraser wollte versuchen, sie so oft wie möglich glücklich zu machen.

Hör auf, Fraser. Er nahm noch einen Schluck Wein und hörte halb zu, wie Holly und Finn über Besucherpässe sprachen. Ihr Gespräch gab Fraser die Chance, die Menschenfrau eingehender zu betrachten, ohne dabei zu offensichtlich zu sein.

Er liebte es, wie ihr langes, dunkles Haar über ihre Schultern bis fast zu ihren Ellbogen fiel. Die sanften Wellen ihres Haares machten ihr Gesicht weicher, und wenn Fraser hätte mitbestimmen dürfen, wie sie ihr Haar trug, würde Holly es nie wieder zu einem Knoten stecken.

Obwohl der Gedanke, dass er die Nadeln herauszog und ihr Haar herunterließ, seine eigene Anziehungskraft hatte.

Fraser widersetzte sich einem Stirnrunzeln, um seine Gedanken nicht preiszugeben, und nahm noch einen Schluck Wein. Das würde ein langer Abend werden. Wie er es überleben würde, Holly und Fergus die nächsten sechs Monate oder länger zu beobachten – Fraser hatte keine Ahnung. Im Austausch nach Stonefire zu gehen, war seine einzige wirkliche Option.

Sein Tier schlug bei dem Gedanken daran, Holly zurückzulassen, gegen sein mentales Labyrinth, und die Struktur gab ein wenig nach.

Wenn sein Tier sich schon so verhielt, wenn Fergus Holly nur berührte, hasste Fraser es daran zu denken, was passieren würde, wenn Fergus anfing, mit der Frau zu schlafen.

Finn trat unter dem Tisch gegen sein Bein. „Erde an Fraser. Hörst du überhaupt zu?"

Verdammt. „Was hab' ich verpasst? Ich war zu sehr damit beschäftigt, mich auf dieses feine Glas Wein zu konzentrieren."

Finn hob kaum seine Brauen. Frasers Cousin war nicht überzeugt.

Verdammt, wenn Fraser sich nicht zusammenriss, würde er in die Enge getrieben und verhört werden, bevor der Abend vorüber war.

Holly antwortete: „Keine Sorge, es war nicht wichtig."

Fraser sollte sich widersetzen, das Mädchen noch einmal anzusehen, da alle am Tisch ihn beobachteten, aber er drehte den Kopf. Die Wangen der Menschenfrau waren vom Wein, vom Lachen oder beidem gerötet. Zusammen mit dem Funkeln in ihren Augen wollte er sie nur nach hinten zerren, sie an sich ziehen und küssen.

Sein Drache brüllte erneut.

Holly sah endlich von Fraser und Fergus weg. Sie berührte erneut den verdammten Bizeps seines Bruders. „Ich muss mal zur Toilette."

Fergus lächelte. „Ich glaube, du versuchst nur, dem Wahnsinn für eine Weile zu entkommen."

Holly zwinkerte, und Fraser grub die Nägel in seine Schenkel, als sie sagte: „Es ist etwas anstrengend, mit deiner Familie zu essen, wenn ich ehrlich bin. Natürlich ist es bei allen Drachenwandler-Familien so, soweit ich weiß."

Arabella schnaubte. „Auf keinen Fall. Wenn du jemals meinen Bruder triffst, wirst du sehen, was ich meine."

Fergus flüsterte: „Ignorier Arabella. Ihr Bruder ist ein kleiner Bastard, und das weiß sie."

Arabella knurrte. „Pass auf, Fergus. Ich bin noch nicht einmal im zweiten Monat schwanger. Ich kann dir immer noch in den Arsch treten, wenn es sein muss."

Fergus grinste. „Das würde ich ja annehmen, aber Finn würde sich meinen Kopf holen. Wir können in etwa fünf Jahren eine Revanche abhalten, wenn du dein Kind zur Schule schicken kannst." Arabella verdrehte die Augen, und Fergus begegnete wieder Hollys Blick. „Geh die Treppe hoch und dann nach links. Die Toilette ist die erste Tür auf der rechten Seite."

Holly drückte Fergus' Arm. „Danke."

Als das Mädel den Raum verließ, gelang es Frasers Drache endlich, die Spitze seines mentalen Labyrinths zu durchbrechen. *Geh ihr nach. Das ist deine Chance, sie zu küssen. Sie wird uns wählen.*

Auf keinen Fall, Drache. Sie gehört nicht uns.

Sein Tier knurrte. *Dann lässt du mir keine Wahl.*

Sein Drache drückte sich in den Vordergrund seiner Gedanken. Fraser drückte zurück, aber sein Drachenzwang, Holly zu küssen und sie mit ihrem Duft zu markieren, waren stark genug, um Fraser abzuhalten.

Fraser legte den Kopf in die Hände und schloss die Augen. *Nein, wir dürfen das nicht.*

Du hattest deine Chance. Wir gehen ihr nach. Ich werde nicht zulassen, dass Fergus sie nimmt. Sie gehört uns.

Warte – wenn du die anderen nicht zu misstrauisch

machen möchtest und sie uns nicht sofort folgen sollen, dann lass mich ihnen eine Ausrede geben.

Sein Tier hielt inne und antwortete dann: *Ich gebe dir zwei Minuten. Versuch, mich wieder in ein Labyrinth zu stecken, und beim nächsten Mal werde ich nicht ruhen, bevor ich die Kontrolle übernehme.*

Da Fraser fürchtete, sein Drache könnte Holly erschrecken, hatte er keine andere Wahl, als zu antworten: *Werde ich nicht.*

Zwei Minuten.

Sein Drache gab die Kontrolle auf und bewegte sich in Frasers Geist, bereit, zuzuschlagen, wenn Fraser das erste Anzeichen von Täuschung zeigte.

Da sein Tier nun nicht mehr knurrte und grollte, hörte Fraser endlich Fayes Stimme fragen: „Fraser, geht es dir gut? Was ist los?"

Er atmete tief durch und hob seinen Kopf. „Ich glaube, ich habe zu schnell zu viel Wein getrunken. Ich werde mir nur etwas Wasser ins Gesicht spritzen."

Finn lächelte nicht, aber sein Ton war nicht unfreundlich. „Oder steck den Kopf in eine Toilette."

Fraser wusste, dass die Uhr tickte, also nickte er nur und stand auf. Er blickte zu seiner Mutter. „Tut mir leid, Mom, aber ich bin gleich wieder da."

Da Fraser seiner Mutter nicht die Chance geben wollte, sein Gesicht zu lesen und zu erraten, was los war, grunzte er schnell und verließ das Esszimmer.

Während er die Treppe hinaufstieg, dröhnte die Stimme seines Drachen: *Finde sie.*

Das werde ich, aber erlaube mir, zuerst zu erklären, was los ist. Sonst könnte sie weglaufen.

Sie sollte besser Ja sagen.

Vertrau mir, Drache. Ich kann ein Mädel dazu bringen, mich zu küssen.

Trotz des Selbstvertrauens in seinem Tonfall drehte sich Frasers Magen. Nie in einer Million Jahren hätte er erwartet, seine wahre Gefährtin dazu zu bringen, ihn zu küssen. Mit etwas Glück würde Holly ihn danach nicht hassen.

Es war nicht so, als hätte er eine Wahl. Wenn Fraser nicht den Clan verließ, würde sein Tier Holly wollen, solange sie in der Nähe war. Und wenn man bedachte, wie Fraser seinen Drachen über die Jahre verwöhnt hatte, nahm sich sein Tier, was es wollte.

Er konnte nicht zulassen, dass sein Drache das Mädel erschreckte. Fraser konnte ihren Hass später ertragen, aber er wollte nie Angst oder Tränen in ihren Augen sehen, wenn sie ihn anblickte.

Eine Idee kam ihm, und Fraser sagte zu seinem Drachen: *Lass mich erst mit Fergus und Finn reden. Sie können uns vielleicht helfen.*

Nein. Du hast zu lange gewartet. Ich muss sie küssen und sie beanspruchen. Sie gehört uns.

Wenn du mir fünf Minuten geben würdest –

Sein Drache brüllte. *Nein. Küss sie und rede später.*

Das Bedürfnis, Holly zu küssen und zu ficken, stürzte durch Frasers Körper, und er geriet ins Straucheln. *Du sagtest, ich könnte mit ihr reden.*

Das war, bevor du versucht hast, Ausreden zu finden und uns davon abzuhalten, sie zu küssen.

Gut, ich werde sie küssen. Aber lass mich sie zuerst vorbereiten.

Sein Tier hielt einen Moment lang inne, bevor es antwortete. *Das ist deine letzte Chance. Küss sie, oder ich übernehme die Kontrolle.*

Verstanden.

Als sein Tier wieder auf- und abging, fluchte Fraser, dass ihm seine Zukunft gestohlen wurde. Ja, er fühlte sich zu Holly hingezogen und würde gerne die Chance haben, das temperamentvolle Mädel zu umwerben. Aber nicht mit Tricks und seinem Drachen, der seine Handlungen antrieb.

Diese Art von Betrug würde nur die Gerüchte festigen, dass Drachenwandler Tiere sind. Ganz zu schweigen davon, dass Holly aus Lochguard fliehen würde, sobald sie sein Kind geboren hatte. Selbst wenn er wusste, wie wichtig Familie für Holly war, würde sie wahrscheinlich versuchen, ihr Kind von Fraser, dem Monster, wegzunehmen.

Fraser atmete tief ein und verdrängte all seine Zweifel und Ängste. Er durfte nicht riskieren, dass sein Drache seinen Verstand übernahm und Amok lief. Wenn das passierte, würde das Ministerium für Drachenangelegenheiten ihn wahrscheinlich jagen und einsperren.

Es gab keinen verdammten Weg, dass er das zulassen würde.

Er erreichte die Toilettentür gerade, als Holly sie öffnete. Sie blinzelte. „Fraser? Was tust du denn hier oben?"

Er konnte sich Ausreden ausdenken, dass er

das Klo benutzen musste, aber jede Sekunde, die er mit Reden verschwendete, war eine Sekunde mehr, in der Finn oder Fergus kommen konnten, um nach einem von beiden zu sehen.

Fraser griff nach ihrer Hand, zog sie in sein Zimmer auf der anderen Seite des Flurs und schloss die Tür. Sein Drache zischte. *Drück sie an die Wand und küss sie.*

Noch nicht.

Beeil dich.

Fraser lehnte sich gegen seine Tür, während Holly die Stirn runzelte. „Was zum Teufel tust du, Fraser MacKenzie?"

Beim Gedanken an das, was er tun wollte, verkrampfte sich sein Kiefer.

HOLLYS HERZ SCHLUG DOPPELT SO SCHNELL. Im einen Moment verließ sie die Toilette und im nächsten war sie allein in einem Raum mit Fraser.

Da sonst niemand dabei war, konnte Holly nichts anderes tun, als den blauäugigen Drachenmann anzustarren, der ständig in ihre Gedanken eindrang. Er würde doch wohl nicht versuchen, mit ihr zu flirten oder sie wieder anzufassen. Schließlich hatte Fraser sie am Esstisch abgelehnt.

Oder nicht?

Die Pupillen des Drachenmanns blitzten zu

Schlitzen und zurück. Irgendwas war mit seinem Drachen los, aber sie hatte keine Ahnung, was.

Da sie niemand war, der davor zurückschreckte, Antworten zu bekommen, runzelte sie die Stirn und ließ ihre Stimme stark klingen. „Was zum Teufel tust du, Fraser MacKenzie?"

Er knurrte: „Weißt du, was ein wahrer Gefährte ist, Holly?"

Holly zuckte bei der seltsamen Frage fast zusammen. „Ja, das MDA hat es mir gesagt. Der wahre Gefährte eines Drachenwandlers ist seine beste Chance auf Glück. Warum?"

Er schloss die Tür und machte einen Schritt auf sie zu. „Was haben sie dir noch gesagt?"

Ihr Herz raste schneller. Sie trat einen Schritt zurück, und ihre Beine stießen gegen den Bettrand. „Dass, wenn ein Drachenwandler seinen wahren Gefährten küsst, es einen Rausch auslöst." Sie schluckte. „Warum fragst du mich das? Fergus wartet unten auf mich."

Fraser verzog seine Oberlippe. „Erwähn Fergus nicht."

Holly atmete tief durch und straffte die Schultern. Sie würde nicht zulassen, dass Fraser ihr Angst machte. „Er ist derjenige, für den ich hier bin, Fraser. Das weißt du. Und jetzt lass mich gehen."

Fraser schloss die Distanz zwischen ihnen, bis er nur wenige Zentimeter entfernt war, und legte eine Hand an ihren Rücken. Trotz seiner blitzenden Augen und seiner Alpha-Einstellung flammte die Hitze bei seiner Berührung auf.

Fraser lächelte. „Ich bin derjenige, den du willst, Mädel. Nicht mein Bruder."

Er drückte sie näher, bis ihre Brüste seine Brust berührten und sie den Atem anhielt. „Hör auf, Fraser. Ich kann nicht."

Fraser beugte sich vor und schmiegte sich an ihre Wange. Jede Berührung seiner abendlichen Stoppel an ihrer Wange ließ Hitze durch ihren Körper strömen.

Frasers Atem war heiß an ihrem Ohr, als er murmelte: „Küss mich, Holly, und du wirst mir gehören."

Die Rauheit seiner Stimme ließ ihre Brüste schwer werden und die Brustwarzen verhärten. Verflucht seien der Mann und seine Wirkung auf sie. „Ich kann nicht, Fraser. Wenn ich ins Gefängnis gehe, kann ich mich nicht um meinen Vater kümmern."

Fraser knabberte an ihrem Ohrläppchen, und sie musste sich gegen seine Brust lehnen, um sich zu stützen. „Wir finden schon einen Weg, das hinzubekommen, Holly. Das verspreche ich dir."

Er biss ihr sanft in den Hals. Der Bereich zwischen ihren Schenkeln, ihre Brüste, sogar ihre Lippen pochten erwartungsvoll. Fraser MacKenzie zu küssen wäre mehr als angenehm.

Ist es nicht das, was du willst?

Das war es, aber sie musste an ihren Vater denken. Ein Kompromiss blitzte in ihrem Kopf auf. Einer, der all ihre Probleme lösen könnte.

Holly lehnte sich ein wenig näher und flüsterte

ihm ins Ohr: „Wenn du einen Weg findest, den Vertrag zu übertragen, werde ich es in Betracht ziehen."

Fraser knurrte, als er wieder an ihrem Hals knabberte. Der leichte Stich ließ das Pulsieren zwischen ihren Beinen stärker werden.

Er bewegte sich zurück zu ihrem Ohr und murmelte: „Das werde ich. Aber küss mich und lass mich dich jetzt ficken, Holly Anderson. Ich brenne für dich."

Die rationale Seite ihres Geistes kämpfte mit ihren Hormonen. Dass Fraser wahre Gefährten erwähnte, musste relevant sein. Aber jedes Mal, wenn er knabberte und ihr den Hals leckte, fiel es ihr schwerer, die Punkte miteinander zu verbinden.

Sie wollte gerade schon Ja sagen, als jemand an die Tür klopfte und schrie: „Mach die verdammte Tür auf, Fraser MacKenzie, oder ich werde sie eintreten!"

Es war Finn.

Kapitel Sechs

Als es an der Tür klopfte und er Finns Stimme hörte, brüllte Frasers Drache und versuchte, sich in seinen Geist zu drängen. Fraser drängte ihn zurück. *Nein. Du bleibst zurück.*

Sein Tier knurrte und zischte. *Küss sie. Das wird Finn wegschicken und sie zu der unseren machen. Warum wartest du?*

Ich will mit Finn reden. Das ist ein besserer Weg. Holly wäre bereit, wenn wir den Vertrag übertragen würden.

Nein. Sie wird sowieso Ja sagen. Küss die Menschenfrau.

Fraser starrte auf Hollys weit aufgerissene Augen. Sie zu küssen und mit ihr rumzumachen, während sein Cousin an die Tür klopfte, war nicht so, wie er ihren ersten Kuss wollte.

Holly hatte etwas Besseres verdient.

Fraser zog sich tief in sich hinein, schubste sein Tier in den Hinterkopf und errichtete eine Wand. Sein Drache schlug und trommelte gegen sein Gefängnis, aber es hielt. Zumindest im Moment.

Aber sein Tier würde in den nächsten Minuten entkommen, also musste Fraser etwas daraus machen.

„Bleib hier!", befahl Fraser Holly, bevor er zur Tür ging.

Finn klopfte noch einmal, aber Fraser drehte den Schlüssel und öffnete die Tür.

Finns sorgloser Ausdruck und sein Lächeln waren verschwunden. Stattdessen war Finns Kiefer fest, und seine Augen blitzten zu Schlitzen und zurück. Sein Clanführer knurrte: „Was zum Teufel machst du, Fraser? Warum bist du allein mit Holly, nicht nur in deinem Zimmer, sondern mit verdammt nochmal verschlossener Tür?" Fraser öffnete den Mund, um es zu erklären, doch Finn unterbrach ihn. „Und komm mir jetzt nicht mit einer Ausrede, dass du sie herumführst oder so was. Ihr zwei habt euch den ganzen Abend verstohlene Blicke zugeworfen. Ich will wissen, warum."

Mit jeder Sekunde, die verstrich, war sein Drache näher dran, sich zu befreien und die Kontrolle zu übernehmen. Fraser konnte Finn in diesem Moment alles erklären, oder er würde seine Chance verlieren.

Schließlich flüsterte Fraser: „Sie ist meine wahre Gefährtin, Finn. Und mein Drache wird bald den Kopf verlieren und die Kontrolle übernehmen."

Finn fluchte. „Warum zum Teufel hast du mir das nicht gesagt?" Er bedeutete Holly zu kommen. „Wir müssen dich hier rausbringen, Mädel. Und zwar schnell."

Fraser streckte seinen Arm aus, um die Tür zu blockieren, und knurrte. „Du nimmst sie mir nicht, ohne zu garantieren, dass sie mir gehört und nicht Fergus."

Finns Augen blitzten. „Ich werde sie wegbringen. Entweder nimmst du deinen Arm runter und gehst mir aus dem Weg, oder ich werde dich zwingen."

Die Dominanz in Finns Stimme ließ ihn fast den Befehl befolgen. Dann schlug das Bedürfnis seines Drachen, sich zu paaren, durch seinen Körper, und Fraser konnte kaum zwei Worte fassen. „Nein, ich werde es nicht zulassen."

„Letzte Warnung, Fraser. Ich gebe dir zehn Sekunden Zeit, um deine Antwort zu erläutern, bevor ich dich k.o. schlage und Holly wegbringe."

Sein Drache brüllte und knurrte. Fraser hatte vielleicht noch eine Minute, bevor er den Kampf mit seinem Tier verlieren würde.

Fraser packte die Türkante als Stütze und brachte zwischen zusammengebissenen Zähnen hervor: „Übertrage den Vertrag auf mich." Finn öffnete den Mund, doch Bram kam ihm zuvor. „Versprich mir, dass du es tust, und ich lasse mich von dir k.o. schlagen, damit du Holly in Sicherheit bringen kannst."

Finn starrte ihn nur an.

Frasers Drache kämpfte mit den Krallen, um freizukommen. Fraser hatte etwa dreißig Sekunden. „Bitte, Finn."

Finns Kiefer wurde fest. „Ich werde sehen, was ich tun kann. Schließ jetzt die Augen."

Fraser vertraute darauf, dass Finn die Dinge in Ordnung brachte. Schließlich waren sie Brüder in allem außer Blut.

Fraser schloss die Augen und konzentrierte seine restliche Energie darauf, seinen Drachen so lange zurückzuhalten, bis Finn ihn bewusstlos schlug.

Nach ein paar Schlägen traf eine Faust ihn am Kiefer, und die Welt wurde wunderbar schwarz und still.

HOLLY VERKRAMPFTE die Finger fester über ihrer Brust, als Finns Faust Frasers Kiefer traf.

Das klatschende Geräusch füllte den Raum, bevor Frasers Körper schlaff wurde und auf den Boden stürzte.

Sie war hin- und hergerissen, um nachzusehen, ob es Fraser gut ging, und sich an Finn vorbeizuschieben, um aus dem Cottage an einen sicheren Ort zu rennen.

Finn nahm ihr die Entscheidung ab und stellte sich vor sie. Seine braunen Augen waren voller Sorge. „Geht es dir gut, Holly?"

„Ich —" Sie hielt inne, atmete tief ein und brachte ihren Mund wieder zum Funktionieren. „Mir geht's gut. Aber erkläre mir, was gerade passiert ist."

Finn drückte seine Lippen zusammen, bevor er

antwortete: „Fraser ist ein verdammter Idiot, das ist passiert."

Holly hob eine Braue. „Das ist nicht gerade hilfreich."

Finn seufzte. „Das MDA muss erklären, wie du dich als die wahre Gefährtin eines Drachenwandlers herausstellen kannst, aye?" Sie nickte. Finn drehte sich halb um und deutete auf Fraser. „Fraser hat dich als die seine erkannt, aber es niemandem erzählte, der verdammte Idiot."

Bevor Holly eine Frage stellen konnte, tauchte Lornas finsteres Gesicht in der Tür auf. Ihre Augen schossen zu Fraser und dann zu Finn. „Warum liegt mein Sohn bewusstlos auf dem Boden? Ich bin sicher, dass es dafür einen guten Grund gibt, aber ich bin neugierig, was es ist."

„Holly ist Frasers wahre Gefährtin, und der Bastard hat uns nichts gesagt."

Lorna schüttelte den Kopf. „Idiot." Lornas Augen wurden sanft und blickten direkt zu Holly. „Alles in Ordnung, Kind? Er hat dich nicht verletzt oder dich zu etwas gezwungen, oder?"

„Nein. Aber es wäre schön, wenn mir jemand erklären würde, was von hier aus passieren wird." Hollys Herz schlug schneller. „Ihr werdet mich doch nicht beim MDA melden, weil ich den Vertrag gebrochen habe, oder? Nichts ist passiert. Wir haben uns nicht mal geküsst. Ich kann immer noch tun, wozu ich hergekommen bin, und versuchen, Fergus ein Kind zu gebären."

Lorna wedelte mit einer Hand. „Sei nicht

albern. Sobald Fergus dich angefasst hat, würde Fraser seinen Bruder zu einem blutigen Brei schlagen."

Die Erleichterung überflutete ihren Körper, aber sie war noch nicht aus dem Schlimmsten raus. Nur weil sie sie nicht zwingen wollten, mit Fergus zusammen zu sein, hieß das nicht, dass sie sie nicht dem MDA ausliefern würden.

Holly zwang ihre Schultern zurück. Das gab ihr Kraft nachzuhaken. „Ihr habt immer noch nicht meine Frage beantwortet, ob ihr mich melden werdet."

Finn antwortete, bevor Lorna den Mund öffnen konnte. „Jetzt ist nicht der richtige Zeitpunkt, um Versprechungen zu machen. Ich sagte Fraser, ich würde sehen, was ich tun kann, und das werde ich. Ich mache mir mehr Sorgen um Fergus." Finn sah zu Lorna. „Ist er unten?"

Lorna nickte. „Aye. Er hat sich freiwillig gemeldet, auf Arabella und Faye aufzupassen, falls jemand einbricht."

Finn stupste Frasers Seite mit seinem Schuh an. „Ich wünschte, es wäre ein Eindringling gewesen. Das wäre verdammt viel einfacher gewesen." Finn drehte sich zu Holly zurück. „Ich brauche eine ehrliche Antwort, Holly. Geht es dir gut genug dafür?"

Sie wackelte mit dem Kopf und ignorierte ihr donnerndes Herz. „Ja. Was ist los?"

Finn antwortete: „Wenn ich es schaffe, deinen

Opfervertrag zu übertragen, würdest du Fraser akzeptieren?"

Holly blickte auf Frasers Gesicht hinunter, entspannt in Bewusstlosigkeit. „Werde ich wieder mit seinem Drachen zu tun bekommen?"

Finns Stimme erfüllte erneut den Raum. „Cleveres Mädel. Und die Antwort lautet ja. Da du seine wahre Gefährtin bist und Fraser nicht sehr gut darin ist, seinen Drachen einzudämmen, wird er in dem Moment, in dem er dich küsst, in einen Paarungsrausch verfallen. Wie du wahrscheinlich weißt, bedeutet das, dass Fraser und sein Drache kontinuierlich Sex mit dir haben werden, bis du schwanger bist. Der charmante, flirtende Drachenmann, den du kennst, wird wahrscheinlich verschwinden, bis der Rausch vorbei ist, da der Idiot nie gelernt hat, seinen Drachen richtig zu kontrollieren."

Während ihr Körper nichts anderes wollte, als Fraser auszuziehen und jeden Zentimeter seines muskulösen Körpers zu lecken, hatte ihr Verstand ein Gewissen und war noch nicht bereit, sich festzulegen. Holly begegnete wieder Finns Blick. „Und was ist mit Fergus?"

Finn verschränkte die Arme vor der Brust. „Ich werde dich nicht anlügen. Fergus wird sowohl vom Verrat seines Bruders als auch von deinem Verlust am Boden zerstört sein. Fergus wollte dich unbedingt für sich gewinnen, Holly."

Hollys Herz wurde von Schuldgefühlen gedrückt. „Ich habe das nicht geplant, weißt du."

Lorna ging um Frasers bewusstlosen Körper und legte einen Arm um Hollys Schultern. „Das wissen wir, Kind. Der Instinkt eines Drachen ist unberechenbar." Lorna nahm Hollys Kinn zwischen die Finger. „Das ist nicht deine Schuld. Fraser ist derjenige, der diese Katastrophe zugelassen hat."

Holly konnte schweigen und Fraser die Schuld auf sich nehmen lassen. Doch dann würde sie nicht mehr gut schlafen können, bis sie ohnehin die Wahrheit sagte, also entschied Holly sich, es aus dem Weg zu räumen. „Er ist nicht der Einzige. Ich habe die Verbindung zwischen uns ignoriert." Sie warf Finn einen Blick zu, aber er beobachtete sie nur, ohne sie zu verurteilen, also fuhr sie fort: „Wir hätten uns heute Nachmittag im Gewächshaus von Finn und Arabella fast geküsst." Holly begegnete wieder Lornas Blick. „Aber ich habe wirklich versucht, das zu tun, wofür ich hergeschickt wurde. Ich wollte Fergus nie wehtun. Er ist ein netter Kerl, und er wird ein Mädchen finden. Bitte sorgt dafür, dass er weiß, dass ich ihm nie absichtlich wehgetan hätte."

Lorna drückte Hollys Kinn. „Ich sage es ihm selbst, sobald er sich abgekühlt hat." Lorna löste ihren Griff. „Apropos, wie willst du damit umgehen, Finlay?"

Finn nahm die Arme aus der Verschränkung. „Ich rufe Grant an, damit er mir hilft, Fraser zu meinem Cottage zu tragen. Holly wird vorerst hier, in Fayes Zimmer, bleiben. Auf diese Weise kann Faye über sie wachen."

Lorna fragte: „Glaubst du, dass Faye bereit ist?"

Finn runzelte die Stirn. „Der Job sollte ihr einen Sinn geben, auch wenn er klein ist. Ich denke, es wird Faye guttun."

Holly fand ihre Stimme wieder. „Du willst, dass ich im selben Haus bleibe wie Fergus? Ich bin mir nicht sicher, dass das die beste Idee ist."

Finn schüttelte den Kopf. „Das habe ich nie behauptet, Mädel. Ich lasse ihn sich in einem der leeren Cottages abkühlen, bevor ich mich morgen mit ihm unterhalte. Ich habe einen Job für ihn auf der Isle of Skye, was ihn eine Weile beschäftigen sollte. Ich wollte ihn jemand anderem zuweisen, aber angesichts der jüngsten Ereignisse übergebe ich den Auftrag an Fergus."

Lorna klatschte in die Hände. „Gut, dann lasst uns die Dinge in Bewegung setzen. Ich weiß nicht, wie lange Fraser noch bewusstlos sein wird, und ich will nicht, dass er mit Holly im Zimmer aufwacht." Lorna legte eine Hand an Hollys Rücken. „Komm, Kind. Du kannst mit verschlossener Tür in meinem Zimmer warten, bis alles geklärt ist."

Lorna drückte sanft gegen ihre Wirbelsäule, aber Holly blieb standhaft. „Wann werde ich Fraser wieder sehen?"

Finn antwortete: „Wahrscheinlich morgen." Er holte sein Handy heraus und tippte irgendetwas. „Ich werde den Arzt bitten, vorbeizukommen und Frasers Drachen für mindestens einen Tag in eine

Auszeit zu versetzen. Auf diese Weise kann er ein rationales Gespräch führen, ohne dass sein Tier um die Kontrolle kämpft." Holly wollte fragen, was das bedeutete, aber als sie den Mund öffnete, schnitt Finn ihr das Wort ab. „Nicht jetzt, Holly. Ich weiß, du hast Fragen, aber sie werden bis morgen warten müssen. Wenn alles nach Plan verläuft, kannst du Fraser morgen bei einem beaufsichtigten Besuch auf der Krankenstation sehen."

Lorna drückte fester, und Holly folgte schließlich der älteren Drachenfrau. Als sie um Fraser herumgingen, drängte Hollys Ausbildung sie, nach ihm zu sehen.

Lornas Griff jedoch bewegte sich an eines ihrer Handgelenke. Die Drachenfrau hatte Finger aus Stahl.

Lorna zog sanft an ihrem Arm. „Lass ihn erst mal in Ruhe, Kindchen. Wenn Fraser aufwacht, bevor der Arzt ihn gesehen hat, wird die Hölle los sein."

Mit einem Nicken warf Holly einen letzten Blick auf Fraser, bevor sie mit Lorna zur Tür hinaus und in den Flur ging.

Sie nahm kaum wahr, dass Lorna ihr sagte, wie sie die Tür verriegeln sollte, bevor Holly allein in einem fremden Raum stand.

Bis vor fünfzehn Minuten hatte Holly gewusst, was sie während ihres Aufenthalts beim schottischen Drachenwandler-Clan zu erwarten hatte.

Aber jetzt war alles ungewiss geworden. Und wenn das nicht schlimm genug wäre, hätte sie die ganze Nacht Zeit, um darüber nachzudenken, was mit Fraser passieren konnte oder nicht. Selbst wenn Finn den Vertrag übertragen konnte, es gab so viel, das sie nicht über ihren rothaarigen Drachenmann wusste, geschweige denn über seinen Drachen.

Ihre größte Sorge war der Paarungsrausch. Sie wusste, dass er mit viel Sex einherging und dass die Drachenhälfte des Drachenwandlers die meiste Zeit davon das Sagen hatte, aber sie wusste nicht, ob Frasers Drachenhälfte jemals aufhören würde, bis sie schwanger war. Der Gedanke, tagelang nicht zu duschen oder zu essen, war schlimm genug, aber ein kalter Faden der Angst schoss durch ihren Körper, als sie sich vorstellte, an ein Bett gefesselt zu sein und wie eine Zuchtstute benutzt zu werden.

Nein. Etwas tief in ihrem Bauch sagte ihr, dass Fraser niemals zulassen würde, dass sein Drache sie so behandelte.

Natürlich war das nicht Hollys einzige Sorge. Das MDA hatte nie erklärt, was passierte, wenn sich der Paarungsrausch abgekühlt hatte. Holly musste um ihres Vaters willen nach Aberdeen zurückkehren, da Menschen nicht auf Drachenwandler-Territorium leben durften, es sei denn, sie wären ein Opfer. Aber sie hatte keine Ahnung, ob ein Drachenwandler seiner wahren Gefährtin erlauben würde zu gehen oder nicht, sobald das Kind geboren wurde.

Holly widerstand dem Drang, eine Hand an ihren Unterleib zu legen. Ein Rausch mit einem wahren Gefährten führte immer mindestens einmal zu einer Schwangerschaft. Es war nicht mehr so, dass Holly schwanger werden könnte; sie würde es mit Sicherheit tun.

Und sie konnte sterben.

Sie knurrte. Holly wollte Antworten, verdammt, aber niemand war da, um sie ihr zu geben.

Holly drückte ihre Finger zusammen und begann zu laufen, um etwas von ihrer Verspannung loszuwerden. Sobald sie Fraser sehen durfte und vorausgesetzt, dass Drachenarzt seine Drachenhälfte wirklich in eine „Auszeit" schicken konnte, wollte sie den Drachen bei Bedarf festbinden und einige Antworten verlangen.

Denn egal, was passierte oder wie sehr Frasers Berührung ihr Herz zum Rasen brachte, Holly Anderson würde nach Hause fahren, sobald ihre Zeit abgelaufen war.

ARABELLA MACLEOD BEOBACHTETE, wie Fergus von einem Fenster zum nächsten auf- und abging und dann von einer Tür zur nächsten und nach Anzeichen für unbefugtes Betreten suchte. Wenn Finn sich verdammt nochmal beeilen und ihnen sagen würde, was oben los war, dann würde sich ihr Cousin auf seinen Hintern setzen und aufhören, sie mit seinem ganzen Herumlaufen schwindelig zu machen.

Sie setzte sich auf dem harten, hölzernen Stuhl anders hin und seufzte. „Fergus, beruhige dich.

Wenn es ein Eindringling gewesen wäre, hätte Finn bereits geschrien und um deine Hilfe gebeten."

Fergus drehte sich mit einem Knurren um. Der normalerweise freundliche, ruhige Ausdruck war verschwunden. An seiner Stelle waren ein Knurren und blitzende Drachenaugen. „Ich brauche jede Menge Zurückhaltung, damit ich nicht die Treppe raufrenne und nach Holly sehe." Fergus fuhr sich mit einer Hand durch seine rotbraunen Locken. „So hatte der Abend nicht laufen sollen."

Arabellas Drache meldete sich zu Wort. *In mehr als einer Hinsicht.*

Nur weil du denkst, dass da etwas zwischen Holly und Fraser ist, heißt das nicht, dass es wahr ist. Du solltest keine voreiligen Schlüsse ziehen.

Drachen haben ein Gespür für solche Dinge. Mit der Schwangerschaft und den zusätzlichen Hormonen bin ich mir der Anziehung und sexuellen Energie überbewusst. Apropos, wo ist Finn? Ich will ihn schon wieder.

Arabella seufzte innerlich. *Wie ich schon sagte, kein Sex heute Abend. Heute habe ich zum ersten Mal seit Wochen etwas bei mir behalten. Das werde ich nicht riskieren.*

Finn wird dafür sorgen, dass wir uns gut fühlen.

Arabella ignorierte ihren Drachen und antwortete Fergus: „Fang noch nicht mit dem ‚Was wäre, wenn'-Spiel an, Fergus. Es könnte einer der Clan-Angehörigen sein, die vor zwei Monaten gegangen sind, als Finn ihnen die Möglichkeit gegeben."

Jemand im Clan hatte Finn verraten, indem er den Drachenrittern die Codes für die Hintertore gegeben hatte. Die Ritter hatten Arabellas Kopf gewollt. Sobald Finn und das MDA das Chaos aufgeräumt hatten, hatte Finn genug gehabt und jedem, der ihn und seine Gefährtin nicht unterstützte, gesagt, er solle gehen.

Arabella fragte sich jeden Tag, ob die Deserteure des Clans zurückkommen würden, um Chaos anzurichten.

Fergus knurrte. „Das ist nicht sehr hilfreich, Ara."

Sie hasste es, dass in Lochguard andere außer Finn ihr nur trauten, wenn es ihnen passte. Egal, wie sehr die MacKenzies Arabella in den Clan aufgenommen hatten, sie war immer noch eine Außenseiterin.

Ihr Drache meldete sich wieder zu Wort. *Sie werden mit der Zeit lernen, uns zu vertrauen.*

Zeit ist das, was wir im Moment nicht haben.

Arabella brauchte Hilfe, deswegen sah sie zu Faye und hob ihre Augenbrauen.

Faye bemerkte den Hinweis und trat an die Seite ihres Bruders. „Grant hätte mir gesagt, wenn er oder die anderen Beschützer eine mögliche Bedrohung erkannt hätten. Ich habe ihn heute gesehen, und er hat nichts gesagt. Ich bezweifle sehr, dass es die Deserteure oder Eindringlinge sind, es sei denn, sie haben ehemalige Spezialeinheiten für ihre Sache rekrutiert."

Fergus sah Faye in die Augen. „Verzeih mir, Schwesterchen, aber du warst fast zwei Monate lang nicht auf dem Laufenden über interne

Sicherheitsbedrohungen. Danach sollte ich Grant einen Besuch abstatten. Er hat jetzt das Sagen bei den Beschützern und muss sein Spiel verbessern."

Faye stieß Fergus den Finger in die Brust. „Gib Grant nicht die Schuld für eine nicht existierende Bedrohung, Fergus Roger MacKenzie. Seit dem letzten Angriff hat er alle möglichen Verbesserungen vorgenommen."

Arabella sollte sich aus dem Gespräch der Geschwister raushalten, aber ihre Neugier brannte, um mehr zu erfahren. „Seit wann verteidigst du Grant McFarland?"

Faye hob das Kinn. „Er ist Lochguards oberster Beschützer. Wir alle sollten ihn verteidigen."

Interessant. Finn hatte erwähnt, dass Grant sich vor einigen Jahren Faye gegenüber wie ein Bastard verhalten hatte und sie keine Freunde mehr waren. Wenn Arabella ihre Übelkeit und Erschöpfung lange genug zähmen konnte, um sich je wieder frei im Clan zu bewegen, musste sie aufmerksamer sein.

Verdammt, sie könnte sogar versuchen, ein paar der Clan-Security-Feeds anzuzapfen, um endlich herauszufinden, wo Faye ihre Tage verbrachte.

Arabellas Drache meldete sich zu Wort. *Wenn wir uns besser fühlen, laufen wir nicht mehr durch den Clan. Wir werden Finn in einen Raum zerren, die Tür abschließen und ihn hart reiten.*

Sie seufzte innerlich. *Ich genieße Finns Schwanz genauso sehr wie du, aber es gibt mehr im Leben als ständigen Sex.*

Vielleicht für dich. Ich kann kaum noch fliegen, weil das

Baby uns krank macht. Sex ist alles, worauf ich mich freuen kann.

Arabella versuchte noch, sich zu überlegen, wie sie auf ihr Tier reagieren sollte, als Schritte die Treppe hinunter trampelten. Eine Sekunde später stand Finn in der Tür, mit zusammengekniffenen Lippen und einem Stirnrunzeln auf seinem Gesicht. Manche nannten es sein verärgertes Gesicht, aber Finn konnte sie nicht erschrecken. Ihr Gefährte würde sich lieber das Leben nehmen, als ihr wehzutun.

Arabella faltete die Hände über ihrem Bauch und fragte: „Was ist passiert?"

Finn knurrte: „Fraser ist ein Idiot."

Fergus machte einen Schritt in Finns Richtung. „Geht es Holly gut?"

Finn winkte das mit einer Hand ab. „Holly ist ein wenig aufgewühlt, aber in Ordnung. Wir haben ein viel größeres Problem vor uns."

Jetzt war es an Fergus zu knurren. „Sag mir einfach, was verdammt nochmal los ist, Finn, damit ich Holly trösten kann."

Finns Augen blitzten für einen Moment. Sie war sich nicht sicher, ob es jemand anderes bemerkt hatte, aber es war für den Bruchteil einer Sekunde Mitgefühl. Sie verengte die Augen und verlangte zu erfahren: „Finlay Stewart, hör auf zu zögern und sag es uns einfach schon."

Finn sah zu Faye. „Geh zu deinem Bruder." Trotz des verwirrten Ausdrucks auf Fayes Gesicht gehorchte sie. Als sie Fergus erreichte, spie Finn: „Holly ist Frasers wahre Gefährtin."

Arabella fluchte, als Fergus zur Treppe stürzen wollte. Nur weil Faye ihre Arme von hinten um seine Brust legte und sich zurücklehnte, blieb Fergus da.

Fergus versuchte, Faye in den Bauch zu schlagen, aber die Drachenfrau konnte ihm leicht ausweichen. Fergus wandte seine geschlitzten Augen Finn zu. „Bist du dir sicher? Er hat diesen Satz schon einmal bei einer Frau benutzt, die ich wollte, und er hat gelogen."

Finn verschränkte die Arme vor der Brust. „Ich musste Fraser bewusstlos schlagen, um ihn davon abzuhalten, Holly so gut wie anzugreifen. Wenn er es vorgetäuscht hat, dann hat mich sein Handeln verdammt gut überzeugt."

Fergus zischte. „Wo ist er? Ich muss mit ihm reden."

Finn schüttelte den Kopf. „Nein, erst, wenn du dich beruhigt hast. Du kannst entweder mit deinem Drachen jagen gehen oder in einem der leeren Cottages schlafen. Holly bleibt heute Nacht hier, und bei deiner Anwesenheit wird sie sich nur noch schuldiger fühlen, als sie es ohnehin bereits tut."

Fergus bemühte sich freizukommen, aber Faye festigte ihren Griff. Fergus brachte zwischen zusammengebissenen Zähnen hervor: „Es ist nicht ihre Schuld. Es ist mein verdammter Zwillingsbruder. Ich schwöre es, wenn er es dieses

Mal vortäuscht, werde ich ihn töten. Verdammt, ich könnte ihn so oder so töten."

„Du wirst deinen Zwillingsbruder nicht töten. Wir werden bald genug herausfinden, ob Fraser die Wahrheit sagt", erklärte Finn.

Was nicht gesagt wurde, war, dass, wenn Holly den Rausch auslöste und am Ende schwanger war, Fraser tatsächlich die Wahrheit gesagt hatte.

Sogar aus zwei Metern Entfernung hatte Fergus' Wut ihr Tier getroffen. Ihr Drache konnte nicht aufhören, zu laufen oder mit dem Schwanz um sich zu schlagen.

Arabella erhob sich langsam und trat an Finns Seite. In dem Moment, in dem sie sich gegen seine Brust lehnte, löste sich ein Teil der Spannung in ihrem Körper. Sie murmelte: „Was ist mit Holly?"

Finn schüttelte den Kopf. „Lass uns das nicht jetzt besprechen."

Arabellas Drache meldete sich. *Ich hatte recht. Die Menschenfrau will Fraser auch.*

Hoffen wir es. Das wird das Gespräch mit dem MDA leichter machen.

Finn wird einen Weg finden. Das tut er immer.

Arabella stimmte ihrem Tier zu.

Sie tätschelte ihrem Gefährten die Brust. „Das Beste für alle ist, sich bis morgen zu trennen. Eine erholsame Nachtruhe könnte einige Köpfe freimachen."

Einer von Finns Mundwinkeln zuckte nach oben, als er zu ihr hinabsah. „Ich bezweifle sehr, dass irgendjemand eine gute Nachtruhe haben wird."

„Du schon. Du schläfst alles durch."

Faye räusperte sich. Arabella und Finn sahen beide in ihre Richtung. Als sie ihrem Blick begegneten, fragte Faye: „Kann ich Fergus schon loslassen?"

Das Lächeln verschwand aus Finns Gesicht, als er Fergus' Blick traf. „Schwöre beim Leben deiner Mutter, dass du, wenn Faye dich loslässt, das Haus direkt verlässt und dich morgen früh bei mir meldest. Ich will auch nicht, dass du mit Fraser redest, wenn ich nicht anwesend bin."

Fergus' Augen blitzten, aber sein Ton war gleichmäßig, als er sagte: „Ich schwöre es. Lass mich einfach gehen, oder ich töte meinen Bruder."

Finn deutete mit der Hand, und Faye ließ ihren Bruder frei. Bevor Finn noch etwas sagen konnte, ging Fergus zur Vordertür hinaus und schlug sie hinter sich zu.

Finn umarmte Arabella fester, und sie lehnte sich mehr an die Seite ihres Gefährten. Es bestand die geringe Möglichkeit, dass Fergus Fraser nie verzeihen würde, weil er so ein großes Geheimnis vor ihm bewahrt hatte. Finn mochte genau genommen der Cousin der Zwillinge sein, aber sie waren zusammen aufgewachsen und mehr wie Brüder. Der Riss würde sein Herz in zwei Teile zerreißen.

Doch wenn Finn innerlich Schmerzen hatte, verschleierten die Stärke und Dominanz seiner

Stimme es gut, als er zu Faye sagte: „Holly ist jetzt deine Verantwortung. Sie bleibt bei dir, und du bist ihre Wache, bis ich es sage. Kannst du damit umgehen?"

Faye zögerte eine Sekunde, und Arabella hielt den Atem an. Faye MacKenzie hatte seit ihrem Unfall jede Art von Beschützer-Pflichten vermieden. Aber vielleicht, nur vielleicht, würde ihre Familie etwas von ihrem Selbstvertrauen wiederherstellen.

Nach einer langen Pause nickte Finn. „Ich werde für Hollys Sicherheit sorgen. Ich nehme an, du bringst Fraser aus dem Haus?"

„Aye", antwortete Faye. „Ich lasse ihm von Dr. Innes Medikamente spritzen, um seinen inneren Drachen zum Schweigen zu zwingen."

Arabella runzelte die Stirn. „Ist das wirklich nötig?"

„Er überlebt ein oder zwei Tage ohne sein Tier." Finn fuhr sich mit einer Hand durchs Haar. „Ich muss zuerst alles mit dem MDA besprechen. Das ist ja mal eine Art, mit unserem ersten Opfer für Lochguard seit mehr als einem Jahrzehnt umzugehen."

Arabella neigte den Kopf. „Du wirst es schon hinbekommen. Du weißt, dass ich nur wegen deiner Verhandlungsfähigkeit mit dir zusammen bin."

Finns Lächeln kehrte zurück. „Aye, es hat eine klitzekleine Weile gedauert, dich zu umwerben, Mädel."

Finn senkte den Kopf und gab Arabella einen

sanften Kuss, der ihren Drachen brüllen ließ. *Ich will mehr.*

Wir werden sehen. Es könnte Finn helfen, sich zu entspannen.

Also änderst du deine Meinung, damit er sich besser fühlt, aber nicht ich. Das werde ich mir merken.

Können wir das später diskutieren?

Schön.

Finns Stimme unterbrach ihr inneres Gespräch. „Ara, hörst du mir zu?"

Sie hob eine Braue. „Wann tue ich das nicht?"

Er seufzte. „Wie viele Monate dauert es noch, bis das Baby da ist?"

Sie knuffte seine Seite. „Etwa sieben. Und wenn ich leide, kannst du mit mir leiden."

„Wir können uns später überlegen, wie ich mit dir leiden kann. Sieh jetzt erst einmal zu, dass Holly okay ist, bis ich zurück bin. Sie ist in Tante Lornas Zimmer eingeschlossen."

„Natürlich."

Finn gab ihr einen letzten sanften Kuss und ließ sie dann los. „Faye, geh mit Arabella. Ich nehme Tante Lorna mit. Sie wird Innes in Schach halten."

Arabella lächelte. „Was, du konntest Dr. Gregor Innes noch nicht bezaubern? Zu mir ist er nett." Finn knurrte, und Arabella hob die Hände. „Okay, ich höre auf. Beeil dich einfach. Das Letzte, was wir brauchen, ist, dass Fraser aufwacht und Holly verfolgt, bevor sie bereit ist."

Finns Gesicht wurde grimmig. „Aye, ich weiß."

Damit klopfte es an der Tür, und Finn ging, um

sie zu öffnen. Als Gregors Stimme den Flur hinunter driftete, sah Arabella zu Faye. „Komm, lass uns gehen, bevor der Arzt mich sieht und eine Million Fragen stellt."

„Aye, gute Idee", antwortete Faye. „Dieser Mann ist sehr protektiv schwangeren Frauen gegenüber. Ich weiß ja, dass seine Gefährtin bei der Geburt starb, aber das ist über ein Jahrzehnt her. Er muss das loslassen."

Arabellas Herz zog sich zusammen, aber sie schluckte ihr Mitgefühl herunter. „Dann komm."

Faye nickte und ging zur Treppe. Arabella folgte.

Zwei Schritte weiter drehte sich Arabellas Magen um, und sie zwang seinen Inhalt, zu bleiben, wo er war. Es gab viel zu tun, und sie wusste nicht, wie lange sie noch gehen konnte, ohne dass sie sich übergeben musste.

Ihr Drache meldete sich. *Ich werde versuchen zu helfen.*

Arabella blinzelte. *Was kannst du tun?*

Das.

Ihr Drache summte in ihrem Geist, und Arabellas Magen beruhigte sich. Sie hatte keine Ahnung, ob ihr ungeborenes Kind Arabella und das Gespräch ihres Drachen hören konnte, aber sie wollte es nicht in Frage stellen. Sie nahm jede Hilfe an, die sie bekommen konnte.

Arabella und Faye rannten an Frasers Zimmer und seinem bewusstlosen Körper vorbei und klopften an Lornas Zimmertür. Arabella meldete sich zu Wort. „Wir sind's, Holly, Faye und ich. Lass uns rein."

Nach einer kurzen Pause drehte sich das Schloss, und Holly öffnete die Tür. Arabella ließ einen erleichterten Seufzer aus, als sie die Entschlossenheit in Hollys Augen sah. Das zusammen mit ihrem verkrampften Kiefer verriet, dass die Menschenfrau eher angefressen als verängstigt war. „Was wollt ihr?"

Arabella antwortete: „Lass uns rein." Als Holly still blieb, fügte sie hinzu: „Du kannst mir jeden Tipp und jedes Heilmittel geben, das du kennst, um mir bei meiner ganztägigen Morgenübelkeit zu helfen. Bald werde ich vielleicht nicht mehr über deine Ressourcen verfügen."

Arabella wusste, dass es ein Risiko war, Hollys mögliche Zukunft anzusprechen, aber der Ausdruck der Menschenfrau wurde weicher, und sie trat zur Seite. „Dann kommt rein. Wenn es etwas gibt, das mich ablenken kann, dann ist es die Arbeit."

Arabella lächelte. „Ich bin genauso."

Als sie Lornas Zimmer betrat und sich auf das Bett setzte, ließ Arabella sich so viele Fragen wie möglich einfallen. Je länger sie Holly ablenkte, desto ruhiger wurde die Menschenfrau vielleicht.

Kapitel Sieben

Fraser stöhnte, als das Klopfen in seinem Kopf mit jedem Atemzug an Intensität wuchs.

Obwohl er keine verdammte Ahnung hatte, warum sein Kopf wehtat. Finn hatte ihn am Kiefer und nicht am Hinterkopf erwischt.

Er erwartete halb, dass sein Drache brüllen und die Kontrolle übernehmen würde, aber sein Geist war still.

Vielleicht zu still.

Die Stimme seiner Mutter begrüßte seine Ohren. „Fraser, Junge, mach die Augen auf. Wir haben viel zu besprechen."

Immer wenn seine Mom die Worte „viel zu besprechen" benutzte, war das für ihn kein gutes Zeichen.

Fraser zwang seine Augen auf und blinzelte gegen das schwache Licht, bis er Lornas bewertende bernsteinfarbene Augen erkennen konnte. Bevor er den Mund öffnen konnte, kam ihm seine Mutter zuvor. „Erstens bist du ein Idiot. Warum solltest du uns allen etwas so Wichtiges vorenthalten?" Er versuchte zu antworten, doch Lorna unterbrach ihn. „Zweitens: weißt du, welchen Schaden du angerichtet hast? Nicht nur deinem Bruder, sondern auch Finn gegenüber. Das stellt seine Führung in Frage. Wenn Finn seine eigene Familie nicht kontrollieren kann, wie soll er dann den Clan kontrollieren?"

Fraser knurrte. „Das ist jetzt alles nicht wichtig. Wo ist Holly? Wenn Finn sie dem MDA übergeben hat, werde ich ihn öffentlich zu einem Kampf herausfordern."

Lorna betrachtete ihn nur. Fraser versuchte, sich aufzusetzen, aber seine Handgelenke waren fixiert.

Egal, er war schon vorher aus etwas Ähnlichem rausgekommen. Fraser versuchte, seinen Drachen wachzurütteln, aber sein Tier schlief tief und fest. *Drache, wach auf, du fauler Bastard. Holly braucht uns.*

Sein Drache schwieg weiter.

Das Grauen sammelte sich in Frasers Bauch. „Was hast du getan, Mutter?" Er zog an seinen Fesseln. „Lass mich gehen. Ich muss Holly sehen."

„Aye, und ich hätte gerne ein Date mit einem attraktiven Filmstar, der zwanzig Jahre jünger ist als ich. Das bedeutet nicht, dass es passieren wird."

Fraser verengte die Augen. Selbst ohne die Hilfe seines Drachen würde er einen Ausweg finden. Holly konnte, soweit er wusste, auf dem Weg zum

MDA sein, um ihre Strafe für alles entgegenzunehmen.

Fraser mochte vielleicht kein Soldat sein, aber er würde um das Mädel kämpfen. Sie war seinetwegen in Schwierigkeiten. Er konnte es mit Fergus vielleicht nicht in Ordnung bringen, aber Fraser würde es mit Holly in Ordnung bringen. Sobald er sich befreien konnte.

Wenn er seine Mom aus dem Zimmer bekäme, würde Fraser überlegen, wie er entkommen könnte. „Sag Finn, dass ich mit ihm sprechen möchte. Jetzt."

Lorna schnalzte mit der Zunge. „Ganz schön fordernd, nicht wahr?"

Fraser hatte sich nie um das Verhalten seiner Mutter gekümmert, aber während er so dort lag und daran dachte, was mit Holly passieren könnte, war er kurz davor, seine Stimme zu erheben und seiner Mutter zu sagen, sie solle sich verpissen.

Er erwartete halb, sein Drache würde ihm Ratschläge geben, aber Frasers Tier blieb still.

Fraser gefiel das nicht.

Er atmete tief ein und schaffte es, seinen Ton neutral zu halten. „Finde einfach Finn. Ich muss mit ihm reden."

Lorna stand auf. „Aye, wie du es von Anfang an hättest tun sollen."

Er spürte, dass seine Mutter ihm noch etwas verschwieg, aber als sie die Tür öffnete, hielt er den Mund. Je eher sie Finn fand, desto eher konnte Fraser freigelassen werden und Holly folgen.

Keine zwei Sekunden, nachdem die Tür zu war, klopfte es. Da Finn sich nicht die Mühe machen würde anzuklopfen, knurrte Fraser: „Was willst du?"

Durch die Tür hörte er Hollys Stimme. „Ich wollte nach dir sehen. Aber wenn das die Begrüßung ist, die ich bekomme, dann brauchst du vielleicht noch ein Nickerchen."

Holly. Sie ist hier. „Komm rein, Mädel. Bitte."

Selbst in seinen eigenen Ohren klang es wie Betteln.

Holly öffnete die Tür und steckte ihren Kopf herein. Ihm war es egal, ob ihr Ausdruck neutral war oder was sie von ihm in diesem Moment denken musste. Holly war in Lochguard und nicht in den Händen des MDA.

Dann lächelte sie ihn an, und ein Teil seines Unbehagens löste sich auf. Holly betrat den Raum und schloss die Tür. „Ist es falsch, dass ich es lustig finde, dich in Fesseln zu sehen?"

Er runzelte die Stirn. „Wovon zum Teufel sprichst du, Frau?"

Sie verschränkte die Arme vor der Brust. „Nun, denk doch mal darüber nach. Der Charmeur, an ein Bett gefesselt, erinnert mich an jemandes Eltern, die ihn von ihrer Tochter fernhalten."

„Aye, außer dass es meine eigene Familie ist, die mich von dir fernhält."

Sie machte zwei Schritte auf ihn zu. „Wenn ich dich freilasse, kannst du dich zurückhalten und dich konzentrieren? Oder willst du dich in den Rausch stürzen?"

Trotz allem, was los war, wusste Fraser, dass er im selben Raum lag, in dem seine wahre Gefährtin war. Er mochte die Ringe unter ihren Augen nicht, aber ihr Blick war nur neugierig. Als ihr langes, dunkles Haar um ihr rundes Gesicht fiel, erwärmte sich sein Herz. „Du hasst mich also nicht?"

Holly verdrehte die Augen. „Du hast bereitwillig zugelassen, dass Finn dich bewusstlos schlägt, um mich zu schützen. Wenn das nicht nobel ist, dann weiß ich es nicht."

„Das beantwortet noch immer nicht meine Frage."

„Seit wann sind Drachenwandler-Männer so empfindlich?"

Fraser sollte grunzen und es gut sein lassen. Aber als ihre honigfarbenen Augen seine betrachteten, entschied er, dass er immer ehrlich zu Holly sein würde. Er hatte nicht vor, es ein zweites Mal zu versauen. „Dieser Mann hier ist nur sensibel, wenn es dich betrifft."

Sie blinzelte. „Du kennst mich jetzt seit zwei Tagen. Warum macht es dir so viel aus?"

Fraser zog an einem seiner Arme. „Lass mich los, und ich werde es dir verdammt nochmal sagen. Ich werde mich nicht mit dir unterhalten, während ich ans Bett gefesselt bin."

„Beantworte zuerst die Frage, Fraser."

„Natürlich muss meine wahre Gefährtin stur sein", murmelte er. Als Holly nur eine Augenbraue hob, seufzte er. „Schön. Ich habe mich noch nie so zu einem Mädchen hingezogen gefühlt wie zu dir, okay? Und jetzt mach mich los."

„Liegt es nur am Instinkt deines Drachen?"

„Was genau hat dir meine Familie erzählt?"

Holly zuckte mit den Schultern. „Dass dein innerer Drache die Person spürt, die seine beste Chance auf Glück ist, und dass das den Rausch auslöst. Angeblich ist das eine gute Nachricht für mich, da es weniger wahrscheinlich ist, dass eine wahre Gefährtin bei der Geburt stirbt."

Fraser wählte seine nächsten Worte sorgfältig aus. „Wenn Finn also den Vertrag überträgt, wirst du den Rausch zulassen?"

Holly wandte den Blick ab und streichelte die Haut über den Handschellen. Die sanften, vorsichtigen Bewegungen ihres Fingers wollten ihn zittern lassen. Nur durch reine Sturheit blieb er unbewegt.

Ein Teil ihres Haares fiel vor ihr Gesicht, und Fraser juckte es in den Fingern, es ihr hinter das Ohr zu streichen. Holly Anderson sollte ihre Schönheit nie vor ihm verstecken.

Seine Augen blickten auf ihre Brüste. Er wollte sie ausziehen und sich einfach jede Kurve ihres Körpers merken.

Bevor sein Geist seine Fantasie fortsetzen konnte, unterbrach Hollys Stimme seine Gedanken. „Das hängt davon ab." Sie sah ihm wieder in die Augen. „Wenn Finn den Vertrag übertragen kann, möchte ich, dass du versuchst, die Beziehung zu deinem Bruder zu reparieren. Wenn du mir das versprichst und dich bemühst, dann werde ich dem Rausch zustimmen."

Fraser ignorierte den Sprung seines Herzschlags bei ihrer Antwort. „Hat meine Familie dich dazu angestiftet, oder geschieht das aus eigenem Antrieb?"

Holly hörte auf, seine Haut zu streicheln, und er hätte fast darum gebettelt, dass sie ihn wieder berührte.

Verdammt! Fraser hatte sich noch nie so sehr nach der Berührung eines Mädels gesehnt. Vor allem, ohne dass sein Drache darüber redete.

Er schob es auf die anhaltenden Auswirkungen des Verlangens seines Drachen danach, sich zu paaren. Zwischen ihm und Holly war nichts sicher. Und Fraser wollte sich nicht wünschen, was er nicht haben konnte. Verdammt, nach zwei Wochen konnten sie einander vielleicht nicht mehr ausstehen. Wahre Gefährten endeten nicht immer in wahrer Liebe.

Verdammt, er fing an, wie ein kitschiger Film zu klingen.

Trotz des Schweigens seines Drachen hätte Fraser schwören können, das Knurren seines Tiers in seinem Kopf zu hören. Gut. Vielleicht wachte sein Drache auf. Was auch immer geschah, Fraser vermisste den notgeilen Sack.

Holly antwortete schließlich: „Es ist meine eigene Entscheidung. Wenn du denkst, dass mich jemand, der größer und viel stärker ist als ich, leicht beeinflussen kann, dann lass mich eins klarstellen:

Ich lasse mich von niemandem bescheißen, schon gar nicht von einem mürrischen Alpha-Mann. Ich bin vielleicht ein Mensch, aber ich habe mich im Kreißsaal mit einem ganzen Haufen von Alpha-Arschlöchern auseinandergesetzt. Ich habe jedes einzelne Mal gewonnen, wenn sie mich herausgefordert haben."

Fraser hatte immer Frauen umworben und mit ihnen geschlafen, die flirteten oder auf seine schönen Worte standen. Holly war eine völlig neue Herausforderung für ihn.

Und der Bastard, der er war, mochte die Idee, sie für sich zu gewinnen. „Das mag sein, aber du hattest es noch nicht mit einem Drachen in den Fängen eines Rausches zu tun."

Die Frau hob das Kinn. „Ich werde mir auch nicht den Mist eines Drachen gefallen lassen."

Etwas nagte definitiv in seinem Hinterkopf. Vielleicht hatte das Rückgrat des Mädels seinen Drachen gelockt.

Schließlich hatte sein Tier Fraser immer gedrängt, schwierigere Frauen zu jagen. Für seinen Drachen war Holly das Äquivalent eines fetten Hirschs, der darauf wartete, gejagt und verschlungen zu werden. Obwohl sowohl Mensch als auch Tier andere Vorstellungen hatten, wie sie Holly Anderson verschlingen konnten.

Fraser streckte die Hand aus, um sie zu berühren, aber das Leder um seine Handgelenke grub sich in seine Haut. „Lass mich frei, Holly, und ich werde mich um meinen Bruder bemühen."

„Wenn du das nicht durchziehst, wird die Hölle los sein."

Einer seiner Mundwinkel hob sich. „Von einem kleinen Mädel wie dir?"

„Aye, dieses ‚kleine Mädel' hat ein paar Tricks im Ärmel."

Frasers Drache öffnete die Augen und gähnte. *Beeil dich, Drache. Die Stille tötet mich.*

Sein Tier schüttelte den Kopf und reckte sich. Sein Drache war noch nicht ganz bereit aufzuwachen.

Hollys Stimme brachte ihn zurück in das Krankenzimmer. „Befreit sich dein Drache wieder?"

„Er wird noch eine Weile groggy sein. Mach mich los, Mädel. Es gibt viel zu tun, bevor der Rausch beginnt."

Holly zögerte, löste aber schließlich die Handschelle an seiner linken Hand. In dem Moment, in dem sie frei war, griff er nach oben, um ihre Wange zu berühren.

Holly hielt inne, und Fraser hielt den Atem an. Vielleicht stimmten die Worte des Mädels nicht mit der Wahrheit in ihrem Herzen überein.

Dann lehnte sie sich in seine Berührung und griff über seinen Körper, um die andere Handschelle zu lösen. Ihr langes Haar kitzelte an seiner Brust. Mit seiner freien Hand steckte er einen Teil davon hinter ihr Ohr und murmelte: „Viel besser."

Holly befreite sein anderes Handgelenk und sah

ihm in die Augen. Mit ihrer Hitze und ihrem Geruch um sich herum wollte er sie nur küssen.

Aber noch nicht. Zumindest nicht auf die Lippen. Er würde nicht zulassen, dass sein Drache seine zweite Chance bei dem Mädel ruinierte.

Fraser zog ihre Braue nach, den Nasenrücken und schließlich ihre Lippen. Holly öffnete sie, und er strich über ihre volle Unterlippe. „Danke, Holly." Bevor sie antworten konnte, hob er den Kopf und küsste ihre Wange. „Ich bin froh, dass du mich zuerst getroffen hast."

HOLLYS HERZ TROMMELTE in ihrer Brust. Sie hatte Frasers Krankenzimmer so nervös betreten wie bei ihrer ersten Solo-Krankenpflegeschicht. Aber ihr Herz schlug gerade aus einem ganz anderen Grund so schnell.

Finn und Arabella hatten sie vor längerem Hautkontakt gewarnt, damit sie Frasers Drachen nicht aufweckte und den Rausch auslöste.

Doch als Frasers Atem gegen ihre Wange tanzte, brach ihre Entschlossenheit ein wenig. Ihr war gesagt worden, sie solle ihn nicht auf die Lippen küssen.

Sie würde dieses Versprechen halten, aber sie sehnte sich danach, Frasers Haut zu schmecken.

Holly drehte den Kopf. Frasers dunkelblaue Augen waren weniger als zehn Zentimeter von ihren eigenen entfernt. Zum ersten Mal bemerkte sie hellblaue Flecken um seine Iris.

Frasers Pupillen blitzten zu Schlitzen und zurück. Sein Drache musste wohl aufwachen, was bedeutete, dass sie nicht viel Zeit hatte.

Sie lehnte sich über sein Gesicht und flüsterte ihm ins Ohr: „Sag es nicht den anderen, aber ich bin auch froh, dass ich dich zuerst getroffen habe."

Fraser knurrte, und sie nahm sein Ohrläppchen zwischen die Zähne. Als sie sein Fleisch mit ihrer Zunge ärgerte, legte sich seine Hand um ihre Taille, bevor sie auf ihren Po rutschte. „Ich wusste, dass dein streng kontrolliertes Aussehen das wahre Mädel darunter verbirgt." Er versetzte ihr einen Klaps auf den Po. „Ich freue mich darauf, es frei und offen zu sehen, für meine Hände, meinen Mund und meinen Schwanz."

Sie ließ sein Ohr los. „Du musst dir das alles noch verdienen, Fraser Moore MacKenzie."

„Wovon sprichst du?"

Sie lächelte über die Enttäuschung in seiner Stimme und bewegte ihren Kopf, bis sie seine Augen sehen konnte. „Es braucht mehr als nur ein paar schöne Sätze und Zärtlichkeiten, bevor ich dir meinen Körper anvertraue."

Er runzelte die Stirn. „Haben sie dir den Rausch nicht richtig erklärt? Denn meinem Drachen werden Spielchen egal sein, bis du schwanger bist."

„Das werden wir sehen, Fraser. Immerhin muss mich dein Drache erst noch richtig kennenlernen."

Frasers Griff festigte sich an ihrem Po. Mein Drache wird sich hinten anstellen müssen. Du wirst zuerst mich kennenlernen."

Als Holly spürte, dass die Unterhaltung auf eine permanentere Zukunft in Lochguard zusteuerte, zog sie sich zurück und stand auf. Verwirrung blitzte in Frasers Augen auf, aber sie war weg, bevor er blinzeln konnte.

Holly warf ihr Haar über die Schulter und wechselte das Thema. „Nun, da Finn und Dr. Innes darüber gesprochen haben, deinen Drachen gegebenenfalls tagelang ruhigzustellen, könnte das einfacher sein, als du denkst."

„Tage? Warum?"

Sie sah ihm in die Augen. „Ist es wirklich so schlimm, ein paar Tage ohne deinen Drachen zu sein?"

Fraser passte seine Position auf dem Bett an, bis er aufrecht saß und einen Platz am Rand freimachte. Holly verstand den Hinweis, und er antwortete: „Mein Drache fing an, mit sechs Jahren mit mir zu sprechen. Sei zweiundzwanzig Jahren hatte ich einen ständigen Gefährten bei mir. Manchmal ist er eine Nervensäge, und meistens macht er mich verrückt. Aber er ist ein Teil von mir. Ich weiß, dass es für einen Menschen schwer zu verstehen ist, aber stell dir vor, du nimmst etwas, das für dich wesentlich ist und reißt es aus deinem Leben. So ist es, wenn dein Drache plötzlich schweigt und für längere Zeit so bleibt."

Holly neigte den Kopf. Aber es steckt doch mehr in dir als nur dein Drache."

„Aye, tut es. Aber die Stille ist unangenehm. Es ist wahrscheinlich so, wie wenn man dir die Fähigkeit nehmen würde zu pflegen, jedes Hobby, das du magst, und du deinen Vater nicht sehen dürftest, obwohl du weißt, dass er in Aberdeen noch am Leben ist. Du könntest wahrscheinlich ohne all das leben, wenn es nötig wäre, aber du wärst nicht mehr derselbe Mensch, der du jetzt bist."

Holly wandte den Blick von Fraser ab. Sie sollte ihm von ihren Plänen erzählen, nach Hause zurückzukehren. So wie sein Drache für Fraser wichtig war, war ihr Dad es für sie. Immerhin waren es nur sie beide gewesen, und zwar länger, als Holly sich erinnern konnte.

Fraser berührte ihren unteren Rücken. „Ich mag keine Geheimnisse, Holly. Sag mir, was dir durch den Kopf geht, Mädel."

Holly entschied, dass es nicht an der Zeit war, über ihre Zukunft zu sprechen, da sie den Drachenwandler neben sich kaum kannte, erzwang ein Lächeln und sah zurück in Frasers Gesicht. „Ich vermisse nur meinen Vater, das ist alles. Du scheinst deiner Mom nahezustehen, also verstehst du es."

Frasers Stimme wurde trocken. „Aye, wir sind uns nahe, aber vielleicht ein bisschen zu nah."

Holly grinste. „Ich mag sie."

„Natürlich tust du das, Honey. Sie wird sich immer auf deine Seite gegen mich stellen."

Holly stieß den Finger in seine Brust. „Mein Name ist nicht Honey."

Fraser hob seine Hand und strich über ihre Wange. „Das weiß ich, aber ich kann nicht anders, als ihn zu benutzen. Du hast so schöne Augen."

Die Hitze überflutete Hollys Wangen. „Sie sind bloß braun."

Fraser nahm ihr Kinn zwischen die Finger und drehte ihren Kopf in die eine Richtung und dann in die andere. „Nein, du irrst dich, Mädel. Sie sind dunkelbraun mit kleinen Flecken Braun und Grün. Wenn du Honey nicht magst, kann ich dich Kitty nennen."

Sie verdrehte die Augen. „Lass mich raten, ich habe Katzenaugen?"

Fraser grinste. Der Humor, der in seinen Augen tanzte, und das himmlische Perlweiß machten ihn extrem attraktiv.

Sie konnte nicht widerstehen und fuhr die Narbe in der Nähe seines linken Auges nach. „Woher kommt die?"

Fraser hielt ihre Hand an seiner Wange fest. „Setz dich zu mir, und ich erzähle es dir."

„Ich sitze bereits neben dir."

Er zog, und sie fiel auf seine Brust. Die Hitze strahlte von seiner nackten Haut aus. Zusammen mit seinem maskulinen Duft und dem Streichen von Haaren über ihre Wange fühlte sich Holly sicher und wollte stundenlang auf seiner Brust liegen.

Frasers Lachen grollte in seiner Brust, bevor er sagte: „Das nenne bei mir sitzen."

Sie sah auf. „Genau genommen ist das auf dir liegen."

Er zwinkerte, und ihr Herz stolperte. „Nenn es, wie du willst, solange ich deinen weichen Körper an meinem genießen kann."

„Ich kann nichts dafür, dass ich weich bin. Ich bin kein Drachenwandler mit dem Stoffwechsel eines dreizehnjährigen Jungen."

Fraser fuhr mit seiner Hand ihren Rücken hinunter, ihre Hüfte und über ihren Po. „Mir gefällt es, dass du weich bist. Aber darf ich dir die Wahrheit sagen?"

Sie hob die Brauen. „Lass mich raten: Ich muss nackt sein, bevor du ein endgültiges Urteil fällen kannst?"

Das Grinsen des Drachenmanns verbreiterte sich. „Genau."

Holly schüttelte den Kopf und antwortete: „Du bist ziemlich berechenbar, Drachenmann."

Frasers Hand klatschte ihr auf den Po. „Sobald ich aus diesem Bett raus bin und nicht ständig von einem Rausch bedroht, zeige ich dir, wie unberechenbar ich sein kann."

Sie tätschelte seine Brust. „Du kannst es versuchen, aber es wird dir nicht gelingen."

In Finns Augen blitzte Entschlossenheit auf. „Wenn es eine Sache gibt, die du über mich wissen solltest, dann, dass, wenn man mir sagt, ich könne etwas nicht, ich normalerweise einen Weg finde, es durchzuziehen."

„Ach, wirklich? Dann sollte ich dir vielleicht

sagen, dass du nicht mit deinem Bruder reden kannst, und dann wirst du es tun."

Frasers Lippen drückten sich zusammen. „Ich kümmere mich um Fergus."

Holly wusste, dass Fergus vermisst wurde und sich noch nicht bei Finn gemeldet hatte, aber sie beschloss, Fraser nichts davon zu erzählen. Sie musste seine Wut und vielleicht seinen Drachen noch nicht erregen.

Anstatt wieder zu sprechen, nutzte Holly den ruhigen Moment, um sich an Frasers Berührung und Duft zu gewöhnen.

Sie legte ihren Kopf zurück auf Frasers Brust und nahm sich einen Moment, um sich die Festigkeit seiner Muskeln und den einzigartigen Duft von Fraser MacKenzie zu würdigen. Es würde nicht lange dauern, bis sie viel mehr tun würde, als sich gegen ihn zu pressen.

Holly sollte Angst haben, aber der Gedanke an Frasers tiefblaue Augen, die in ihre starrten, wenn sie kam, schickte eine Hitzewelle durch ihren Körper.

Hör auf, Holly. Sie wollte gerade schon eine Frage stellen, um sich abzulenken, als Frasers Hand ihren Rücken in langsamen Kreisen streichelte. Jeder Zug half, ihre Muskeln zu entspannen und ihre Verspannungen zu lindern.

Es war fast so, als hätte der verdammte Drachenmann magische Hände.

Nicht, dass sie das Fraser gegenüber jemals

zugeben würde. Sie konnte sich gut vorstellen, wie selbstgefällig sein Grinsen dann werden würde.

Sie räusperte sich, blickte hoch und berührte Frasers Narbe erneut. „Erzähl mir davon."

Fraser zuckte mit den Schultern, aber hörte nicht auf, ihr den Rücken zu streicheln. „Ich habe versucht, einige Männer, die hinter meiner Schwester her waren, zu verscheuchen. Ich bin über einen Stein gestolpert und habe mir verdient, was ich gern meine Narbe der Liebe und Hingabe nenne."

Holly schnaubte. „Mit anderen Worten, deine Narbe der Ungeschicklichkeit."

„Hey, nun, Drachenwandler müssen ein Bild von Stärke bewahren."

Sie sah auf. „Warum darüber lügen? Man kann stark sein, auch wenn man Fehler hat."

Fraser lächelte. „Du bist einfach zu clever, weißt du das?"

„Es ist gut für dich, das jetzt zu erkennen."

Mit einem Knurren klatschte er ihr auf den Po. „Sobald ich wieder bei voller Kraft bin, Drache und alles, wirst du sehen, wie clever ich sein kann."

Holly sollte etwas dagegen sagen, dass Fraser ihr ständig auf den Po schlug, aber sie genoss die Nähe. „Ach, wirklich? Ich freue mich auf die Herausforderung."

Fraser strich seinen Finger gegen ihre Wange. Der Humor in seinen Augen verblasste und wurde durch etwas viel Heißeres ersetzt. „Sagen wir einfach, ich freue mich auch auf eine Herausforderung."

Er beugte sich hinunter, als wollte er sie küssen. Für den Bruchteil einer Sekunde hätte Holly der Versuchung fast nachgegeben. Angesichts der Tatsache, dass ein erhitzter Blick einen Nervenkitzel durch ihren Körper und die Nässe zwischen ihre Beine schicken würde, fragte sie sich, wie es wäre, Fraser zu küssen.

Dann erinnerte sie sich an ihr Treffen mit Finn und Arabella am frühen Morgen. Sie hatten ihr gesagt, sie solle ihn nicht auf die Lippen küssen.

Wenn es nur sie und Fraser betreffen würde, würde sie ihn sofort küssen. Aber so war es nicht. Da waren Fergus, Finn und, verdammt, der ganze Clan, über die sie nachdenken musste. Schließlich wusste sie nicht, ob Finn erfolgreich eine Vereinbarung aus dem MDA herausgeholt hatte oder nicht.

Sie legte ihren Kopf zurück auf seinen Oberkörper und tätschelte die festen Ebenen seiner Brust. „Die anderen können jede Minute hier sein. Ich sollte wirklich aus deinem Bett aufstehen."

Fraser legte seinen Arm um sie und zog sie fester an sich. „Bleib, Holly."

Sie sah wieder auf und fragte: „Damit du mich als Schild benutzen kannst und Finn dich nicht wieder schlagen wird?"

„Hey, eben war ich noch nobel. Das hat mir besser gefallen."

Sie lächelte. „Edelmut kommt und geht. Man muss hart arbeiten, damit er bleibt."

Er seufzte übertrieben. „Und ich dachte, du wärst auf meiner Seite. Bedeutet es denn nichts, dass ich der mögliche Vater deines Kindes bin?"

Bevor sie antworten konnte, klopfte es, und die Tür öffnete sich, ehe Holly mehr tun konnte, als ihren Kopf zu drehen.

Finn stand in der Tür. Er musterte sie eine Sekunde lang, bevor er eintrat und die Tür hinter sich schloss. Finn sah zu Fraser. „Wie ich sehe, hast du keine Zeit verschwendet, Holly in dein Bett zu locken."

Holly wandte sich ein wenig Finn zu und antwortete vor Fraser: „Ich bin aus freiem Willen hier. Man ,lockt' mich nicht so leicht, wie du es ausdrückst."

In Finns Augen blitzte eine Entschuldigung auf. „Tut mir leid, Mädel. Sagen wir einfach, ich hatte einen höllischen Tag, und er ist noch nicht einmal halb vorbei."

Kapitel Acht

Als er Finn sein Zimmer betreten sah, rumpelte Frasers Drache in seinem Hinterkopf. Auch wenn sein Tier noch schläfrig klang, würde es nicht mehr lange dauern, bis sein Drache aufwachte und versuchte, ihm die Kontrolle zu entziehen.

Fraser drückte Holly fester gegen seinen Körper, dann meldete er sich zu Wort. „Hast du mit dem MDA gesprochen, Finn?"

Finns Blick wurde neutral. „Aye, das habe ich."

Fraser runzelte die Stirn. „Und? Nach deinem Tonfall bin ich nicht davon überzeugt, dass es gute Nachrichten sind."

Ob Holly es bemerkte oder nicht, sie lehnte sich mehr an Fraser. *Gut.* Das Mädel wollte, dass er der ihr zugeteilte Drachenmann wurde.

Was auch immer nötig war, Fraser würde einen Weg finden, um dafür zu sorgen, dass es passierte.

Finn verschränkte die Arme vor der Brust. „Sie haben den Vertrag übertragen." Frasers Herz setzte einen Schlag aus, während sein Drache gleichzeitig schläfrig brüllte. Finn fügte jedoch schnell hinzu: „Aber es hat seinen Preis."

Holly fragte: „Was?"

Finns Brauen zogen sich zusammen. „Ich muss einem verdammten Wissenschaftler erlauben, sechs Monate lang auf meinem Land zu leben, um zu forschen."

Fraser sollte es leidtun, aber als er Hollys Seite streichelte, konnte er nur daran denken, dass Holly bald ihm gehören würde. „Es könnte schlimmer sein."

Finn knurrte. „Die älteren Drachenwandler werden einen Schlaganfall bekommen, wenn ich ihnen sage, dass ein Mensch kommt, um uns zu studieren. Dafür wirst du mir eine Menge schulden. Sobald der Rausch vorbei ist, werden wir die Bedingungen besprechen."

Frasers Drache streckte ein Bein und dann das andere. Die Aktion erinnerte ihn an alles, was passieren würde. „Gut, aber das können wir später tun. Im Moment müssen wir über die nähere Zukunft sprechen. Mein Drache ist dabei, aufzuwachen."

Finn antwortete: „Wir könnten ihn wieder unter Drogen setzen."

Holly meldete sich. „Nein, das will ich nicht."

Finn sah in Hollys Augen, und Fraser hielt seine Frau noch besitzergreifender. Zu wissen, dass Finn glücklich gepaart war, spielte keine Rolle. Bis Fraser und sein Tier Holly beansprucht hatten, war jeder Mann eine Bedrohung.

Finn antwortete schließlich: „Deine Eingewöhnungszeit wird gestrichen, wenn wir es nicht tun, Holly. Bist du bereit, dich Fraser und seinem Drachen zu stellen? Ich bin mir nicht sicher, ob du wirklich auf das vorbereitet bist, was passieren wird."

Holly setzte sich auf und hob ihr Kinn. „Ich habe es mit Fraser besprochen. Ich bin bereit."

Finn nickte. „Aye. Ich kann die sture Entschlossenheit in deinen Augen sehen. Ich will jedoch zuerst mit Fraser allein sprechen." Finn deutete auf die Tür. „Faye wartet im Flur, um dich und Fraser zu dem Cottage zu bringen, das du und Fraser für euch haben werdet. Faye kann dir alle noch offenen Fragen beantworten, die dir auf dem Weg einfallen könnten."

Frasers Drache knurrte. Er sagte mit verschlafener Stimme, *Holly gehört uns. Lass sie nicht aus den Augen. Andere Männer konnten bereits versuchen, sie zu nehmen.*

Es wird nur für kurze Zeit sein. Faye wird sie beschützen.

Sein Tier grunzte. *Das sollte sie auch besser, sonst fordere ich sie heraus.*

Finns Stimme hinderte Fraser daran zu antworten. „Verdammt, Frasers Augen blitzen. Holly, geh schnell. Fraser wird schon bald folgen."

Holly drehte ihr Gesicht in Frasers Richtung.

Ihre honigfarbenen Augen waren besorgt. „Wird es dir gut gehen?"

Sein Drache brüllte. *Uns wird es nicht gut gehen, bis sie nackt ist und wir in ihr sind.*

Noch nicht.

Beeil dich. Wir müssen sie brandmarken, um sie vor Fergus und den anderen zu schützen.

Fergus wird Finn oder den Clan nicht verraten. Und die anderen werden Faye nicht hintergehen.

Sein Drache wollte gerade noch etwas anderes sagen, aber Fraser biss die Zähne zusammen und ignorierte sein Tier, um ein Nicken zu erzwingen. „Mir wird es schon gut gehen. Es wird einfacher sein, wenn du nicht im Zimmer bist, Honey. Warte auf mich. Ich werde bald kommen, um dich zu beanspruchen."

Die Hitze loderte in Hollys Augen auf, und Frasers Drache knurrte. *Sie ist bereit. Nimm sie.*

Nur weil sein Drache immer noch von den Medikamenten geschwächt war, konnte Fraser ihn in Schach halten. „Geh, Holly."

Mit einem Nicken stand seine Menschenfrau vom Bett auf und ging zur Tür. Nach einem letzten Blick verließ sie den Raum und schloss die Tür hinter sich.

Fraser krallte sich mit den Fingern in die Bettlaken, während sein Drache weiter brüllte und knurrte. Es würde nicht lange dauern, bis sein Tier stark genug wäre, um die Kontrolle zu übernehmen, also knurrte Fraser: „Was willst du?"

Finn schloss die Distanz zwischen ihnen und

starrte auf Fraser hinunter. Die braunen Augen seines Clanführers waren hart. „Fergus wird vermisst. Du kennst ihn besser als jeder andere auf der Welt. Wohin würde er gehen?"

Schuldgefühle drückten Frasers Herz. Er hatte wirklich mit seinem Zwillingsbruder sprechen wollen, bevor er in den Rausch ging. Aber es sah so aus, als würde es erst danach passieren. „Fergus hat mehrere Orte, an die er gerne geht, um der Familie zu entfliehen und nachzudenken. Mom und Faye kennen einige davon."

„Und die, von denen sie nichts wissen?"

Frasers Drache schlug mit dem Schwanz, aber Fraser konnte sein Tier im Moment noch unter Kontrolle halten. „Er sitzt gerne auf einem der Hügel oder Berge rund um Loch Shin. Da die Menschen in und um das Dorf Lairg glauben, dass eine Drachensichtung Glück bringt, kann er sie beobachten und wird dem MDA nicht gemeldet."

Finn runzelte die Stirn. „Seit wann beobachtet Fergus Menschen?"

„Sein ganzes Leben." Frasers Drache brüllte, und dann brüllte er noch mehr. Fraser hielt die Laken noch fester in seiner Hand und schaffte es zu sagen: „Wir können später über seine Besessenheit von der Menschen-Drachen-Mythologie sprechen. Ich weiß nicht, wie viel länger ich mein Tier zurückhalten kann."

„Aye, das kann ich sehen. Steh auf. Grant und ich werden dich zu Holly begleiten."

Fraser rollte zur Seite und stellte die Füße auf

den Boden. In dem Moment, in dem er stand, packte Finn seinen Bizeps und brachte sein Gesicht näher, bis es wenige Zentimeter von Frasers entfernt war. „Sobald der Rausch vorbei ist, rufst du mich an. Wir haben viel zu besprechen."

„Du fängst an, wie meine Mom zu klingen."

Finn knurrte. „Jetzt ist nicht die Zeit für flapsige Kommentare." Er zog an Frasers Bizeps, und sie gingen los. „Komm. Je eher du mit Holly zusammen bist, desto eher kann ich mich auf das halbe Dutzend anderer Probleme konzentrieren, die noch auf mich warten."

„Ich würde ja sagen, dass es mir leidtut, aber würdest du dich für Arabella entschuldigen?"

Sein Cousin grunzte. „Mir liegt nichts an einer Entschuldigung. Ich will nur, dass du dich mir von jetzt an verdammt nochmal anvertraust."

Holly saß ein paar Sekunden auf dem Bett, bevor sie wieder aufstand. Sie ging hin und her zum Fenster und zurück zum Bett und konzentrierte sich auf etwas anderes, außer dass Fraser kam, um sie zu beanspruchen.

Ihr Bauch flatterte und drehte sich zugleich. Das Warten brachte sie um.

Da Holly allein im Cottage war, konnte sie nur daran denken, dass Fraser ihr die Kleider herunterriss und ihren weichen Körper mit seinem harten bedeckte. Fraser, der Mann, wäre verspielt und etwas geduldig. Fraser, die Drachenhälfte jedoch, da hatte sie keine Ahnung, was sie erwarten würde.

Sie wäre dumm, zu leugnen, dass es sie ein wenig ängstigte.

Ihre Nervosität war noch verschlimmert worden, als Faye etwas vor sich hingemurmelt hatte, dass sie nicht dabei sein wollte, wenn Fraser ankam. Die Tatsache, dass eine starke Drachenwandlerin Angst vor ihrem eigenen Bruder hatte, sagte nichts Gutes darüber, was passieren würde.

Reiß dich zusammen, Holly. Vielleicht wollte Faye ihren Bruder nur nicht halb nackt und Holly küssen sehen. Wenn man die Wahl hatte, wollten die meisten Geschwister nicht ihre Brüder oder Schwestern sehen, wie sie mit jemandem rummachten.

Holly ging zurück zum Fenster. Es war Vormittag, und der sanfte Nieselregen sprenkelte gegen das Glas. Holly, geboren und aufgewachsen in Schottland, hatte sich nicht einmal die Mühe gemacht, für den kurzen Spaziergang zum Cottage nach einem Schirm zu fragen. Das Ergebnis war, dass ihr Haar feucht und kraus war.

Unter normalen Umständen würde sie sich vielleicht mehr um ihr Aussehen kümmern. Aber als ihr Magen sich erneut drehte und ihr Herz kräftig schlug, wollte Holly bereit sein, sobald Fraser ankam. Sie hatte keine Zeit zum Duschen oder um neue Kleidung zu finden.

Einem Teil von ihr tat es leid, Lochguard so viel

Ärger bereitet zu haben, aber ein anderer Teil von ihr entschuldigte sich nicht. Nachdem sie auf Frasers Brust gelegen hatte und von seiner Hitze umgeben gewesen war, wollte sie Fraser und nur Fraser. Es war egoistisch, und sie wusste es. Aber zumindest für einen kurzen Zeitraum in ihrem Leben wollte Holly Leidenschaft erleben. Sobald sie Lochguard verließ, würde sie das vielleicht nie wieder erleben; menschliche Männer hatten oft Vorurteile gegen Frauen, die sich den Drachen geopfert hatten.

Ganz zu schweigen davon, dass Holly ihr Kind manchmal würde besuchen wollen. Es würde einen sehr verständnisvollen Menschen erfordern, zu akzeptieren, dass sie sich nicht nur geopfert hatte, sondern auch die Tatsache, dass sie ein Halb-Drachenwandlerkind haben würde.

Nein, die einzige Leidenschaft, die sie je haben würde, wäre ihre kurze Zeit mit Fraser.

Sie rieb sich die Arme, als drei Gestalten in der Ferne auftauchten, und Holly hörte auf, darüber nachzudenken, was mit ihr passieren würde. Es war an der Zeit, sich dem Weg zu stellen, den sie gewählt hatte.

Sie beugte sich näher ans Fenster. Doch wegen des Nieselregens konnte sie nur zwei Männer erkennen, die einen dritten Mann zwischen sich hielten. Einer von ihnen konnte Fraser sein.

Sie umarmte ihren Oberkörper und hielt den Atem an. Zwei Sekunden später blickte der Mann in der Mitte zum Fenster auf. Selbst aus der Ferne ließ die Intensität von Frasers Blick ihr Herz stolpern.

Holly zitterte, als sie sich diesen Blick auf ihrem Körper vorstellte, wenn sie nackt war. Sie hatte eine beträchtliche Zahl an Freunden gehabt, aber keiner hatte sie auch nur mit halb so viel Verlangen wie Fraser MacKenzie angesehen.

Sie hoffte nur, dass es nicht ausschließlich wegen seines Drachen war.

Holly blinzelte und verdrängte diesen Gedanken. Es war nicht so, als könnte sie Fraser behalten, nicht einmal, wenn sie die Geburt überlebte. Sie müsste alles aufgeben, was sie kannte – ihre Karriere, ihren Vater, ihre Freunde –, wenn sie bliebe. Könnte sie das wirklich schaffen und trotzdem bleiben, wer sie war?

Vielleicht gab es einen Weg, wie am Ende alles klappen könnte. Aber als die Gestalten durch die Tür unten verschwanden, konnte sie nur an die unmittelbare Zukunft denken und daran, dass sie Fraser wiedersah.

Holly wandte sich vom Fenster ab. Jede Sekunde, die verstrich, ließ ihr Herz nur schneller schlagen. Als sich das Geräusch von Schritten auf der Treppe und dann im Flur näherte, legte sie ihre Finger zusammen und löste sie. Das Warten brachte sie noch um.

Jemand klopfte, und Finns Stimme driftete durch die Tür. „Bist du bereit, Holly? Ich bin mir nicht sicher, ob ich Fraser zurückhalten kann, wenn er dich sieht."

Das war es. Für den Bruchteil einer Sekunde schwankte Hollys Selbstvertrauen. Konnte sie wirklich mit einem Drachenmann in den Wehen eines Rausches umgehen? Nicht nur das, sondern würde Frasers menschliche Hälfte für die nächste Woche oder länger völlig verschwinden?

Finns Stimme dröhnte erneut. „Holly? Geht es dir gut, Mädel?"

Holly atmete tief durch und nickte sich selbst zu. Es hatte keinen Sinn, das Unvermeidliche hinauszuzögern. Zeit, ihren Vertrag zu erfüllen. „Ich bin bereit. Lass ihn rein."

Der Türknauf drehte sich, und Fraser stand ihr gegenüber, zurückgehalten zwischen Finn und einem Mann, den sie nur einmal gesehen hatte, als Faye sie aus der Krankenstation begleitet hatte. Grant-irgendwas-oder-so.

Fraser knurrte, und seine Pupillen blitzten zu Schlitzen und zurück. „Meine. Lasst mich sie haben. Sie ist meine Gefährtin."

Holly nickte Finn zu, und die beiden Männer ließen Fraser frei, stießen ihn ins Zimmer und schlossen die Tür.

Für den Bruchteil einer Sekunde bewegte weder sie sich noch Fraser. Aber dann brach der Zauber, und Fraser stand direkt vor ihr. Er schlang seinen Arm um ihre Taille und zog Holly bündig an seinen Körper. „Bist du bereit, Honey?"

Ihr Herz pochte heftiger. Holly legte eine Hand an Frasers Brust und hob ihr Gesicht. „Ja, und jetzt beeil dich und küss mich."

Mit einem Knurren senkte sich Frasers Mund auf ihren.

FRASERS DRACHE BRÜLLTE, als sich ihre Lippen berührten. *Lass mich sie nehmen, bis sie unsere Jungen trägt.*

Fraser hielt ein paar Augenblicke länger durch und konzentrierte sich darauf, Hollys süßen Mund zu erkunden. Seine Menschenfrau zögerte zuerst, lehnte sich dann aber gegen ihn und kam ihm mit einem Streicheln entgegen. Mit einem Knurren bewegte er seine Hände an ihren Rücken und schaukelte sie gegen seinen harten Schwanz.

Holly schnappte nach Luft und unterbrach den Kuss. Fraser beugte sich nach vorn und nahm erneut ihre Lippen.

Sein Drache knurrte. *Ich muss sie ficken. Hör auf, mich hinzuhalten. Gib sie mir.*

Du wirst teilen.

Nein. Du wirst aufhören, bevor sie unser Kind trägt. Nur ich kann lange genug durchhalten, um sie mit unserem Geruch zu brandmarken. Nur dann bleiben die anderen Männer fern.

Ich muss sicherstellen, dass sie bereit ist. Du willst sie doch nicht verletzen, oder?

Sein Tier knurrte. *Niemals.*

Dann gib mir fünf Minuten.

Nicht mehr. Nach fünf Minuten werde ich nicht mehr fragen. Ich werde sie nehmen.

Fraser wusste, dass er nicht viel Zeit hatte, und unterbrach ihren Kuss. Hollys Atem war heiß und schnell an seinen Lippen, als er murmelte: „Ich habe nur ein paar Minuten mit dir, Holly, bevor mein Drache die Kontrolle übernimmt. Ich weiß, ich muss mir dein Vertrauen erst noch verdienen, aber erlaubst du mir, dich auszuziehen? Ich will sichergehen, dass du bereit bist, damit mein Drache dich nicht verletzt."

Hollys Finger tanzten gegen seinen Nacken. „Wenn einer von euch mir wehtut, werde ich einen Weg finden, euch aufzuhalten."

„Holly —"

Sie legte einen Finger an seine Lippen. „Ich kann dich später wegen deines mangelnden Vertrauens in mich rügen."

Sie fuhr mit einem Finger über seine Lippe. Jedes Streicheln schoss direkt in seinen Schwanz. Fraser knabberte an ihrem Finger und flüsterte: „Dann ist es Zeit, dich nackt zu bekommen."

Fraser hob Holly hoch und warf sie aufs Bett. Als sie verwirrt blinzelte, zerriss Fraser ihr Oberteil in der Mitte, bevor er eine Kralle ausfuhr und ihren BH aufschlitzte. Mit einem einzigen Handgriff waren ihre Brüste sichtbar. Beim Anblick ihrer prallen, cremigen Haut leckte er sich die Lippen.

Er umrundete ihren dunkelrosa Nippel und sagte: „So hart und hübsch." Dann legte er die

Hand auf ihre volle Brust. „Und etwas größer als meine Hand. Ich muss sie probieren."

Fraser lehnte sich hinunter und schnippte seine Zunge über ihre andere Brustwarze. Holly zog einen Atem ein, und er saugte ihre feste Knospe zwischen die Zähne. Als er sanft zubiss, stöhnte Holly und öffnete unbewusst einladend ihre Beine.

Sein Drache knurrte. *Sie bietet sich uns an. Reiß ihr die Kleider runter und verschling ihre Pussy. Ich will sie jetzt schmecken.*

Menschen mögen Geduld.

Du hast noch knapp vier Minuten.

Er verfluchte insgeheim seinen Drachen und versprach sich, Holly später zu necken. Im Moment musste er sicherstellen, dass sie schön feucht war, denn sobald sein Drache anfing, würde er nicht aufhören, Holly zu ficken, wer zum Teufel wusste wie lange.

Als er ihre Brustwarze mit einem Plopp losließ, machte er sich daran, die Haut zwischen ihren Brüsten zu küssen. Er konnte nicht widerstehen, auf ihre Haut zu pusten.

Holly schob ihre Finger durch seine Haare und sah ihm in die Augen. Ihre Pupillen waren geweitet, und ihre Wangen bereits gerötet. „Fraser."

Er streichelte die Haut ihres Unterleibs mit langsamen Hin- und Herbewegungen und flüsterte: „Ich wünschte, ich könnte mir eine Stunde lang Zeit nehmen, mir jede Kurve und jeden zarten Punkt deines Oberkörpers zu merken." Er küsste sie wieder zwischen den

Brüsten. „Aber mein Drache ist ungeduldig auf mehr."

Hollys Atmung war schneller als zuvor und ihre Stimme rau, als sie fragte: „Nur dein Drache?"

Er knurrte, während er besitzergreifend ihre Brüste packte. „Ich habe mir dich nackt und mir ausgeliefert vorgestellt, seit ich dich das erste Mal getroffen hab', Holly Anderson. Sag das Wort, und ich zeige dir, was ich mit deinem schönen Körper machen will."

Seine Menschenfrau wackelte mit der Hüfte. „Dann solltest du dich besser beeilen und es mir zeigen, bevor dein Drache losbricht."

Sein Tier knurrte. *Ich mag sie. Ich wette, sie ist schon feucht. Lass mich sie haben.*

Nein. Du bist noch nicht dran.

Fraser strich mit einer Hand ihre Rippen hinunter und über ihren runden, weichen Bauch.

Einen Bauch, der bald sein Kind tragen könnte.

Verlangen strömte durch seinen Körper, als er an ein Kind mit Holly dachte. Aber er verdrängte es für den Moment. Er hatte nicht viel Zeit.

Er fuhr wieder eine Kralle aus und zerschnitt ihre Hose und die Unterwäsche. Mit einem schnellen Zug riss der Stoff, und Fraser warf ihn auf den Boden. Im nächsten Moment waren auch ihre Schuhe und Socken weg.

Holly schloss die Beine und bewegte dann ihre Hand, um den Fleck dunkler Haare zwischen ihren Beinen abzudecken, aber er packte ihre Hände und hielt sie an ihre Seite. Er sah hoch und leckte sich die Lippen. „Ich muss dich kosten. Öffne deine Beine und zeig mir deine schöne Pussy." Hollys Wangen wurden rosa, aber sie öffnete die Beine. Als sie den Blick abwandte, drückte er ihre Hände. „Ich will, dass du mir zusiehst."

Seine Menschenfrau runzelte die Stirn und sah zu ihm zurück. „Ich habe nie zugestimmt, dass du mich herumkommandieren kannst."

Sein Drache meldete sich wieder zu Wort. *Zwei Minuten.*

Er bewegte ihre Hände, damit er sie mit einer Hand festhalten konnte, und strich langsame Kreise an ihrem inneren Oberschenkel. Holly stöhnte, und er nahm seine Hand weg.

Sie knurrte. „Wage es nicht, mich so zu necken."

„Dann sieh mir zu."

„Wir werden später darüber reden, Fraser MacKenzie."

Er zog die Lippen ihrer Pussy mit einem Finger nach, und Holly hielt den Atem an. Er nahm das Geräusch als Ermutigung und fuhr mit dem Finger hin und zurück durch ihren Schlitz. „Vertrau mir. Wenn du mich beobachtest, wird es noch heißer."

Sobald er das gesagt hatte, vertiefte sich Hollys Stirnrunzeln. Doch als seine Augen blitzten, nickte sie nur. „Erst einmal. Aber das ist noch nicht vorbei, Fraser Moore. Ich glaube sehr an Rache."

Er versuchte, nicht über die Strenge in ihrer Stimme zu lachen. „Damit kann ich leben."

Fraser wollte keinen Augenblick mehr

vergeuden, zog sich zurück und lehnte sich zwischen ihre Schenkel.

Holly war schon geschwollen und glänzte. Nur für ihn.

Es würde immer für ihn sein.

Fraser leckte lang und langsam und genoss den süßen Geschmack seiner Frau. „Du bist verdammt perfekt." Holly wandte ihren Blick ab, und er knurrte, bevor er noch einmal schnell probierte. „Ich werde nie genug von dir bekommen."

Holly weigerte sich, ihn anzusehen, also blies Fraser über ihre Scham. Ein Stöhnen entkam Hollys Lippen, und Fraser murmelte: „Sieh zu, wie ich dich verschlinge."

Sie gehorchte zur selben Zeit, als sein Tier sich meldete. *Deine Zeit ist fast um.*

Weil er ein paar Minuten mit seiner wahren Gefährtin wollte, säte Fraser jedes bisschen Dominanz, das er besaß, in seine Antwort. *Ich will und werde noch ein paar Minuten brauchen. Still.*

Schockiert blinzelte sein Tier nur. Fraser machte sich die Ablenkung zunutze, beugte sich wieder hinunter und leckte noch ein paarmal, bevor er hinauf leckte und die Zunge um Hollys Klitoris kreisen ließ, sie aber nie berührte.

„Fraser."

Der unausgesprochene Befehl in ihrer Stimme machte sowohl Mensch als auch Tier glücklich. Sie wollte beansprucht werden.

Er streichelte ihre Hüften und schnalzte endlich mit der Zunge über ihre empfindliche Knospe. Er ließ die Zunge schneller kreisen, und Holly stöhnte seinen Namen. Sie war nah dran.

Er könnte es schaffen, seine Menschenfrau kommen zu lassen, bevor sein Drache die Kontrolle übernahm.

Fraser war gerade dabei, an ihrer empfindlichen Knospe zu knabbern, als sein Drache knurrte. *Die Zeit ist um.*

Nein. Ich will mehr Zeit mit ihr.

Du hast zu lange gebraucht. Ich bin dran.

Im nächsten Moment war Fraser in seinem Hinterkopf gefangen. Er stieß gegen die unsichtbare Wand, aber sein verdammter Drache war stark. Der Rausch würde gleich anfangen.

Fraser startete einen letzten Versuch. *Holly gehört uns. Teilen wir sie wenigstens.*

Nein. Der einzige Weg, die anderen Männer fernzuhalten, ist sie zu ficken und zu schwängern. Sie ist mir jetzt ausgeliefert.

So sehr sein Drache Holly brandmarken und beanspruchen wollte, Fraser wollte es zuerst tun. Seine Menschenfrau verdiente ein wenig Zärtlichkeit.

Fraser suchte nach einem Weg, um sich zu befreien, aber sein Drache verschwendete keine Zeit, um laut zu sprechen. „Du gehörst mir, Holly. Ich werde dich jetzt beanspruchen."

❧

GERADE HATTE Holly Frasers Zunge genossen, und im nächsten Moment wurden ihr die Hände über den Kopf gerissen, und Frasers harter Körper lag auf ihr. Als sie in seine Augen sah, waren die Pupillen geschlitzt und blitzten nicht mehr.

Sie fand sich Frasers Drachen gegenüber.

Ihr Herz schlug schneller. So sehr sie auch verstand, dass Fraser und sein Drache ein und derselbe waren, dem Blick des Drachen fehlte Frasers Humor. An seiner Stelle waren Hunger und Verlangen.

Holly erbebte. Die Aktion fühlte sich wie ein Verrat an Fraser an; sie wollte, dass ihr erstes Mal mit seiner menschlichen Hälfte war.

Der Drache sprach mit Frasers Stimme, was die Situation noch unrealistischer machte. „Bist du bereit? Ich werde dich jetzt brandmarken. Du bist meine Frau." Er beugte sich hinab und knabberte an ihrem Hals. „Fraser möchte sicherstellen, dass du bereit bist." Die Drachenaugen blickten auf sie zurück. „Bist du?"

Als Fraser-Schrägstrich-Drache weiter ihren Hals leckte und daran knabberte, gab Holly fast nach. Doch sie erinnerte sich an Frasers Grinsen und Necken, verdrängte ihr Verlangen und antwortete: „Nicht mit dir. Gib mir Fraser beim ersten Mal. Danach kannst du mich so oft haben, wie du willst."

Er runzelte die Stirn. „Wir sind ein und derselbe."

„Nein, ich will die andere Hälfte."

Wut blitzte in seinen Augen auf. „Du gehörst mir. Ich muss dich ficken."

Er beugte sich vor und nahm ihren Nippel in den Mund. Holly schrie vor Lust und merkte, dass ein Gespräch mit ihm nicht funktionieren würde.

Holly würde zwar ihren Vertrag erfüllen, aber sie würde es zu ihren eigenen Bedingungen tun.

Sie bewegte ihren Kopf zur Seite, öffnete den Mund und biss mit all ihrer Kraft in den Arm des Drachenmanns.

Mit einem Brüllen ließ Frasers Drachenhälfte ihren Arm und ihre Brust los. Mit dem Vorteil eines Sekundenbruchteils griff Holly zwischen sie und landete einen Schlag auf Frasers Schwanz und Eiern.

Sie traf mit einem Klatscher.

Nicht einmal die Drachenhälfte war stark genug, um den Schmerz zu ertragen, in den Schwanz geschlagen zu werden, und er packte sich in den Schritt und rollte hinüber. Holly sprang aus dem Bett, nahm die Lampe vom Nachttisch und hielt sie über ihre Schulter. Sie überlegte, ihn ohne Vorwarnung auf den Kopf zu schlagen, aber dann drehte sich Fraser um. Seine Pupillen waren rund, und seine Stimme klang erstickt, als er sagte: „Ich sollte dir danken, Honey. Aber ernsthaft, was zum Teufel?"

Auch wenn sie ihren Griff an der Lampe etwas lockerte, stellte Holly sie nicht hin. „Dein Drache hat sich nicht benommen, also habe ich ihm eine Lektion erteilt."

„Aye, ich würde sagen, das hast du." Fraser stöhnte erneut, bevor er hinzufügte: „Stell die verdammte Lampe weg. Du hast ihn erschreckt, und er kommt nicht wieder raus, bis du sagst, dass es okay ist."

Sie hob eine Braue. „Woher weiß ich, dass dein Drache die Wahrheit sagt? Aufgrund der geringen Erfahrung, die ich mit ihm habe, nimmt er keine Vorschläge an und macht sich auch nicht die Mühe, zuerst etwas zu besprechen."

„Du hast keinen Grund, mir zu vertrauen, aber mein Drache schmollt in meinem Hinterkopf. Er wurde noch nie von einer menschlichen Frau besiegt."

„Gut."

Fraser atmete einmal tief ein, bevor er sich aufsetzte. „Komm schon, Mädel. Lass mich dich wenigstens halten. Der Kontakt wird dich, mich und meinen Drachen beruhigen."

Hollys Herz donnerte in ihrer Brust, während sie Frasers Gesicht genau betrachtete. Seine Pupillen waren noch rund, und die Leichtigkeit war wieder in seinem Blick. „Ich habe einen Kompromiss. Ich kann mich zu dir setzen, aber die Lampe kommt mit mir."

Einer von Fergus' Mundwinkeln zuckte nach oben. „Solange du nicht versuchst, sie mir in den Arsch zu schieben, dann ja, bring die verdammte Lampe mit, wenn du dich dadurch sicherer fühlst."

Holly lächelte. „Danke für die Idee. Sag deinem

Drachen, er soll auf seine Manieren achten, sonst muss ich es vielleicht versuchen."

Fraser schüttelte den Kopf und murmelte: „Du hast Mut, das muss ich dir lassen."

„Ich bin nur froh, dass meine Idee funktioniert hat. Einen Drachen zu verärgern ist riskant, aber er muss ein paar Manieren lernen."

„Ich habe ihn vielleicht ein wenig verwöhnt."

„Also verhalten sich nicht alle Drachenhälften so?"

Fraser deutete zum Bett. „Setz dich zu mir, und ich beantworte deine Fragen." Sie hob ihre Augenbrauen, und er fügte hinzu: „Es ist nicht so, als würde ich dich vergewaltigen, Mädel. Nicht einmal ein Drachenwandler kann einen Schlag auf den Schwanz aushalten, ohne etwas Zeit zu brauchen, um sich zu erholen."

Fraser warf einen kurzen Blick nach unten und nahm seine Hände weg. Er stand tatsächlich nicht mehr in Bereitschaft.

Trotzdem behielt sie die Lampe in einer Hand, als sie sich auf den Bettrand setzte. Im nächsten Moment zog Fraser sie auf seinen Schoß. Der Haut-an-Haut-Kontakt half ihr dabei, ihre Sorgen zu vertreiben, und sie entspannte sich einen Bruchteil. Als Fraser ihren Arm auf und ab streichelte, half das ein wenig mehr.

Er flüsterte: „Also, was würdest du gern wissen, Holly?"

Fraser erfreute sich an dem weichen, schweren Gewicht der Frau, die auf seinem Schoß saß.

Noch nie zuvor hatte er nackt mit einer Frau zusammengesessen und war damit zufrieden gewesen, sie nur zu halten. Doch als er ihren Arm streichelte, half Hollys weiblicher Duft ihm nicht nur, den pulsierenden Schmerz in seinem Schwanz zu vergessen, sondern auch, das Tempo beim Auf- und Abgehen seines Drachen zu verlangsamen. Fraser sagte zu seinem *Tier: Wolltest du nicht eine Herausforderung?*

Sein Tier schnaubte. *Ich hatte nicht erwartet, dass sie uns dort schlägt.*

Wenigstens überlegst du es dir jetzt, ob du sie noch mal zwingen willst.

Mit einem letzten Schnauben verstummte sein Drache.

Er küsste Hollys Nacken, und ihr Körper entspannte sich ein bisschen mehr. „Was würdest du gern wissen, Holly? Frag mich irgendwas."

Sie drehte den Kopf, um ihm in die Augen zu sehen. „Warum konntest du deinen Drachen nicht kontrollieren?"

Fraser zuckte mit einer Schulter. „Ich hatte noch nie einen Grund, ihn in Schach zu halten. Man könnte sagen, ich habe ihn verwöhnt. Um ehrlich zu sein, haben wir uns nie wirklich über irgendwas gestritten, bis wir dich trafen."

Holly hob das Kinn. Obwohl sie sich bemühte, mutig auszusehen, brachte ihr wildes, glattes Haar und ihre Nacktheit ihn zum Lachen.

Glücklicherweise antwortete Holly vorher: „Wenn er so etwas noch einmal versucht, bin ich bereit. Vielleicht finde ich beim nächsten Mal sogar einen Taser und benutze ihn anstelle meiner Faust."

Fraser verzog das Gesicht. „Was auch immer du tust, erwähne diese Option nicht gegenüber anderen Menschen, die hierherkommen. Das Letzte, was wir brauchen, ist eine Gruppe von Drachenwandlermännern mit gerösteten Schwänzen." Holly lächelte, und der Anblick ließ seinen Magen kribbeln. Mit einer Hand streichelte er ihre Wange. „Es ist gut, dich wieder lächeln zu sehen, Honey."

„Das ist immer noch nicht mein Name."

„Aye, ich weiß. Aber niemand sonst hat diesen Namen für dich benutzt, oder?" Holly schüttelte den Kopf. „Gut. Dann ist es einfach eine weitere Möglichkeit für mich, dich zu beanspruchen."

„Ich sollte beleidigt sein."

Er grinste. „Bist du aber nicht, oder?"

Sie seufzte. „Wenn ich darauf antworte, würde das nur dein Ego füttern, und das brauchst du auf keinen Fall."

Er schmiegte sich an ihre Wange und murmelte: „Ich könnte etwas Ego-Fütterung gebrauchen." Er knabberte an ihrem Ohrläppchen. „Es könnte mir helfen, die Schmerzen zu vergessen."

Er ließ ihr Ohr los und verteilte Küsse über ihre Wange, bis er weniger als einen Zentimeter von ihren Lippen entfernt war. Als er ihr in die Augen sah, flüsterte er: „Obwohl ich mich stattdessen mit einem Kuss zufriedengeben könnte. Einmal deine Lippen zu kosten, wird alles besser machen."

Holly kämpfte gegen ein Lächeln und verlor. „Du warst ein ganz schöner Frauenheld, bevor du mich kennengelernt hast, nicht wahr?"

Er runzelte die Stirn. „Warum sprichst du andere Frauen an? Keine ist ein Vergleich zu dir."

Seine Menschenfrau warf die Lampe endlich auf den Boden. Sie landete mit einem dumpfen Geräusch auf dem Teppich, und sie legte ihre freie Hand an seine Brust. „Ich frage mich, ob du das bist, dein Drache oder dein Penis, der da spricht."

Fraser knurrte. „Ich habe versucht, das Verhalten meines Drachen wiedergutzumachen, ja, aber ich sage die Wahrheit." Er nahm ihr Gesicht in seine Hände. „Niemand hat sich je meinem Charme widersetzt, geschweige denn es mit meinem Drachen aufgenommen und gewonnen. Das ist verdammt fantastisch, Holly Anderson." Er strich seinen Finger über ihre Wange. „So wie du eben bist." Er lehnte seine Stirn gegen ihre. „Nun, du sture Frau, werde ich dich küssen und von meinen Worten überzeugen." Er beugte sich ein Stückchen vor. „Vorausgesetzt, du schlägst mir nicht wieder auf den Schwanz."

Holly grinste und Unfug tanzte in ihren Augen. „Dann lässt du mich wohl besser vergessen, wie man denkt, geschweige denn handelt, und dein Schwanz ist sicher." Sie senkte ihre Stimme. „Zumindest erst einmal. Für später gebe ich keine Garantien."

Der Drang, Holly noch mehr zu necken, war

stark, aber sein Schwanz wurde bereits hart, und er wollte nicht, dass Holly ihre Meinung änderte, geschweige denn sein Drache.

Fraser küsste sie zärtlich und antwortete: „Dann muss ich nur sicherstellen, dass ich dich um mehr betteln lasse. Auf diese Weise werde ich ganz vor deinem hinterhältigen Verstand sicher sein."

Holly öffnete den Mund, doch Fraser schluckte ihre Antwort mit einem Kuss.

Kapitel Neun

Holly war sich nicht sicher, ob sie glücklich oder gereizt war, dass Fraser sie mit einem Kuss zum Schweigen brachte. Nur sehr wenige Menschen hatten je versucht, sie zu kontrollieren.

Doch als sein Geschmack und seine Hitze ihren Mund füllten, lehnte sie sich in ihn hinein. Während er langsam seine Daumen gegen ihre Wangen drückte, nahm er sich Zeit, jeden Zentimeter zu erforschen.

Die Zärtlichkeit ließ sie seine Drachenhälfte vergessen. Mit der Zeit, da war Holly sich sicher, würde sie rauen, heißen Drachensex genießen. Doch da war sie noch nicht.

Sie drehte sich zu ihm um und schlang ihre Beine um seine Taille. Fraser stöhnte, während seine Hände ihren Hals und ihren Rücken hinunterrutschten, bevor sie sich auf ihren Po legten. Er bewegte ihre Hüften nach vorn, und ihre

Klitoris streifte seinen harten Unterleib. Als er es wieder tat, fiel es ihr schwer, sich auf den Kuss zu konzentrieren.

Fraser ließ endlich ihre Lippen los und flüsterte: „Darf ich diesmal deinen schönen Körper richtig erkunden?"

Sie sollte einfach Ja sagen und Frasers Aufmerksamkeit genießen. Aber Holly wollte keine falschen Plattitüden. „Du hast meinen Körper kaum gesehen. Woher weißt du, dass er schön ist?"

Fraser knurrte, als er ihr einen leichten Klaps auf den Po gab. „Musst du alles, was ich sage, in Frage stellen?" Sie öffnete den Mund, doch er unterbrach sie. „Leg dich auf den Rücken, und ich zeige dir mit Taten, wie sehr ich deinen Körper bewundere und begehre, Honey."

„Du enttäuschst mich besser nicht, *ruadh*."

Frasers Blick wurde entschlossen. „Glaub mir, du wirst nicht enttäuscht sein."

Das Raue in seiner Stimme sandte ihr einen Schauer die Wirbelsäule hinunter. Während sie seinen Humor und seine Witze genoss, begann sie allmählich auch, seine dominante, besitzergreifende Seite zu genießen.

„Wir werden sehen", murmelte sie.

Nachdem sie Frasers Brust getätschelt hatte, kroch Holly zur leeren Seite des Bettes und legte sich hin. Als sie ungeduldig mit den Fingern trommelte, drehte sich Fraser schließlich um, um sie anzusehen, und starrte.

In dem Moment, in dem er ihrem Blick

begegnete, sagte er: „Ich sollte dich warnen, Mädel. Wenn es eine Sache gibt, die mein Drache mag, dann ist es eine Herausforderung." Er fuhr mit einem Finger über ihren Kiefer und dann ihren Hals hinunter. „Früher mochte ich Frauen, die leicht zu haben waren, aber ich fange an, den Reiz einer Herausforderung zu erkennen."

Fraser hob einen Finger, und sein Blick bewegte sich auf ihre Brüste. Eine Minute verging und dann die nächste. Je länger er hinsah, desto härter wurden ihre Brustwarzen.

Wenn es irgendein anderer Aspekt ihres Lebens gewesen wäre, hätte sie einen Befehl gebellt und ihm gesagt, er solle weitermachen. Aber nur dieses eine Mal wollte sie, dass er verweilte.

Holly bewegte sich einen Bruchteil, um ihren Po besser zu positionieren, und ihre Brüste wackelten. Mit einem Knurren ergriff Fraser eine und drückte.

Sein fester Griff in Kombination mit den Schwielen an seinen Handflächen sorgte dafür, dass ihre Brüste wieder schwer wurden. So sehr sie auch seine Zunge genossen hatte, sie fragte sich, wie es sich anfühlen würde, wenn Frasers raue Finger zwischen ihren Beinen tanzen würden.

Fraser ließ endlich ihre Brüste los, und sie konnte gerade verhindern, dass sie schrie. Sie würde ihn nicht wissen lassen, wie sehr sie sich danach sehnte, seine Hände wieder an ihrem Körper zu haben.

Wenn sie es täte, würde Holly sich das ewig anhören müssen.

Fraser schmunzelte, und sie verengte die Augen. „Wenn du über meinen Körper lachst, dann glaub mir, ich werde diese Lampe finden und sie dir in den Arsch schieben."

Er strich seine Hände in langsamen Kreisen über ihren Bauch, und Holly musste sich verdammt zusammenreißen, um sich auf seine Antwort zu konzentrieren. „Ich habe gelacht, weil du dir auf die Lippe gebissen hast, um nicht zu betteln." Er richtete den Blick aus seinen blauen Augen auf ihren. „Habe ich recht?"

Holly hob eine Braue. „Das wüsstest du wohl gern."

Frasers Pupillen blitzten. Holly hielt den Atem an, aber sie änderten sich nicht wieder.

Im nächsten Moment war Frasers Gesicht ein paar Zentimeter von ihrem entfernt. „Hab keine Angst vor mir, Holly Anderson. Selbst wenn ich dabei meinen verdammten Verstand verliere, werde ich niemals zulassen, dass mein Drache auch nur versucht, dich zu nehmen, wenn du nicht bereit bist."

Sie sah nichts als Wahrheit in seinen Augen. Außerdem waren seine Worte so überzeugend, dass sie ihm glaubte. „Nun, ich bin jetzt bereit. Wirst du mich wirklich warten lassen? Ich werde nicht betteln, Fraser MacKenzie, wenn du also darauf wartest: Es wird nicht passieren."

Einer seiner Mundwinkel hob sich. „Red dir das nur weiter ein."

Holly öffnete den Mund, aber dann zog Fraser

an einer ihrer Brustwarzen und fügte hinzu: „Genug geredet." Er schnipste gegen ihre andere. „Ich will jede Kurve und jedes Tal deines Körpers in meine Erinnerung brennen."

Es lag Holly auf der Zunge zu sagen, dass sie nicht darum gebeten hatte, aber sie hielt sich zurück. Sie und Fraser konnten sich wahrscheinlich bis zum nächsten Sommer streiten, wenn sie nachgeben würde.

Nein, so sehr Holly das Geplänkel auch genoss, sie wollte etwas anderes.

Sie wollte heißen, leidenschaftlichen Sex mit dem Drachenmann über ihr.

Holly streckte ihre Hand aus und streichelte Frasers Schwanz. Er packte ihr Handgelenk und zischte: „Nicht berühren, bis ich sicher bin, dass du sanft sein wirst."

Holly lächelte. „Dann mach weiter, oder ich denke an meine eigene Form der Folter."

Entschlossenheit blitzte in Frasers Augen, bevor er sich nach unten lehnte und ihre Brustwarze mit seiner Zunge umriss. Als er ihre harte Knospe freiließ, blies er langsam auf ihr feuchtes Fleisch. In einem viel sanfteren Ton als zuvor murmelte sie: „Fraser."

„Ja, das ist der Tonfall, den ich hören möchte, Honey."

Als er ihre Brustwarze tief in seinen Mund saugte, bog Holly den Rücken, während die Feuchtigkeit zwischen ihre Beine strömte.

Fraser nahm sich Zeit, leckte und saugte an

ihrem Nippel, bevor er ihn mit einem Plopp losließ. „Meine wunderschöne Menschenfrau."

Holly öffnete den Mund, um ihm zu widersprechen, als er ihre andere Brustwarze nahm. Dieses Mal biss er sanft zu, bevor er seine Zunge über und um den straffen Gipfel kreisen ließ.

Sie bewegte eine Hand an sein Haar und grub die Nägel in seine Kopfhaut. Fraser belohnte sie mit einem tiefen Saugen.

Als sie ihren Kopf näher drückte, um zu signalisieren, dass sie mehr wollte, knurrte ihr Drachenmann. Die Schwingungen ließen ihre Pussy in Vorfreude pochen.

Als hätte er ihre Gedanken gelesen, zog Fraser seine Hand über ihren Bauch und zwischen ihre Schenkel. Holly öffnete die Beine, ohne zu zögern, und erwartete, dass Fraser sie berührte.

Aber während er weiter an Brustwarze und Brust knabberte, tanzten seine Finger von ihrem linken inneren Oberschenkel nach rechts und wieder zurück. Nicht einmal, als sie ihre Beine weiter spreizte, berührte er ihren Schlitz.

Sie knurrte. „Fraser, hör auf, mich zu necken."

Er hob seinen Kopf. Seine blauen Augen waren voller Hitze und Begierde, doch seine Pupillen blieben rund. „Die Vorfreude wird dich nur noch härter kommen lassen."

Das Raue in seiner Stimme sandte ihr ein Kribbeln durch den Körper. „Dann beweise es."

„Ich bin noch nicht fertig."

Sie öffnete den Mund, um zu antworten, aber

als Fraser einen Finger durch ihren Schlitz fuhr, saugte sie einen Atemzug ein. Die Rauheit seiner Haut gegen ihre empfindlichen Nerven ließ sie die Augen schließen und den Kopf zurücklehnen.

Fraser bewegte seine Hand zurück auf ihren inneren Oberschenkel. Als er sie streichelte, so nah und doch so weit von ihrer Pussy entfernt, knurrte Holly: „Keine Neckereien mehr."

„Sieh mich an, Holly. Ich will deine schönen honigfarbenen Augen sehen, wenn ich dich berühre." Er bewegte sich zu ihrem anderen Oberschenkel und wiederholte die gleichen Bewegungen. „Und wenn ich dich kommen lasse."

FRASER STREICHELTE HOLLYS HAUT WEITER, während er auf eine Antwort wartete.

Sein verdammter Drache knurrte. *Es dauert zu lange. Wenn das so weitergeht, wird sie nie unser Kind tragen.*

Geduld, Drache. Wenn ihr das erste Mal Spaß macht, wird sie den Rest genießen.

Sein Tier schnaubte. *Ich glaube dir nicht. Aber ich werde nicht wieder rauskommen und sie eine Lampe gegen unseren Schwanz und unsere Eier schlagen lassen.*

Gute Antwort, Drache.

Holly öffnete die Augen, und sein Tier verstummte. Der Blick seiner Menschenfrau aus halb geschlossenen Augen schoss direkt in seinen Schwanz.

Wenn sie offen und ehrlich mit ihrem Gesichtsausdruck war, machte sie das umso schöner.

Sein Drache knurrte. *Ein weiterer Grund, sie mit unserem Geruch zu brandmarken. Wenn ein anderer Mann sie sieht, wird er sie wollen.*

Hollys Stimme hinderte Fraser daran zu antworten. „Ich bin bereit, Fraser. Lass mich kommen."

Sein Mund wurde bei der Sinnlichkeit in ihrer Stimme trocken. Aber er erholte sich schnell und bewegte seine Position so, dass sein Kopf zwischen ihren Schenkeln lag. „Ich glaube, du hast lange genug gewartet, meine Menschenfrau."

Fraser leckte Hollys Schlitz und ihre süßen Säfte ließen ihn stöhnen. „Du bist so verdammt süß, Holly." Er leckte noch einmal. „Ich werde nie genug von ihr bekommen."

Holly öffnete den Mund, aber Fraser tauchte seine Zunge in ihre Pussy und ließ sie kreisen. Wie sie ihre Hüfte hob, sagte ihm, dass sie es genoss.

Er entfernte seine Zunge, strich um ihre Klitoris, berührte sie aber nicht. Dann wackelte seine verdammte Frau mit ihrer Hüfte. „Hör auf, dich zu bewegen."

„Dann mach endlich weiter."

„Du hast es so gewollt."

Fraser saugte ihre Klitoris zwischen die Zähne und knabberte daran. Hollys Schrei ermutigte ihn nur, etwas fester zuzubeißen, bevor er das Brennen mit seiner Zunge linderte.

Als er ihren Knoten losließ, machte er sich

wieder daran, ihre Pussy zu lecken, während sein Finger das Bündel empfindlicher Nerven in langsamen Kreisen massierte.

Er ging zurück zu ihrer Klitoris und schnippte mit der Zunge dagegen, während er zwei Finger in sie tauchte. Als er die Noppe ihres G-Punktes fand, streichelte er ein paarmal auf und ab, bevor Holly schrie, als ihr Orgasmus zuschlug.

Entschlossen, zu spüren, wie sie seinen Schwanz packte, nahm er seine Finger heraus und bedeckte ihren Körper mit seinem. Mit einem schnellen Stoß war er in ihr, und Holly schrie wieder vor Lust. Als ob das noch nicht genug wäre, waren die Lider ihrer Augen nicht nur schwer, sondern ihre Augen auch voller Begierde und Erwartung.

Er nahm ihren Mund in einem Kuss und bewegte seine Hüften in langsamen Kreisen. Er liebte es, wie Holly seinen Schwanz drückte und losließ.

Holly packte seinen Po und grub ihre Nägel hinein. Das Brennen brachte ihn dazu, den Kuss zu unterbrechen. „Du hast es so gewollt."

Fraser beschleunigte sein Tempo und bewegte eine Hand bis knapp über ihre Klitoris. Er hielt sie fest und stieß härter zu. Jede Bewegung führte dazu, dass das Bett wackelte. Seine Menschenfrau stöhnte und wand sich unter ihm, keuchte vor Lust.

Er zog sich langsam heraus und knurrte: „Du gehörst mir, Holly. Nur mir."

Sie öffnete den Mund, doch er stieß kräftig zu.

Hollys Nägel gruben sich tiefer in seinen Po. „Nochmal."

Er zog sich zurück und hielt inne. Fraser war entschlossen, Hollys Kühnheit auch im Schlafzimmer hervorzubringen. Ihre Stille wollte er nicht. „Sag mir, was du willst, Holly, und ich gebe es dir. Andernfalls werde ich mich zurückziehen und mich um mich selbst kümmern."

Sein Drache brüllte, aber Fraser konnte ihn gerade noch aufhalten.

Holly zögerte eine Sekunde, aber bewegte dann ihre Hände an seinen oberen Rücken. „Dann möchte ich, dass du mich hart fickst, Fraser MacKenzie, und halt dich nicht zurück."

Dann kratzte sie an seinem Rücken hinunter. Mit einem Brüllen nahm Fraser ihre Hüften und ließ seine Zurückhaltung los. Es war an der Zeit, sowohl seiner Frau als auch seinem Tier Lust zu bereiten.

Fraser rammte in Hollys enge, nasse Pussy hinein und heraus. Er liebte es, wie sie seinen Schwanz packte, als er sich bewegte.

Sein Drache meldete sich zu Wort. *Nimm sie härter. Sie will es.*

Während er seinen Drachen kanalisierte, füllte sich der Raum mit dem Geräusch von Fleisch, das gegen Fleisch schlug, vermischt mit Hollys Stöhnen. Der Schweiß lief an Frasers Rücken hinunter, und Druck baute sich an der Basis seiner Wirbelsäule auf.

Er war im Begriff zu kommen.

Aber er kämpfte dagegen an. Seine Menschenfrau sollte immer zuerst kommen.

Er benutzte seinen Daumen, um Hollys Klitoris in schnellen Kreisen zu reiben. Holly kratzte seinen Rücken so kräftig, dass Fraser Blut roch.

Das war sein Mädel.

Fraser erhöhte den Druck auf Hollys Nerven, und sie klammerte sich an seine Schultern, während sie schrie. Der Klang ihrer Stimme, kombiniert mit dem Bild von Holly, die seinen Geruch und möglicherweise sein Kind trug, brachte ihn über den Rand. Mit einem Brüllen hielt Fraser inne und ergoss seinen Samen in seine Frau.

Mit jedem Schuss seines Spermas schrie Holly lauter und grub ihre Nägel tiefer in seine Haut. Als sie seinen Schwanz weiter packte und losließ, bestätigte ihr anhaltender Orgasmus, was ihm sein Drache gesagt hatte: Holly war seine wahre Gefährtin.

Fraser brüllte, während er sie mit seinem Geruch markierte. Kein anderer Mann würde sie danach anrühren.

Sein Drache brummte sowohl über die Beanspruchung als auch über die Lust ihrer Gefährtin.

Als Holly endlich den letzten Tropfen aus seinem Schwanz gewrungen hatte, brach Fraser auf ihr zusammen. Sein Drache ging im Hinterkopf auf und ab, und Fraser wusste, dass es nur eine Frage der Zeit war, bis sein Drache verlangen würde, an der Reihe zu sein.

Einmal würde seinem Drachen nie genügen. Doch als Fraser eine feuchte Haarsträhne aus Hollys Gesicht streichelte, gab er zu, dass es ihm auch nie genügen würde.

Holly Anderson gehörte ihm und würde es immer tun.

Das Gesicht seiner Frau war gerötet, und Zufriedenheit füllte ihren Blick. Der Anblick löste eine Welle des Stolzes aus, die durch seinen Körper brandete.

Sein Drache knurrte. *Sie will mehr. Ich bin dran.*

Fraser wollte nichts weiter als eine Verschnaufpause, um zu kuscheln und Holly ein Lachen zu entlocken, damit sie wusste, dass er sie für viel mehr als Sex wollte. Er wollte sie als lebenslange Gefährtin.

Dann schickte sein Tier eine Flut von Begierde und Verlangen durch seinen Körper. Fraser knirschte mit den Zähnen, aber sein Drache würde viel zu früh übernehmen.

Doch Fraser wollte noch ein paar Minuten. Er musste nur sein Tier besiegen.

Als Reaktion auf seinen Wunsch brüllte sein Drache. Es schickte eine weitere Woge der Lust, Holly zu schwängern und sie durch seinen Körper zu brandmarken.

Sein Schwanz verhärtete sich schon wieder und Neugierde füllte Hollys Augen. „Fraser?"

Als sein Drache sich ihm schon vorn in seinem Kopf anschloss, brachte Fraser zwischen zusammengebissenen Zähnen heraus: „Ich kann

nicht mehr lange widerstehen, Honey. Ich muss dich
zur meinen machen, auf eine dauerhaftere Art.
Entweder lässt du dich von meinem Drachen
nehmen, oder du musst aus der Tür rennen und
mich hier drinnen einsperren." Sein Tier brüllte
wieder in seinem Kopf, und Fraser wollte sich die
Hände über die Ohren klatschen. „Er ist nicht
geduldig. Ich hasse es, dich zu drängen, aber ich
brauche eine Antwort."

FRASER biss die Zähne aufeinander und schloss die
Augen, bevor er sich von ihr wegrollte. Es war klar,
dass ihr Drachenmann Schmerzen hatte.

Der Gedanke, dass er so für wie lange auch
immer bliebe, drückte ihr Herz.

Im Gegensatz zu früher, als sein Drache
versucht hatte, sie zu nehmen, machte ihr der
Gedanke, dass Frasers Tier entfesselt war und sie
fickte, keine Angst mehr. Die sanften Zärtlichkeiten
von Fraser, dem Mann, hatten ihre Ängste und
Befürchtungen beruhigt.

Außerdem war ihr einziger Grund, hier zu sein,
der Versuch, schwanger zu werden. Obwohl Finn
und Fraser beide geduldig mit ihr waren, konnte sie
nicht erwarten, dass es für immer so bleiben würde.
Das MDA könnte das Geld zurückverlangen, das sie
vom Verkauf des Drachenblutes übrighatte, und
dann würden die Behandlungen ihres Vaters
eingestellt.

Nein, es war an der Zeit, das zu tun, wofür sie nach Lochguard gekommen war.

Als sie zu dieser Entscheidung gekommen war, legte Holly eine Hand auf Frasers Schulter. Er krümmte sich weiter zusammen. Seine Stimme klang erstickt, als er sagte: „Wenn du überlegst zu gehen, dann fass mich nicht an. Dadurch will mein Drache dich nur umso mehr."

Holly atmete tief durch und rutschte hinüber, bis ihre Brüste seinen Rücken berührten. „Ich gehe nicht allein, Fraser."

Im Nu drehte sich Fraser um und drückte sie aufs Bett. Seine Pupillen waren Schlitze. „Das ist jetzt das letzte Mal, dass ich frage. Bist du bereit für alles an mir?"

Holly nickte. „Ja."

Mit einem Knurren küsste Fraser sie und tauchte seinen Schwanz in ihre Pussy. Als er ihr Bein um seine Taille legte, bewegte er sich schneller als zuvor, und jede Bewegung reichte tief in sie hinein. Sie schrie in seinen Mund.

Fraser zog sich zurück, und seine Pupillen waren wieder rund. „Ich will dir nicht wehtun, Holly."

Lächelnd antwortete sie: „Nicht aufhören, Fraser. Küss mich und nimm mich hart. Ich geh' schon nicht kaputt."

Mit einem Knurren nahm er wieder ihre Lippen, während er sein Tempo erhöhte. Das Bett wackelte, aber Holly konnte sich kaum auf etwas konzentrieren, außer auf den großen, muskulösen Drachenmann auf und in sich.

Fraser brüllte, und sein Samen verursachte eine Welle blendender Lust, die durch ihren Körper brandete. Jede Zuckung fühlte sich an, als würde sie sie zum Bersten bringen.

Sie war kaum runtergekommen, als Fraser sich zurückzog, sie umdrehte und ihre Hüften hob. Er schlug ihr auf den Po, und dann war sein Schwanz wieder bis zum Anschlag in ihr.

Während er ihre Hüften führte, krallte sie sich ins Laken. Sie würde wund sein, wenn das hier vorbei war, aber Holly war es egal. Sie war so empfindlich, dass jeder lange, tiefe Stoß dazu beitrug, einen Nebel der Euphorie zu erzeugen.

Dann schlug Fraser ihr auf den Arsch, und der leichte Schmerz ließ ihre Pussy pulsieren. Im nächsten Moment hielt er sie an Ort und Stelle, als er wieder kam.

Als Holly in ihren nächsten Orgasmus flog, fragte sie sich, ob es möglich war, an zu viel Sex zu sterben.

Aber dann bewegte sich Fraser erneut, und sie verlor die Fähigkeit zu denken.

Kapitel Zehn

Fergus MacKenzie hielt die Flügel an seinen Rücken gedrückt, während er seine Beine vor und zurück bewegte, um zur Oberfläche von Loch Shin zu schwimmen. Seine Lungen brannten, als sein Kopf endlich durch das Wasser stieß.

Er nahm ein paar tiefe Lungenzüge voller Luft und schüttelte sich das Wasser aus den Ohren. Das Wasser mochte eiskalt sein, aber die Kälte half ihm, seinen Geist zu befreien.

Trotzdem hatte Fergus die ganze Nacht und ein bisschen vom Morgen gebraucht, um sein Temperament zu kontrollieren. Er würde seinen Bruder nicht mehr töten, wenn er ihn sah.

Und doch blieb seine Wut auf Fraser bestehen. Sein Zwillingsbruder war sein bester Freund auf der Welt. Es ergab immer noch keinen Sinn, dass er nicht mit ihm gesprochen hatte. Mehr als der Verlust von Holly und seiner letzten Chance, eine

Gefährtin in den Highlands zu finden, hatte Frasers Schweigen ihn in zwei Teile zerrissen.

Fergus atmete tief durch und schloss die Augen, um die Ruhe des frühen Morgens zu genießen. Doch sein Drache nutzte die Gelegenheit, sich zu äußern. *Warum hast du es nicht akzeptiert? Würdest du wirklich die wahre Gefährtin eines anderen für dich wollen?*

Das ist doch nicht der Punkt. Fraser hätte mit mir reden sollen.

Hättest du das Gleiche in seiner Situation getan?

Fergus zögerte nicht. *Natürlich. Ich habe keine Geheimnisse.*

Lügner.

Lass mich das klarstellen: Ich habe keine Geheimnisse, die meiner Familie schaden könnten.

Sein Tier grunzte. *Nun, Fraser ist nicht so vorsichtig wie du. Seine Impulse bringen ihn ständig in Schwierigkeiten. Du hältst uns immer davon ab, Spaß zu haben.*

Fang nicht damit an, Drache. Jemand aus der MacKenzie-Familie muss schließlich seine Verantwortung übernehmen.

Ich bin durch mit Streiten. Du kannst allein schmollen. Ich mache jetzt ein Nickerchen.

Als sein Tier in seinem Hinterkopf verblasste, tauchte Fergus wieder in die Tiefen des Sees ein. Er wusste, dass Finn und seine Mutter sich Sorgen machen würden, wenn er nicht bald zum Clan zurückkehren würde. Aber er konnte sich noch zwanzig Minuten Einsamkeit gönnen, bevor er sich mit dem Zoo von einer Familie befasste.

Fergus schoss durchs Wasser und brach erneut

durch die Oberfläche. Diesmal kam er etwa sechs Meter vom Ufer entfernt hoch. Als er das Wasser aus den Augen blinzelte, entdeckte er eine Gestalt in der Ferne.

Es war nicht ungewöhnlich, dass Leute um den See oder aus dem Dorf ihn beobachteten. Nach einer Geschichte, die über die Jahrhunderte weitergegeben worden war, hatte ein Drache einst ihr Volk vor Tod und Krankheit gerettet. Bis heute dachten sie, ein Drache bringe Glück.

Aber nachdem er sich etwas länger konzentriert hatte, merkte er, dass die Gestalt eine Frau war und sie ihre Arme vor der Brust verschränkt hielt. Ihre Haltung signalisierte, dass sie wütend war.

Neugierig näherte er sich ihr, bis er ihr Stirnrunzeln sehen konnte.

Sie war ganz hübsch, mit langen, roten Haaren, die hinter ihr wehten, und einer schönen Haut mit Sommersprossen auf der Nase. Ihr geschwollener Bauch sagte ihm auch, dass sie schwanger war und nicht in den frühen Morgenstunden neben einem eiskalten Loch stehen sollte. Hatte sie keinen Verstand?

Er konnte ihre Augen nicht sehen, aber als die Frau sie weiter verengte, beschloss er herauszufinden, warum sie ihn anstarrte. Er konnte sie vielleicht sogar überzeugen, wieder hineinzugehen, aus der Kälte raus.

Er trat mit den Hinterbeinen und gelangte innerhalb einer Minute in Wasser, das flach genug war, um zu stehen. Er widerstand dem Drang, das

Wasser von seinem Körper zu schütteln. Stattdessen schaute er hinunter auf das Mädel.

Sie öffnete ihre Arme und wackelte mit einem Finger. „Du verschreckst nicht nur die Fische, sondern auch die Schafe und Kühe bekommen einen Herzinfarkt. Warum kommst du immer wieder hierher zurück?"

Ihr Akzent sagte ihm, dass sie Amerikanerin war. Fraser neigte den Kopf und kämpfte gegen den Drang, mit der Frau zu sprechen. Um das zu tun, hätte er wandeln müssen, und wenn sie schon wütend auf ihn war, dann war es wahrscheinlich keine gute Idee, nackt vor ihr aufzutauchen. Vor allem, wenn der Vater ihres Kindes ihn entdeckte.

Fergus konnte auf sich selbst aufpassen, aber in einen Kampf mit einem Menschen zu geraten, war das Letzte, was sein Clan im Moment brauchte.

Er brüllte leise, und die Frau antwortete: „Nun, wenn du mir nicht auf Englisch antworten kannst, dann solltest du einfach gehen." Sie ging einen Schritt auf ihn zu, und er bemerkte schließlich ihre dunkelschokoladenbraunen Augen. „Und wenn du weißt, was gut für dich ist, hältst du dich auch fern. Andernfalls werde ich Wege finden, dich fernzuhalten."

Unfähig, es aufzuhalten, rumpelte ein Lachen tief in seiner Brust. Die Einheimischen, die am See lebten, würden es dem Menschen nie erlauben, ihn dem MDA zu melden.

Aber das würde sie schon bald herausfinden.

Seine Drachenstimme war schläfrig, als er murmelte, *Hör auf, die schwangere Frau zu reizen. Lass uns einfach nach Hause gehen. Du hast lange genug geschmollt.*

Für ein paar Minuten hatte Fergus Fraser, Holly und das Chaos zu Hause vergessen. Aber die Worte seines Drachen brachten alles zurück. *Einen Augenblick.*

Fergus lehnte sich nach unten, bis sein Kopf mit dem der Menschenfrau auf einer Höhe war. Wenn er Angst in ihren Augen erwartete, lag er leider falsch; sie schüttelte nur den Kopf und seufzte. „Der Drachenblick wird bei mir nicht funktionieren. Ich bin in der Nähe von Clan BroadBay in den USA aufgewachsen. Ich kenne eure Einschüchterungstaktiken." Sie knuffte seine Schnauze. „Geh, oder ich benutze meine Geheimwaffe."

Die Frau griff in die Jackentasche, zog aber nichts heraus. Er war versucht zu sehen, was eine kleine Frau gegen einen Drachen einsetzen und gewinnen könnte. Ihre Tasche war zu klein, um irgendeine Art illegaler Waffen zu enthalten.

Sein Tier knurrte. *Lass sie in Ruhe. Ich mag es nicht, dass sie hier in der Kälte steht.*

Seit wann interessierst du dich für dahergelaufene Menschen?

Weil sie schwanger ist und versucht, nicht zu zittern.

Fergus musterte ihren Körper, der mit einem übergroßen Mantel bedeckt war, und ein paar Sekunden später zitterte ihr ganzer Körper.

Ein Schuldgefühl überflutete seinen Körper. *Gehen wir.*

Mit einem Nicken patschte Fergus in eine sichere Distanz zur Frau und drehte sich dann zu ihr zurück. Sie wartete nur und sah zu.

Der Wind wehte, und ihr wildes, lockiges rotes Haar tanzte hinter ihr. Fergus wusste, dass die Frau einem anderen gehörte, aber er konnte nicht umhin, zu bemerken, wie schön sie war, mit ihren rosa Wangen und ihrer kleinen Nase.

Bevor er anfing, an eine andere Frau zu denken, die er nicht haben konnte, sprang Fergus in die Luft und schlug die Flügel nach oben. Als er an die fünfzig Meter in der Luft erreichte, blickte er nach unten. Die Frau stand immer noch da und beobachtete ihn.

Vielleicht würde er sie wiedersehen, wenn er das nächste Mal im Loch schwimmen kam.

Sein Drache knurrte. *Je länger du verweilst, desto mehr Zeit verbringt sie in der Kälte.*

Fergus zwang seinen Blick von der rothaarigen Frau, drehte sich in Richtung Lochguard um und trat den Heimweg an.

Es war an der Zeit, das zu tun, was Fergus am besten konnte: Sich auf seine Verantwortung gegenüber dem Clan zu konzentrieren. Nur weil Fraser ein Idiot war, hieß das nicht, dass Fergus sein Volk im Stich lassen konnte. Seine Aufgabe war es, Informationen zu analysieren und zukünftige Bedrohungen zu verhindern. Nach dem Angriff auf

Lochguard vor ein paar Monaten waren seine Fähigkeiten wichtiger denn je.

Und dennoch blickte Fergus über seine Schulter auf die sich zurückziehende rothaarige Frau und entschied, dass er vielleicht zurückkommen musste, um nach ihr zu sehen. Nicht, um sie absichtlich zu irritieren, sondern um sicherzustellen, dass sie nicht in der verdammten Kälte erfroren war.

Sie schien ihm auch dabei zu helfen, seine Probleme zu Hause zu vergessen. Vielleicht würde er nächstes Mal Wechselkleidung mitnehmen, damit er in der Nähe wandeln und mit ihr reden konnte. Er wusste von den Einheimischen alles über ihre Drachen-Geschichten. Er würde gerne ein paar amerikanische Geschichten hören.

Fergus schlug schneller mit den Flügeln und entschied, sobald er Zeit hatte, die Frau auf jeden Fall wieder zu besuchen.

Er war so sehr damit beschäftigt, sich Fragen zu überlegen, die er dem Mädel stellen wollte, dass er nicht bemerkte, wie seine Drachenhälfte in seinem Hinterkopf brummte.

Kapitel Elf

Fraser wachte am zwölften Tag des Paarungsrausches auf und war überrascht, seinen Drachen im Hinterkopf schnarchen zu hören.

Die letzten anderthalb Wochen waren ein andauernder Kampf zwischen Mensch und Tier gewesen. Sein Drache wollte Holly für sich allein. Nur durch seine Hartnäckigkeit gelang es Fraser, das Mädel manchmal für sich zu haben.

Fraser wollte definitiv daran arbeiten, sein Tier besser zu kontrollieren.

Als er Hollys schlafendes Gesicht ansah, kam ein Gefühl des Friedens über ihn. Vor ein paar Wochen hatte der bloße Gedanke, für den Rest seines Lebens neben derselben Frau aufzuwachen, seinen Magen brennen lassen. Doch als er Hollys Kinn mit seinem Zeigefinger nachzog, konnte er sich nicht vorstellen, nicht neben ihr aufzuwachen.

Der Trick wäre, sie zu umwerben, damit sie blieb.

Sein Tier gähnte endlich und klang verschlafen, als es sagte: *Du solltest schlafen. Sie trägt bereits unser Kind.*

Fraser hielt inne. *Was?*

Sie ist schwanger. Ich rieche unseren Duft, der mit ihrem vermischt ist, also lass sie ruhen.

Warum hast du mir das nicht früher gesagt?

Ich war müde.

Fraser streichelte Hollys Wange, als Glück sein Herz erwärmte. Er hatte sich vorher nie wirklich als Vater vorgestellt, aber ein Bild, wie er seinem kleinen Sohn beibrachte, seinen Drachen zu kontrollieren und zu fliegen, blitzte in seinem Kopf auf. Der Junge hätte Frasers rotes Haar, aber Hollys braune Augen. Er wäre zu clever für sein eigenes Wohl, aber Fraser würde sich darum kümmern.

Besonders, wenn Holly an seiner Seite war.

Er wusste vielleicht noch nicht viel über das Mädel, aber er würde alles früh genug herausfinden. Immerhin hatte er mindestens neun Monate, um Holly davon zu überzeugen, bei ihm zu bleiben.

Sein Drache reckte sich in seinem Kopf. *Befiehl ihr einfach zu bleiben.*

Ja, denn das wird ja auch so gut funktionieren.

Vielleicht doch.

Frasers ganzer Körper war erschöpft, einschließlich seines Verstandes. Er würde sich später um seinen Drachen kümmern.

Für den Moment legte er seine Arme um Holly und atmete ihren Duft vermischt mit seinem.

Er würde seine Menschenfrau noch eine Weile schlafen lassen. Nach dem Aufwachen müsste Fraser Finn kontaktieren und sich mit dem Shitstorm von Problemen vor den Mauern ihres Cottages auseinandersetzen.

Er strich mit seiner Nase über Hollys Wange, verdrängte er seine Sorgen und genoss die letzten friedlichen Stunden, die er mit seiner wahren Gefährtin für eine Weile haben würde.

HOLLY HATTE die Tage während des Rauschs vergessen, aber schließlich wachte sie in Frasers Armen auf.

Ihr Schotte schnarchte leise. Mit geschlossenen Augen und entspanntem Körper sah er nicht anders aus als jeder andere Mensch.

Sie zog das Drachenwandler-Tattoo auf seinem Bizeps nach und lächelte. Na ja, er war fast wie ein Mensch.

Fraser rührte sich unter ihren Fingerspitzen. Jeder Muskel ihres Körpers war wund, aber sie wappnete sich für mehr Sex. Vielleicht wäre der Rausch bald vorbei und sie könnte tatsächlich wieder ein Gespräch mit Fraser genießen.

Doch als Fraser seine Augen öffnete, waren seine Pupillen rund. Statt Hitze waren sie voller Freude.

Verglichen mit den letzten Tagen — wie viele auch immer es waren — war das ein seltsamer Anblick. „Hat sich was geändert?"

Einer von Fergus' Mundwinkeln zuckte nach oben. „Bist du immer gleich morgens so misstrauisch?"

„Bei dir, ja."

„Du hast mich verletzt, Honey."

Holly stützte den Kopf mit ihrer Hand auf und ihren Ellbogen auf das Bett. Frasers Blick schoss zu ihren Brüsten und dann wieder zurück in ihr Gesicht. Aber er versuchte nicht, sie auf den Rücken zu werfen und sie zu küssen. „Sag mir, was los ist, Fraser MacKenzie. Ich bin erschöpft und nicht in der Stimmung für Spiele."

„Aber Spiele sind der beste Teil des Lebens."

Sie seufzte. „Versuch du mal, dir Tag für Tag einen Schwanz reinrammen zu lassen, wer weiß wie lange, und sieh, wie du dich dann fühlst."

Frasers Augen sahen plötzlich besorgt aus. „Geht es dir gut? Soll ich einen Arzt rufen?"

Die plötzliche Änderung in seinem Verhalten milderte ihren Zorn. „Ich bin etwas hungrig, aber ansonsten geht es mir gut."

Fraser setzte sich auf. „Wie wäre es dann, wenn wir duschen gingen und uns etwas zu essen zu holen?"

Holly runzelte die Stirn. „Seit wann erlaubt uns dein Drache mehr, als vor der Haustür abgestelltes Essen zu holen?"

Ihr Drachenmann strich über ihre Wange und

kitzelte die weiche Stelle unter ihrem Kinn. „Er hat sich beruhigt, weil wir ein Baby bekommen, Holly."

Es dauerte eine Sekunde, bis seine Worte den Nebel ihrer Erschöpfung durchdrangen.

Sie legte eine Hand über ihren Unterbauch und blinzelte. „Ich schätze, ich habe meinen Vertrag erfüllt."

Fraser knurrte und nahm ihr Gesicht zwischen seine Hände. Seine Pupillen blitzten zu Schlitzen und zurück. „Du bist weit mehr als ein Gefäß für ein Kind, Holly Anderson. Du bist meine wahre Gefährtin. Wir werden das Kind gemeinsam großziehen." Er beugte sich hinab, bis sein Atem ihre Wange kitzelte. „Und vielleicht, wenn ich Glück habe, bist du einverstanden, bei mir zu bleiben."

Vor dem Rausch und der Schwangerschaft hatte Holly die Wahrheit vor Fraser geheim gehalten. Aber nicht mehr. Sie konnte nicht zulassen, dass er sich Hoffnungen machte. „Ich kann nicht hierbleiben, Fraser. Mein Vater braucht mich. Nicht nur das, mein ganzes Leben ist in Aberdeen. Ich bin mir nicht sicher, ob ich alles einfach aufgeben kann."

Fraser legte eine besitzergreifende Hand an ihre Hüfte. „Sag das nicht." Sie öffnete den Mund, doch er unterbrach sie. „Gib mir wenigstens eine Chance auf den Versuch, alles funktionieren zu lassen. Es muss einen Weg geben, dass du bei mir bleibst und dich auch um deinen Vater kümmerst."

„Und was ist mit meiner Arbeit? Oder meinen Freunden? Wenn du glaubst, dass ich den ganzen

Tag das Haus putzen und Essen kochen werde, dann weißt du nichts über mich. In einer Woche würde ich verrückt werden."

Fraser drückte ihre Hüfte. „Arabella und die anderen schwangeren Frauen könnten hier deine Hilfe gebrauchen. Du müsstest deine Krankenpflege nicht aufgeben."

Sie lief mit den Fingern über die Stoppel an Frasers Wange und versuchte, sich eine andere Ausrede einfallen zu lassen.

Aber nachdem sie mindestens eine Woche mit ihrem Drachenmann verbracht hatte, wollte sie eine Gelegenheit, ihn besser kennenzulernen. Wenn schon für nichts anderes, dann für ihr ungeborenes Kind.

Holly wusste, wie es war, einen Elternteil zu verlieren. Sie wollte das nicht für ihr eigenes Baby.

Sie sah in Frasers Augen und antwortete schließlich: „Wenn wir einen Weg finden, dass mein Vater in Lochguard leben und ich hier als Hebamme helfen kann, dann könnte ich es in Betracht ziehen."

In Finns Augen blitzte das Glück auf. „Ich werde einen Weg finden, Holly. Sobald ich mir etwas in den Kopf gesetzt habe, gebe ich nicht auf, bis es entweder erledigt ist oder ich gegen eine eins fünfzig dicke Stahlwand renne."

Ihr Herz setzte einen Schlag lang aus. Der Gedanke, nicht nur mit Fraser zu leben, sondern auch mit ihrem Kind, und die Möglichkeiten, bei der Forschung mit Drachenwandlern zu helfen, gaben ihr das gefährlichste Gefühl von allen – Hoffnung.

Nein, Holly. Sie war nie eine Frau gewesen, die hoffte und sich wünschte, dass etwas passierte. Sie musste einen Schritt nach dem anderen gehen. Erst wenn sie physisch ihrem Vater beim Einzug in ein Cottage in Lochguard geholfen hatte, würde sie es akzeptieren.

Sie bewegte ihre Hand von seiner Wange zu seinem Hals und spielte mit seinem Haaransatz. „Okay. Ich werde darüber nachdenken."

Er knurrte. „Nicht nachdenken, Holly. Wir tun es bereits."

Sie lächelte über seine Sturheit und sagte: „Aber wir machen das schon seit Tagen. Können wir keine Pause machen?"

Fraser bellte vor Lachen. „Du bist vielleicht müde, aber dein Humor ist noch intakt."

„Das hoffe ich wirklich. Wenn mich der Sex mit einem Drachen nicht umhauen kann, weiß ich nicht, was."

Fraser gab Holly einen sanften Kuss und fügte hinzu: „Eine Mini-Version von mir könnte das vielleicht. Frag meine Mom, was für Schrecken mein Bruder und ich als Kinder waren."

Bei der Erwähnung von Fergus verblasste ein Teil der Freude in Frasers Augen. Holly wusste, dass sie sich bald mit der Situation befassen müssten, aber sie wollte die Stimmung noch eine Weile ungezwungen zwischen ihnen beiden halten. Sie tätschelte seine Wange. „Ist schon okay. Du kannst all deinen Drachencharme für unser Kind benutzen."

„Ich denke, es muss eine gemeinsame Anstrengung sein. Du hast keine Ahnung, worauf du dich da einlässt."

Holly seufzte. „Das hättest du mir auch früher sagen können."

Er zwinkerte. „Und dich vergraulen? Ich glaube nicht." Hollys Magen knurrte, und Fraser runzelt die Stirn. „Wir müssen was zu essen für dich finden. Sobald wir das getan haben, können wir dein Gehirn mit meinem Charme kombinieren und uns überlegen, wie wir gegen die kleinen Racker vorgehen, die uns in den Weg geworfen werden."

Sie hob eine Braue. „Ich denke, bevor wir an ein Kind in neun Monaten denken, solltest du erst lernen, mit deinem Drachen umzugehen. Andernfalls muss ich vielleicht doch meine Taser-Idee umsetzen."

„Nach allem, was wir durchgemacht haben, würdest du meinen Schwanz immer noch braten?"

„Im Handumdrehen."

Fraser legte eine Faust über sein Herz. „Du hast mich verletzt, Holly. Du tust mir wirklich weh."

Schnaubend setzte Holly sich auf. „Wenn du jetzt verletzt bist, wirst du später keine Chance haben."

Im Nu wurde Frasers Blick intensiv, und er zog sie auf seinen Schoß. Obwohl sie die meiste Zeit der letzten Woche oder länger mit Frasers Haut in Berührung gewesen war, fühlte es sich an, als sie wieder an seinen warmen, harten Körper gepresst war, als gehörte sie dorthin.

Dann legte Fraser seine Hand über ihren Unterbauch, und die Realität ihrer Zukunft kam zurückgerauscht.

Anders formuliert: das Bewusstsein, dass es keine Garantie für ihre Zukunft gab.

Fraser knurrte. „Ich mag die Angst in deinen Augen nicht, Holly. Erzähl mir, was los ist."

Sie setzte ein Lächeln auf und schüttelte den Kopf. „Mach dir keine Sorgen darum. Ich bin einfach dumm."

Er lehnte seinen Kopf näher. „Eines Tages wirst du mir alles erzählen."

Sie wollte hinzufügen: ‚Wenn ich die Geburt überlebe', entschied aber, dass es Frasers derzeitiges Glück ruinieren würde.

Stattdessen kuschelte sie sich an seine Brust und lauschte auf seinen Herzschlag. „Können wir uns später mit erwachsenen Problemen befassen? Ich komme um vor Hunger."

„Dann lass uns duschen und rausgehen."

Obwohl Fraser ihre Pläne angesprochen hatte, festigte er seinen Griff um sie und zog sie näher.

Einen Moment lang kuschelte Holly sich wieder an seine Brust. Sie wollte auch nicht, dass der Moment endete.

Aber dann schafften sie es, sich voneinander zu lösen und in Richtung Badezimmer zu gehen. Es war an der Zeit, sich wieder der realen Welt zu stellen.

ALS FRASER SAH, wie Holly ihr drittes Sandwich mit Speck und Toast aß, wurde ihm klar, wie erschöpft sie sein musste. Er war erstaunt, dass irgendein Mensch den Paarungsrausch überlebte.

Sein Tier schnaubte. *Sie ist stark genug. Ich hätte sie nie mit zu viel Sex oder zu wenig Essen getötet.*

Das sagst du jetzt, aber ich bin mir da nicht so sicher.

Holly ist stark. Alles wird gut.

Fraser wollte seinem Drachen zustimmen, aber er hatte Holly noch nicht einmal davon überzeugt, bei ihm zu bleiben.

Sein Drache knurrte. *Sie wird bleiben.*

Oh, aye? Ich würde gerne sehen, wie du sie dazu bringst.

So wie sie vorhin gekuschelt hat, ist es offensichtlich, dass sie an uns hängt.

Fraser seufzte in seinem Kopf. *Kuscheln heißt nicht, dass sie zugestimmt hat, unsere Partnerin zu sein. Manchmal wünschte ich, wir könnten einfach ein Vollzeit-Drache sein. Das Leben ist so viel einfacher für dich.*

Vielleicht. Es könnte auch für dich einfach sein, aber du bestehst ja darauf, Regeln zu befolgen.

Denk nicht einmal daran, gegen irgendwelche Regeln des MDA zu verstoßen. Wenn wir sie überzeugen wollen, Hollys Vater in Lochguard leben zu lassen, müssen wir in ihrer Gunst bleiben.

Sein Drache schlug mit dem Schwanz um sich. *Schön. Aber wir haben immer mehr Spaß, wenn wir die Regeln brechen. Du fängst an, wie Fergus zu klingen.*

Bei der Erwähnung seines Zwillings fluteten

überwältigende Schuldgefühle seinen Körper. Er hatte noch nicht mit seinem Bruder gesprochen. Die beiden waren nur einmal zwei Wochen lang getrennt gewesen, als Fergus nach Amerika gegangen war, um eine spezielle Ausbildung beim Drachenclan in Virginia zu absolvieren.

Hollys Stimme unterbrach seine Gedanken. „Du bist ja so still, Fraser. Woran denkst du gerade?"

Er konnte lügen, aber als er Hollys bernsteinfarbenen Blick betrachtete, war der Drang, ihr die Wahrheit zu sagen, zu stark, um ihn zu ignorieren. „Fergus."

Seine Menschenfrau legte die Gabel ab. „Ich wette, er hat sich mittlerweile abgekühlt. Er schien mir nicht besonders hitzköpfig zu sein."

„Hitzköpfig? Nein. Stur wie ein Ochse? Ja."

„Meinst du nicht stur wie ein Drachenwandler?"

Er lächelte. „Ich wette, du hältst dich für lustig, Honey."

Holly nahm wieder ihre Gabel. „Das bin ich tatsächlich. Ich hebe mir meinen besten Stoff nur für später auf."

Fraser öffnete den Mund, um zu antworten, als Finn das kleine Restaurant mit einem finsteren Gesicht betrat. Fraser stand auf und stellte sich vor Holly. Finn blieb ein paar Meter entfernt stehen. „Verdammt! Ich habe nicht vor, dem Mädel wehzutun, Fraser."

„Was willst du?", fragte Fraser.

Finn hob eine Braue. „Du solltest mich doch anrufen."

Er knurrte. „Meine Frau hatte Hunger. Das war wichtiger."

Als Finn und Fraser einander anstarrten, hielt Fraser die Luft an. Er war es nicht gewohnt, seinen Cousin so öffentlich herauszufordern. Aber wenn es um Holly ging, würde Fraser alles tun, um sich um sie zu kümmern.

Finn entspannte endlich seine Haltung. „Das ist wichtig, aber du hättest mich trotzdem anrufen können. In den zwölf Tagen, in denen ihr in den Fängen des Rauschs wart, ist viel passiert."

Holly drückte gegen seine Taille. „Setz dich, Fraser." Anstatt sich hinzusetzen, trat er an Hollys Seite. Seine Frau schüttelte lediglich den Kopf, als sie ergänzte: „Setz dich doch, Finn, und erzähl uns, was passiert ist, während wir auf Tauchstation waren."

Finn hob warnend eine Braue. „Denk an das, worüber wir vor dem Rausch gesprochen haben, Holly." Finn senkte seine Stimme zu einem leisen Flüstern. „Ich habe nichts Tadelnswertes getan, also pass auf deinen Tonfall auf."

Fraser wollte gerade schon etwas sagen, aber Holly kam ihm zuvor. Ihre Stimme war süß, als sie fragte: „Willst du dich nicht hinsetzen und uns sagen, was passiert ist, oh großer Clanführer?"

Finn murmelte etwas über starke Frauen, bevor er einen leeren Stuhl nahm.

Fraser behielt seinen Posten an Hollys Seite und hob eine Braue. „Und? Was ist so wichtig, dass du unser Frühstück unterbrechen musstest, Cousin?"

Finn zeigte auf den Stuhl neben Holly. „Setz dich zuerst auf deinen Arsch. Du bist wirklich ein Idiot, wenn du glaubst, dass ich Holly anfasse. Denk daran, dass meine eigene schwangere Frau zu Hause auf mich wartet."

Frasers Drache meldete sich zu Wort. *Er hat recht. Arabella würde ihm in den Arsch treten, wenn er der Gefährtin eines anderen Mannes wehtäte.*

Die Worte seines Drachen halfen, die Wolke der Besessenheit in Frasers Verstand um einen Bruchteil zu klären.

Trotzdem legte Fraser, als er sich setzte, eine Hand auf Hollys Bein und knurrte vorsichtshalber.

Seine Frau seufzte daraufhin, tadelte ihn aber nicht. Stattdessen nahm sie wieder ihre Gabel. „Während ihr beide eurem Alpha-Wettstarren nachgeht, werde ich noch etwas essen."

Als sie einen Bissen nahm, lächelte Finn endlich. „Es gibt kein Wettstarren, Mädel. Fraser weiß, dass er gegen mich nicht gewinnen kann."

Fraser verengte die Augen. „Die Dinge haben sich geändert, Cousin."

Finn musterte ihn eine Sekunde lang. „Aye, das haben sie. Mehr als du weißt." Finn verschränkte die Arme über der Brust und sah zwischen Fraser und Holly hin und her, als er weiter sagte: „Das MDA hat den Vertragstransfer abgeschlossen. In drei Monaten wird ein menschlicher Wissenschaftler kommen, um mit dem Clan zusammenzuleben."

Holly zeigte mit der Gabel auf Finn. „Wir

wussten bereits, dass das passieren würde. Es muss etwas Wichtigeres im Gange sein."

Frasers Drache meldete sich wieder zu Wort. *Sie ist schlau und schnell. Wir müssen sie behalten.*

Finn ignorierte sein Tier und antwortete Finn: „Fergus ist gestern wegen eines Auftrags auf Skye abgereist."

Frasers Herz setzte einen Schlag aus. „Wann kommt er zurück?"

Finn zuckte die Schultern. „Einen Monat, vielleicht länger. Er hat so lange gewartet, wie er konnte, Fraser. Er möchte mit dir sprechen."

Fraser drückte Hollys Bein unter den Tisch. „Wahrscheinlich will er mich eher schlagen."

Holly schluckte und sagte: „Sei nicht so überdramatisch. Ich bin überrascht, dass ihr euch noch nicht gegenseitig getötet habt."

Finn grinste. „In der Vergangenheit war es schon knapp. Und nur, weil die Zwillinge sich gegen mich verschworen haben."

Fraser grunzte. „Glaub das ruhig, wenn du willst."

Finn öffnete gerade den Mund, als sein Mobiltelefon piepte. Er nahm es heraus und las die Nachricht.

Fluchend sah Finn zu Holly. „Wir müssen reden, aber nicht hier."

Frasers Drache knurrte. *Wenn sie versuchen, sie wegzunehmen, werde ich sie jagen und verletzen. Holly gehört uns.*

Warte eine Sekunde, bevor du anfängst, Rache zu planen. Holly ist direkt neben uns.

Holly ließ ihre Gabel mit einem klirrenden Geräusch fallen. „Ich bin bereit."

Fraser mochte die Ringe unter Hollys Augen nicht. Seine Frau brauchte mehr Schlaf und Zeit, um sich vom Rausch zu erholen.

Aber er wusste, dass sie nicht einfach einschlafen würde, wenn er es befahl. Fraser würde einen Kompromiss akzeptieren. Er stand auf und wartete, bis Holly auch wieder auf den Beinen war, bevor er sie auf seine Arme hob.

Holly quietschte. „Was tust du denn da, Fraser MacKenzie? Ich bin vollkommen in der Lage, allein zu gehen."

Er runzelte die Stirn. „Du bist müde."

Seine Menschenfrau wand sich in seinen Armen. „Sei nicht so albern."

Finn berührte Frasers Schulter. „Du wirst es akzeptieren müssen, Holly. Glaub mir, du willst nicht auf diese Information warten, und Fraser wird sich zwanzig Minuten lang streiten, wenn du ihn lässt."

Holly seufzte. „Schön." Sie knuffte Fraser in die Brust. „Aber gewöhne dich nur nicht daran, zu tun, was du willst, ohne zu fragen. Wir werden später einige Grenzen festlegen."

„Mit Grenzen kann ich umgehen. Es signalisiert, dass du bleiben willst", antwortete Fraser.

Sie verstummte, und Fraser sackte der Magen

herunter. Vielleicht hatte er ihre Antworten und ihre Körpersprache vorher falsch gelesen.

Glücklicherweise hinderte Finns Stimme ihn daran, darüber nachzudenken, wie er reagieren sollte. „Ihr beide könnt das später besprechen. Kommt schon."

Finn verließ das Restaurant.

Fraser festigte seinen Griff an Hollys Körper und folgte ihm.

ALS FRASER sie aus dem Restaurant in Richtung von Finns Cottage trug, schlug Hollys Herz doppelt so schnell.

Manchmal war es schwer, Finn zu lesen, aber ihr Bauchgefühl sagte ihr, dass etwas nicht stimmte. Nicht nur das, sie hatte das Gefühl, es hatte etwas mit ihr zu tun.

Holly hielt sich an Frasers Hemd fest und lehnte ihren Kopf gegen seine Brust. Wenn das MDA es sich anders überlegt hatte, müsste sie sich etwas einfallen lassen. Auf keinen verdammten Fall würde sie ins Gefängnis gehen. Sie wollte in Lochguard bleiben und sich auch um ihren Vater kümmern. Es musste doch einen Weg geben, um sicherzustellen, dass das passierte, selbst wenn das MDA ihr Kummer bereitete.

Als ob Fraser ihren Schmerz spürte, küsste er ihre Stirn. Der kurze Kontakt half, ihre Spannungen zu lösen. Was auch immer das

Problem war, sie wusste tief in ihrem Inneren, dass Fraser es mit ihr angehen würde.

Ein kleiner Teil von ihr wollte ihn behalten. Nur die Zeit würde zeigen, ob das passieren konnte oder nicht.

Ein paar Minuten später kamen sie an Finns Cottage an. Arabella öffnete die Tür, bevor sie sie auch nur erreichten, und führte sie hinein.

Als sich die Tür schloss, sprach Holly: „Sag mir, was los ist, Finn. Das MDA hat aber nicht seine Meinung geändert, oder?"

Arabella war diejenige, die sich äußerte. „Es hat nichts mit dem MDA zu tun."

Fraser knurrte. „Hör auf, es hinauszuzögern, und sag uns einfach, was zum Teufel hier los ist."

Arabella hob die Brauen. „Diesmal lass' ich das durchgehen, Fraser. Aber nur um Hollys willen." Sie sah zu Holly. „Wir haben gestern Morgen eine Nachricht erhalten, dass dein Vater über Nacht im Krankenhaus geblieben ist. Da sein erstes Update Anzeichen für Verbesserungen signalisierte, hielten wir es nicht für notwendig, den Rausch zu unterbrechen."

Holly umklammerte Frasers Hemd mit den Fingern. „Wenn es ihm besser ginge, hättest du uns nicht hierher gedrängt." Sie sah Finn an. „Was stand in der SMS, die du im Restaurant erhalten hast?"

Finns braune Augen wurden mitleidig, und Hollys Magen senkte sich. „Er lebt noch, aber es hat sich zum Schlechten gewendet. Sie sind sich nicht sicher, ob er es schaffen wird."

Fraser drückte sie näher. Holly sah von Arabella zu Finn und wieder zurück. Sie konnte es sich nicht leisten, zu weinen oder emotional zu werden. Genau wie während ihrer Zeit als Hebamme verdrängte Holly ihre Ängste und konzentrierte sich darauf, Informationen zu finden. Erst dann konnte sie versuchen, das Problem zu lösen. „Was genau ist passiert? Als ich ihn verlassen habe, sah er so gesund aus. Die Ärzte waren überrascht, wie gut er mit der Behandlung zurechtkam."

Finn antwortete ihr: „Wir warten noch auf die Details. Aber Dr. Innes sollte sie bald haben."

Fraser ließ sie sanft hinab, bis ihre Füße auf dem Boden waren, und sagte: „Warum stehen wir dann noch hier? Wir sollten auf der Krankenstation sein."

Finn antwortete seinem Cousin: „Weil wir darüber reden müssen, dass Holly ihren Vater besucht. Das MDA hat mit meiner Erlaubnis eine Woche Urlaub gewährt."

Holly blinzelte. „Ich darf also gehen und ihn besuchen?"

„Aye", antwortete Finn. „Aber unter einigen Bedingungen."

Fraser knurrte. „Ihr Vater könnte sterben. Jetzt ist nicht die Zeit, Bedingungen zu stellen."

Finn hob die Brauen. „Nein? Jemand hat ein Foto von Holly an Lochguards Toren gemacht, und ihr Gesicht wurde überall in den Medien gezeigt, während ihr beide im Rausch wart. Geoutete Opfer werden außerhalb des Landes eines Drachenclans nicht gut behandelt, Fraser. Das weißt du."

Holly straffte die Schultern. Sie wollte nicht zulassen, dass etwas ihr im Weg stand, ihren Vater zu besuchen. „Wenn ich mit dir und deinem Drachen klarkomme, dann kann ich auch mit ein paar harten Worten umgehen."

Fraser drehte sich zu ihr um. „Wenn es jemand wagt, dich auch nur eine Idiotin zu nennen, geschweige denn Schlimmeres, werde ich meine Drachenaugen aufblitzen lassen und ein oder zwei Krallen ausfahren. Das sollte sie so erschrecken, dass sie sich in die Hose machen."

Sie hob eine Braue. „Die Drachenjäger sind vielleicht größtenteils in England, aber es gibt sie in allen großen Städten des Vereinigten Königreichs. Das in Aberdeen zu tun, könnte gefährlich sein, und das Letzte, was ich brauche, ist, dich zu besuchen, wenn du an ein weiteres Krankenhausbett gefesselt bist."

„Spielt keine Rolle. Ich werde alles tun, um dich und unser Kind zu schützen, auch wenn es mich das Leben kostet."

Sie blickte in seine Augen und sah die Wahrheit. Bevor sie sich zurückhalten konnte, platzte sie heraus: „Du hast dich sehr verändert, seit ich dich das erste Mal getroffen habe."

Er beugte sich vor und lehnte seine Stirn gegen ihre. „Oh, diese Version von mir existiert noch. Aber du bist meine Zukunft, Holly, und ich werde verdammt noch mal dafür kämpfen, sie zu behalten."

Die Wahrheit in seinen Worten erwärmte ihr Herz, aber sie konnte nicht über die Möglichkeiten mit Fraser nachdenken. Sie musste erst ihrem Vater helfen. „Schön. Aber wenn du anfängst, Leute anzuknurren, schicke ich dich nach Hause."

Fraser nahm ihre Wange, und sie lehnte sich in seine Berührung. „Ich lasse dich auf keinen Fall in der Öffentlichkeit aus den Augen."

Finn räusperte sich. Holly und Fraser sahen beide zu ihm, als er einwarf: „So schön es auch ist zu sehen, dass ihr beide euch so gut versteht, es gibt da ein paar Dinge, die ihr vergessen habt. Wenn ihr denkt, ich lasse euch beide allein nach Aberdeen reisen, dann seid ihr verrückt. Faye und Iris werden euch begleiten."

Holly runzelte die Stirn. „Wer ist Iris?"

Arabella antwortete: „Sie ist Lochguards beste Fährtenleserin. Wenn dich jemand nach Aberdeen locken will, dann wird sie es eine Meile entfernt sehen."

Holly hob ihre Hände. „Warte mal. Warum sollte mich jemand irgendwohin locken wollen? Ich bin nur eine Hebamme aus Aberdeen. Es gibt nichts Besonderes an mir."

Fraser sagte: „Das stimmt nicht, und das weißt du, Holly."

Finn antwortete, bevor sie es konnte. „Ich weiß, du versuchst, romantisch zu sein, Fraser, aber ich werde die Dinge beschleunigen, da die Zeit drängt."

Finn sah ihr in die Augen. „Neben den Drachenjägern, Rittern und anderen Drachenwandlern, die einen Groll gegen mich hegen, könnte es Hunderte, wenn nicht Tausende geben, die dich benutzen wollen, um den Ruf des Clans zu beschmutzen." Holly öffnete den Mund, doch Finn unterbrach sie. „Du hast gerade einen zwölftägigen Paarungsrausch überlebt und bist gerade erst schwanger mit einem Drachenwandler-Kind – Glückwunsch übrigens. Das heißt, du bist erschöpft und brauchst Hilfe. So sehr ich Fraser auch liebe, er ist kein Soldat. Er wird auch Hilfe brauchen. Faye und Iris werden euch begleiten, oder es geht überhaupt niemand."

Die Dominanz in Finns Stimme signalisierte, dass das Thema nicht verhandelbar war.

Da Holly wusste, wann sie sich auf das Wesentliche beschränken musste, nickte sie nur. „Okay, aber wann können wir gehen? Ich muss meinen Vater sehen, und zwar bald."

„Solange er noch lebt" blieb unausgesprochen.

Nein. Holly weigerte sich zu glauben, dass ihr Vater in den nächsten Stunden sterben würde. Verdammt, die Ärzte hatten seinen Tod vor sechs Monaten vorhergesagt. Aber Ross Anderson war ein Kämpfer.

Sie hoffte nur, dass ihr Vater weiterkämpfen würde.

Jemand klopfte an die Haustür. Arabella ging, um die Tür zu öffnen, und Finn brachte sie ins Wohnzimmer. „Das sollten Faye, Iris oder beide sein. Sobald alle informiert sind, könnt ihr aufbrechen. Am hinteren Tor wartet bereits ein Transport auf euch."

Fraser zeichnete langsam Kreise auf den Rücken, während sie sich bewegten. Sie sah zu ihm auf und murmelte: „Vielen Dank, dass du an meiner Seite bist. Ich kann mir vorstellen, dass es nicht leicht ist, sich gegen deinen Cousin zu stellen."

Er lächelte. „Mach dir keine Sorgen, Honey. Ich kann Finn gegenüber loyal sein und dich immer noch verteidigen. Er hat eine Gefährtin, also versteht er es."

„Diese ganze Gefährtensache fängt an, ein bisschen nach Höhlenmensch zu klingen."

Er küsste sie auf die Nase. „Darüber können wir später diskutieren, auf dem Weg zu deinem Vater." Sein Gesichtsausdruck wurde streng. „Wir werden bald bei deinem Vater sein. Und wie ich deine Sturheit kenne, bin ich sicher, du findest einen Weg, ihn am Leben zu erhalten."

„Das hoffe ich, Fraser. Das hoffe ich wirklich."

Finn rief ihre Namen, und sie beschleunigten ihr Tempo. Je eher sie informiert wurden, desto eher konnten sie gehen.

Holly hoffte nur, dass sie nicht zu spät kommen würden.

Kapitel Zwölf

Dreieinhalb Stunden später trommelte Fraser mit den Fingern gegen die Autotür, während die Landschaft mit einer Geschwindigkeit vorbeieilte, die viel langsamer war, als wenn sie geflogen wären.

Es half auch nicht, dass Faye etwas unter der Geschwindigkeitsbegrenzung fuhr. „Faye —"

„Lass es, Fraser. Oder ich schwöre, dass ich dir bei nächster Gelegenheit den Mund zukleben werde", antwortete seine Schwester.

„Ich würde gerne sehen, wie du das versuchst, Schwesterchen."

Faye knurrte. „Wenn Holly nicht wäre, würde ich sofort von der Autobahn abfahren und dir eine Lektion erteilen."

„Ich bin sicher, dass Holly der einzige Grund ist", antwortete Fraser.

Iris' Stimme dröhnte: „Genug!"

Iris war vielleicht kein Clan-Anführer, aber

Fraser glaubte, sie könnte es sein, wenn sie sich dazu entschließen würde. Warum Grant und nicht Iris die Beschützer übernommen hatte, konnte Fraser nicht begreifen.

Fraser wollte die starke Drachenfrau nicht erzürnen und sah wieder aus dem Fenster. Sein Drache meldete sich zu Wort. *Gib es zu, fliegen ist immer besser.*

Nur, wenn du von weit weg gesehen werden willst.

Deshalb fliegt man nachts.

Fraser blickte auf Holly, die ihre Augen schloss und immer wieder aufriss, um den Schlaf abzuwehren. „Es ist in Ordnung, dich auszuruhen, Honey. Wir können nichts tun, bis wir im Krankenhaus sind."

Holly tätschelte ihre Wangen. „Nein. Ich sollte noch einmal die Krankenakte meines Vaters überprüfen. Mein Bauchgefühl sagt mir, dass etwas nicht stimmt, aber ich kann es nicht genau benennen. Wenn ich nur Ärztin wäre, dann könnte ich es erkennen."

Fraser schüttelte den Kopf. „Nicht unbedingt. Dr. Innes konnte nichts Ungewöhnliches finden."

„Er ist ein Drachenwandlerarzt. Er hat zwar auch eine medizinische Ausbildung, praktiziert sie aber nicht."

Sein Drache knurrte. *Finde einen Weg, sie zu beruhigen. Kummer ist nicht gut für sie oder unser Baby.*

Als wüsste ich das nicht.

Kein Grund, gleich beleidigt zu sein. Ich versuche nur zu helfen.

Fraser ignorierte sein Tier und schlug gegen den Fahrersitz vor sich. „Wie lange dauert es noch, bis wir ankommen?"

Fayes Stimme war leise, als sie knurrte: „Ich mache keine leeren Drohungen, Fraser. Ich halte an der nächsten Ausfahrt an und klebe dir den Mund zu. Schlag noch einmal gegen den Sitz, Bruder, und ich werde dich auch noch ans Dach binden."

Hollys Stimme war freundlich, als sie sich zu Wort meldete. „Faye, sag mir wenigstens, wie lange wir noch haben."

Faye blickte kurz in den Rückspiegel, bevor sie sich wieder auf die Straße konzentrierte. „Was du in meinem Bruder siehst, werde ich nie verstehen. Aber wir sollten in weniger als zwanzig Minuten dort sein."

Während Fraser Holly umarmte, murmelte er: „Dann fahr halt schneller, Schwester."

Bevor Faye antworten konnte, war Iris' ruhige, kühle Stimme zu hören. „Wir haben wichtigere Dinge, um die wir uns Sorgen machen müssen."

Sowohl Mensch als auch Tier nahmen Habachtstellung ein. „Was ist los, Iris?"

Die schwarzhaarige und braunäugige Drachenfrau drehte sich auf ihrem Sitz um. „Jemand folgt uns."

Faye verlangte zu erfahren: „Warum hast du nicht früher was gesagt?"

Iris zuckte mit den Schultern. Ich wollte sicher sein. Außerdem gab es nicht wirklich einen Ort, an dem wir hätten abbiegen können, ohne

Aufmerksamkeit zu erregen. Wir nähern uns Aberdeen, und es wird viel einfacher sein, sie dort abzuhängen."

Faye festigte den Griff am Lenkrad. „Stell nur sicher, dass die Beschützer in Lochguard ihr Nummernschild kennen. Wir müssen die Bedrohung identifizieren."

Frasers Drache knurrte. *Es ist Zeit, zu wandeln und Holly zu beschützen. Ich werde nicht zulassen, dass irgendjemand ihr wehtut.*

Wir sind auf derselben Seite, Drache. Aber gib Faye und Iris eine Chance. Sie haben Erfahrungen, die wir nicht haben.

Sein Tier schnaubte. *Schön. Aber wenn ich denke, dass Hollys Leben in Gefahr ist, werde ich die Kontrolle übernehmen und sie in Sicherheit bringen.*

Hollys Stimme unterbrach seine Unterhaltung. „Wie lautet also der Plan? Denn ich werde mich nicht davon abhalten lassen, meinen Vater zu besuchen. Und soweit wir wissen, könnte, wer auch immer uns folgt, auch meinen Vater ins Visier nehmen."

Faye nickte. „Genau. Im Herzen bist du eine Beschützerin, Holly Anderson."

Fraser grunzte. „Ermutige sie nicht. Holly ist menschlich und zerbrechlicher."

Holly knuffte seine Seite. „Wenn das hier vorbei ist und alle in Sicherheit sind, werden wir uns mit deinem übertriebenen Beschützerwahn befassen. Neun Monate davon kann ich auf keinen Fall überleben."

Iris sprach, als gäbe es keine weiteren Gespräche

im Auto. „Es ist der dunkelgrüne SUV, drei Autos hinter uns, Faye. Wenn ich es sage, möchte ich, dass du die nächste verfügbare Ausfahrt nimmst."

Faye erwiderte: „Mach' ich, aber ich kenne Aberdeen mit dem Auto nicht gut."

Holly meldete sich zu Wort. „Ich habe die meiste Zeit meines Lebens hier verbracht. Ich sage dir, wohin du fahren musst. Die A90 kommt. Auf die Autobahn zu fahren, könnte ein guter Weg sein, um festzustellen, ob sie uns wirklich folgen oder nicht."

Iris antwortete: „Das werden wir zuerst versuchen. Aber wenn sie uns folgen, dann wechseln wir von Vorsicht zu Schutz- und Angriffsmodus."

Während Faye und Iris weiter über Taktiken sprachen, wünschte Fraser, er hätte etwas beizutragen. Aber er konnte es nicht. Er war Architekt und Baumeister, kein Soldat.

Sein Tier meldete sich wieder zu Wort. *Wir können Holly immer noch beschützen. Sie ist unsere wahre Gefährtin. Mein Instinkt wird sie beschützen.*

Lass uns hoffen, dass es nicht so weit kommt.

Sein Drache knurrte. *Wenn jemand was versucht, wird es ihm leidtun.*

Fraser wollte sich nicht Finns Zorn stellen müssen, weil sein Drache durchgedreht war. Fraser brauchte etwas, um sein Tier zu beschäftigen.

Er entschied sich, sich später um die Sticheleien seiner Schwester zu kümmern, und meldete sich zu Wort. „Gib mir eine Aufgabe, Faye. Ich muss etwas tun, sonst dreht mein Drache durch."

Im Spiegel sah Faye ihm kurz in die Augen. „Dann hol dein Handy heraus und sei bereit, Lochguard anzurufen, um ihnen mitzuteilen, was los ist. Finn und Grant können sich an ihre Kontakte wenden und einen Weg finden, um Hollys Vater zu überprüfen."

Fraser holte sein Handy hervor. So sehr er jede Bedrohung für Holly hasste, zumindest verhielt sich seine Schwester Faye wieder wie ihr altes Ich.

Was gut war, wenn man bedachte, dass sie ihr Gehirn und ihre Kampfkünste vielleicht brauchten, wenn die Sache bergab ging.

Hollys Magen drehte sich, als Faye die Ausfahrt auf die Autobahn A90 nahm. Mit ihrer anhaltenden Erschöpfung und den Ängsten um ihren Vater war Holly am Rande eines Zusammenbruchs.

Während sie oft darüber nachgedacht hatte, sie könnte bei der Geburt sterben, hätte sie nie gedacht, dass jemand hinter ihr und ihrem Vater her wäre, um sich an den Drachenwandlern zu rächen.

Wenn sie bedachte, dass jeder in Lochguard mit dieser ständigen Bedrohung lebte, zog sich ihr Herz zusammen. Finn, Fraser und der Rest von Lochguard waren nichts als nett zu ihr gewesen. Sie hatten den Hass, der gegen sie und ihre Art gerichtet war, nicht verdient.

Iris' Stimme drang in ihre Gedanken. „Die

Bastarde sind immer noch da. Wohin als Nächstes, Holly?"

Nachdem Holly Vorschläge gemacht hatte, sprachen Faye und Iris wieder über Optionen und mögliche Bedrohungen.

Fraser lehnte sich nach unten und flüsterte: „Ich vertraue Faye nicht nur mit meinem Leben, sondern auch mit deinem und dem unseres Kindes. Wir könnten uns keinen besseren Drachenwandler wünschen, der uns beschützt."

Sie sah Fraser in die Augen. „Ich zweifle nicht an Faye, aber was ist mit meinem Vater? Der Gedanke, dass auch jemand hinter ihm her ist und wer weiß was mit ihm macht, macht mich krank."

Er strich an ihren Armen hinauf und hinab. „Auch wenn Finn und Grant keine Kontakte in Aberdeen haben, sollte der Stonefire-Clan welche haben. Ich könnte sagen, mach dir keine Sorgen, und es wird nichts passieren. Aber du bist klug und weißt, dass es das könnte. Stattdessen sage ich nur, dass du jetzt Teil von Lochguard bist. Und Lochguard tut alles in seiner Macht Stehende, um die Seinen zu schützen. Wenn es einen Weg gibt, deinen Vater zu retten, wird Finn daran arbeiten, ihn zu finden."

Der Stahl in seiner Stimme half, ihren Magen etwas zu beruhigen. Sie wusste auch, dass Frasers Worte, dass sie nun ein Teil von Lochguard war, bedeutsam waren, aber sie musste diese Aussage später verdauen, wenn sie sich nicht um das Leben ihres Vaters sorgte.

Holly kuschelte sich an Frasers Seite und atmete tief ein. Sein Geruch verlangsamte ein wenig ihren Puls. „Wenn es das ist, was nötig ist, um in Lochguard akzeptiert zu werden, solltet ihr vielleicht eure Kriterien überdenken."

Frasers Stimme war leichter, als er antwortete: „Das kannst du Finn gegenüber erwähnen, wenn du ihn das nächste Mal siehst."

Faye bog scharf nach links ab, und Holly wurde gegen Fraser geworfen. Ihr Drachenmann legte seine Arme um sie und flüsterte: „Selbst, wenn es mein Leben kostet, werde ich dafür kämpfen, dass du und dein Vater in Sicherheit seid, Holly."

In jedem anderen Moment könnte Holly einen skeptischen Scherz gemacht haben. Aber da ihr Herz klopfte und ihr Kopf vor Sorge pochte, schmolz sie nur an Frasers Seite. Sie war erschöpft und brauchte jede verfügbare Unterstützung.

Fayes Stimme drang durch die Stille. „Die Bastarde sind ziemlich gut. Ich kann sie nicht abhängen. Ich denke, wir müssen anhalten und Stellung beziehen, Iris."

Iris löste ihren Sicherheitsgurt. „Ich stimme dir zu. Fraser, wenn wir anhalten, nimmst du Holly und fliehst. Sie haben vielleicht Fotos von unserem Auto an andere geschickt, also kommt Fahren nicht mehr in Frage. Es ist mir egal, wohin ihr geht, aber bring sie so weit wie möglich von uns weg. Hast du das verstanden?"

Bevor Fraser antworten konnte, fragte Holly: „Was ist mit meinem Vater?"

Iris deutete auf Fraser. „Dein Mann kann Lochguard kontaktieren und Dinge in Bewegung setzen. Sobald Faye und ich wissen, gegen wen wir hier antreten, können wir einen besseren Angriffsplan aufstellen. Wenn wir Glück haben, sind sie nur hinter uns her."

Faye bog mit Höchstgeschwindigkeit in eine Seitengasse ab. Nur die Kombination von Frasers Armen um Holly und ihrem Sicherheitsgurt verhinderte, dass sie auf die andere Seite des Wagens geschleudert wurde.

Zum ersten Mal war sie froh, gerade erst schwanger zu sein. Eine Verfolgungsjagd wäre die Hölle, wenn man sie mit Morgenübelkeit kombinierte.

Das Auto hielt mit einem Ruck an. Als Faye ihren Sicherheitsgurt öffnete, befahl sie: „Nimm Holly und lauf, Bruder!"

Fraser nickte. *„Pass auf dich auf, Schwesterchen."*

„Das werde ich", antwortete Faye, und dann war sie schon zur Tür hinaus und joggte die Gasse hinunter. Iris lag nicht weit zurück.

Fraser riss die Tür auf und führte Holly aus dem Auto. „Ich werde das nur einmal fragen, Holly. Soll ich dich tragen oder kannst du rennen?"

Holly hasste es zu rennen, aber das gab ihr keinen Grund, Fraser zu belasten. „Ich schaffe das erstmal. Komm, lass uns gehen. Da es mitten an einem Arbeitstag ist, bin ich sicher, dass wir ein leeres Haus finden, in das wir uns zurückziehen können. Je früher wir Lochguard kontaktieren, desto besser."

Sie begannen zu rennen, und Fraser fügte hinzu: „Und zum Glück für dich, hab' ich reichlich Übung darin, unentdeckt in Häuser rein und wieder rauszukommen."

„Wir können später über deine kriminelle Vergangenheit reden."

Holly zog an Frasers Hand. Er murmelte „Kriminelle Vergangenheit, Scheiße", aber dann schwieg er.

Als sie die andere Seite der Gasse verließen und nach rechts abbogen, gab Holly ihr Bestes, bei Atem zu bleiben. Offenbar hatte ein zwölftägiger Sex-Marathon ihr nicht geholfen, in Form zu kommen.

Nicht, dass irgendetwas davon eine Rolle gespielt hätte. Alles, was sie tun mussten, war, ein leeres Haus zu finden, vorzugsweise ein freistehendes. Die Wahrscheinlichkeit, dass die Nachbarn sie herumlaufen hörten, wäre geringer, wenn sie sich keine Mauer teilen würden.

Fraser zeigte nach links. „Ich sehe einige Häuser in dieser Richtung."

Holly sah nichts außer verschwommenen Konturen. „Benutzt du deine Superdrachen-Sinne?"

„Ja. Vertrau mir, Honey. Ich höre keinen hinter uns herrennen, und wir können links Sicherheit finden."

Ohne zu zögern, nickte Holly und drängte sich, schneller zu rennen. „Dann lass uns gehen."

FRASER BEGUTACHTETE das Haus am Ende des Blocks. Es war freistehend, ohne Autos vor dem Haus und mit einem Zaun um den Garten, der erklettert werden konnte. Und, was am wichtigsten war: Die Lichter waren aus.

Er hielt den Atem an, lauschte auf Lebenszeichen, aber es gab keinen Fernseher, keine Musik und kein Reden.

Er war sich ziemlich sicher, dass das Haus leer war.

Er drückte Hollys Hand in seine und flüsterte: „Mach es mir nach."

Ausnahmsweise versuchte seine Menschenfrau nicht, mit ihm zu streiten, und zusammen schafften sie es zum hinteren Teil des Hauses, direkt außerhalb des Zauns. Fraser war groß genug, um darüber zu blicken, aber als sein letzter Check der Fenster und der Geräusche negativ ausfiel, ließ er Hollys Hände los und legte seine eigenen zusammen. „Komm schon. Wir müssen über den Zaun klettern."

Sie seufzte, aber stellte ihren Fuß in seine Hände, und er hob sie hoch. In dem Moment, als Holly mit einem leichten Schlag auf der anderen Seite landete, nahm Fraser den oberen Teil des Zauns in seine Hände, sprang und schwang sich zur anderen Seite.

Er wich den verstreuten Spielzeugen im Garten aus und führte Holly zur Hintertür. Einige

Menschen neigten dazu, irgendeinen Ersatzschlüssel aufzubewahren, also wühlte Fraser durch die nahegelegenen Blumentöpfe und Büsche. Schließlich fand er einen und öffnete die Tür.

In dem Moment, in dem er und Holly drin waren, nahm er sein Handy raus. „Behalte die Vorderfenster im Auge. Ich werde auf die Rückseite aufpassen, während ich Finn anrufe und ihm mitteile, was los ist." Holly zögerte, und er berührte ihre Wange. „Was ist mit meinem starken Mädel passiert? Ich brauche es jetzt."

Holly atmete einmal tief durch und stand dann erhobenen Hauptes da. „Ich bin noch hier. Hast du ein Codewort oder etwas, das ich verwenden sollte, falls ich etwas sehe?"

Trotz der Ungeheuerlichkeit der Situation zuckte sein Mundwinkel nach oben. „Wie wäre es mit ‚Eindringling' oder ‚Gefahr'?"

Holly verdrehte die Augen, und der Anblick half, seine eigene Nervosität zu verringern. „Klugscheißer."

Er grinste. „Hey, du hast gefragt."

Holly schüttelte den Kopf, ging zur Vorderseite des Hauses, und Fraser drückte seine Kurzwahl für Finns Handynummer.

Nach zweimal Klingeln antwortete sein Cousin. „Was ist los, Fraser? Du bist dreißig Minuten zu früh für unseren nächsten Check-in. Geht es euch gut?"

„Ich habe keine Zeit für Nettigkeiten, Finn. Jemand ist uns auf der Autobahn gefolgt. Faye ist in einen Teil von Aberdeen abgebogen, damit Faye und Iris den Eindringlingen gegenübertreten können, während Holly und ich uns ein Versteck gesucht haben."

Finns Stimme wurde ernst, klang aber weiter weg, als würde er das Telefon von seinem Mund fernhalten, während er bellte: „Arabella, ich brauche deine Hilfe!" Finns Stimme kehrte zu normaler Lautstärke zurück. „Sag mir, wo ihr seid, und ich schicke so schnell wie möglich Verstärkung."

„Ich bin mir nicht ganz sicher, wo ich bin. Aber bevor ich Holly frage: kann jemand nach ihrem Vater sehen? Sie macht sich Sorgen um ihn."

„Zu Recht", antwortete Finn. „Ich werde mich an Stonefire wenden und sehen, was ihre Menschen machen können, um uns zu helfen. Mit der Reporterin und der ehemaligen MDA-Mitarbeiterin können wir sicher etwas erreichen."

„Gut. Sobald du etwas weißt, ruf mich an oder schreib mir eine SMS."

Hollys lautes Flüstern driftete durch das Haus: „Jemand kommt, Fraser."

Fraser bewegte sich bereits. „Finn, ich muss auflegen. Man könnte uns gefolgt sein."

„Leg nicht auf, Fraser. Selbst wenn du das Telefon zur Seite werfen musst, halte die Verbindung offen, damit Ara deinen Anruf zurückverfolgen kann."

„Gut, aber sprich nicht. Es muss still bleiben."

„Sei einfach vorsichtig."

Damit legte Fraser sein Handy auf ein

Bücherregal im Wohnzimmer, bevor er zu Holly kam, die durch eine Lücke in den Vorhängen spähte. Fraser hielt seine Stimme leise, als er fragte: „Darf ich mal sehen, Honey?"

Holly trat beiseite, und er sah nach draußen. Da war ein Mann mit seinem Hund an der Leine, und der Hund kackte gerade aufs Gras. „Ich bin mir nicht sicher, dass das eine Bedrohung ist."

„Nicht nur er. Ich schwöre, ich hab' einen Drachen hoch oben am Himmel gesehen."

Er runzelte die Stirn. „In diesem Teil Schottlands gibt es keine abtrünnigen Drachen."

„Möchtest du es riskieren? Vielleicht sollten wir gehen."

Fraser schüttelte den Kopf. „Nein. Wenn es ein Drache war, dann werden sie uns sowieso sehen können. Am besten bleiben wir bis auf Weiteres hier."

Holly berührte seinen Arm. „Das heißt also, wir sind im Grunde leichte Beute?"

Er berührte Hollys Kinn. „Vielleicht nicht, Mädel." Fraser deutete zum Fenster. „Halte weiter die Augen offen. Ich hab' Finn hier am Apparat." Sie öffnete den Mund, doch er unterbrach sie. „Und ja, er versucht, nach deinem Vater zu sehen."

„Danke."

Holly so verletzlich zu sehen, mit Angst in ihren Augen, stellte etwas mit seinem Herzen an. Er wollte nur seine Gefährtin in Sicherheit bringen und sie beschützen.

Hollys Augen schossen zu seinem Handy und zurück.

Die Botschaft war bei ihm angekommen. Fraser nahm sein Handy und flüsterte: „Hast du das alles gehört?"

„Aye. Ich habe noch mehr Beschützer losgeschickt, aber es wird einige Zeit dauern. Befindet sich ein nicht identifizierter Drache am Himmel, dann bleibt unten, bis die Beschützer dort sind."

„Wir werden sehen." Finn fing an zu reden, aber Fraser unterbrach ihn. „Hat Ara die Leitung?"

Sobald Finn sagte: „Aye", kappte Fraser die Verbindung. Er hatte keinen Zweifel, dass Finn Fraser hatte sagen wollen, er solle sich nicht wandeln und den Drachen ablenken. Aber wenn der Drache das Haus angriff, wäre Fraser der Einzige, der Holly beschützen konnte. Er hatte vorhin nicht geblufft, als er sagte, er würde sterben, um sie zu beschützen.

Fraser wollte Holly fragen, ob sie noch etwas gesehen hätte, als etwas auf das Dach klopfte, den Bruchteil einer Sekunde, bevor die Hinterbeine eines Drachen durch die Decke krachten. Fraser schrie: „Lauf, Holly, und ruf Finn an!", bevor er sich vorstellte, wie sein Gesicht sich in eine Schnauze dehnte, Flügel aus seinem Rücken wuchsen und seine Nägel zu Krallen wurden. Zwei Sekunden später durchbrach Fraser die Decke und stand in seiner Gestalt eines schwarzen Drachen da. Aus dem Augenwinkel sah er Holly in die Ferne laufen.

Zufrieden, dass seine Gefährtin für den Moment sicher war, konzentrierte Fraser sich auf den älteren blauen Drachen, der ihm gegenüberstand. Der Drache kam ihm bekannt vor, aber Fraser konnte ihn nicht einordnen.

Aber dann stürzte sich der blaue Drache auf seine Kehle, und Fraser begrüßte den Instinkt seines Drachen. Er wich mit dem Kopf zur Seite und schlug mit seinen rechten vorderen Krallen. Ob aus Glück oder weil er den älteren Drachen überrascht hatte, seine Krallen kamen in Kontakt mit ihm und rissen durch das Fleisch.

Die Wunde war jedoch nicht tödlich, und der Drache sprang nach vorn, um Fraser zu Boden zu drücken.

Mit den Überresten des Hauses um sich herum konnte er sich nicht richtig bewegen. Mit seinem Schwanz riss er die Wände herunter, während er jede Kraft nutzte, die er besaß, um den Kiefer des Drachen von seiner Kehle fernzuhalten.

Als die letzte Mauer fiel, trat Fraser seine Hinterbeine gegen den Bauch des blauen Drachen. Der blaue Drache flog über ihn. Fraser nutzte den Vorteil eines Sekundenbruchteils, sprang in die Luft und schlug mit den Flügeln. Er war vielleicht nicht der beste Kämpfer, aber er war einer der Besten in Tricks und Manövern am Himmel. Wenn er lange genug durchhielt, konnte er den älteren Drachenwandler von Holly weglocken und ihn ermüden.

Mit einem Brüllen blickte Fraser über seine

Schulter, als der blaue Drache in die Luft sprang und sich auf ihn zubewegte. Fraser drehte sich um und schwebte an Ort und Stelle. In dem Moment, als der blaue Drache noch sechs Meter entfernt war, tauchte Fraser steil Richtung Boden. Der andere Drache drehte sich um, um zu folgen. Eine Sekunde verging, und dann fünf. Ein kleinerer Drache wäre in den Boden gekracht, aber dank der jahrelangen Herausforderung seines Zwillingsbruders zog Fraser hoch und schoss direkt auf den blauen Feind zu.

Die Reaktionszeit des älteren Tieres war zu langsam, und Fraser stieß mit seiner Schulter in den Bauch des Drachen. Ein leichtes Stechen verursachte Schmerzen, die durch seinen Flügel schossen, aber Fraser ignorierte es. Alles, was zählte, war, Holly genug Zeit zu geben, um in Sicherheit zu fliehen.

Sein Widersacher knurrte vor Schmerzen, bevor er fiel. Fraser wollte kein Risiko eingehen, stürzte sich hinunter und schnitt einen der Flügel des Drachens auf. Der blaue Drache brüllte und versuchte, den verletzten Flügel zu schlagen, aber der Riss in der Membran hinderte ihn daran, sich nach oben zu bewegen. Fraser schwebte auf der Stelle, als sein Angreifer krachend auf den Boden schlug.

Das Tier bewegte sich nicht mehr.

Frasers Drache knurrte. *Wir müssen Holly finden.*

Sirenen ertönten in der Ferne. Es war jetzt ein Wettlauf gegen die Zeit, um seine Gefährtin zu finden, bevor die Behörden versuchten, ihn vom Himmel zu schießen.

Kapitel Dreizehn

Hollys Seite tat weh, während sie weglief, und dennoch drängte sie sich weiter, in die eine und dann in die nächste Gasse zu gehen.

Sie hasste es, Fraser zurückzulassen. Aber wenn Holly bliebe, würde das nur ihren Drachenmann ablenken. Ihre beste Chance, ihm zu helfen, war, einen Weg zu finden, Finn zu kontaktieren. Oder irgendjemanden in Lochguard, nebenbei bemerkt.

Das MDA war vielleicht bereit, ihr zu helfen, aber sie würde das nicht versuchen, solange sie noch Optionen hatte. Vielleicht erkannten sie nicht an, dass es bei Frasers Wandeln in einer Stadt um Selbstverteidigung gegangen war. Der Gedanke, dass er ins Gefängnis ging, ließ ihr den Magen brennen.

Reiß dich zusammen, Holly. Du bist Hochspannungs- und Risikosituationen gewohnt. Du kannst das.

Schon, ihr Leben hatte noch nie auf dem Spiel

gestanden. Aber sie hatte einen kühlen Kopf bewahrt, um unzählige Mütter und Neugeborene zu retten. Holly konnte dasselbe für Fraser und sich selbst tun.

Ein kleiner, bewaldeter Park kam in Sicht, und sie ging geradewegs darauf zu. Sie hätte eine bessere Chance, den Himmel von einem Park aus zu beobachten, als wenn sie in ein anderes Haus floh.

Sie schaffte es bis an den Rand des Baumbestandes und drängte sich tiefer in den Park, bis sie am Rand einer Lichtung stand. Holly achtete sorgsam darauf, zwischen den Baumstämmen zu bleiben, und suchte den Himmel ab. Sie sah nur Wolken.

Dann knurrte ein Drache in der Ferne, und ihr Herz stolperte. Sie legte eine Hand über ihre Brust und wünschte sich, dass der Lärm von dem blauen Drachen kam, der ins Haus gestürzt war, und nicht von Fraser. Wenn er starb, weil er sie hatte beschützen wollen, würde ihr Kind ohne Vater aufwachsen. Nicht nur das, eine Zukunft ohne Fraser brachte ihr Tränen in die Augen. Jeder Mann, der bereit war, sein Leben zu riskieren, um das von jemand anderem zu retten, war einer, bei dem man blieb.

Ein Drache brüllte in der Ferne vor Schmerz. Konnte das Fraser sein?

Um den Himmel besser zu sehen, trat sie einen Schritt vor, und ein roter Drache schwebte über ihr.

Mist. Holly duckte sich zurück in die Bäume.

Der Drache konnte aus Lochguard sein, aber sie hatte keine Ahnung und wollte es nicht riskieren.

Sie atmete gleichmäßig und bewegte sich nicht. *Bitte lass ihn weiterfliegen. Bitte.*

Nach etwa einer Minute überlegte Holly, ob der Drache geflohen war oder nicht, als eine rote Vordergliedmaße die Bäume durchbrach und sie um die Mitte packte. Holly kreischte, als sie in die Luft gehoben wurde.

Der plötzliche Aufstieg in die Höhe machte sie etwas schwindlig, aber sie kämpfte gegen das Gefühl. Wenn sie ohnmächtig wurde, war das Spiel vorbei. Nicht nur für sie, sondern möglicherweise auch für Fraser.

Mit einem tiefen Atemzug versuchte sie, sich auf ihre Umgebung zu konzentrieren und sich zu orientieren. Da bemerkte sie einen großen schwarzen Drachen, der am Himmel schwebte.

Als der Blick des Tiers auf sie fiel, brüllte es. Ihr Bauchgefühl sagte ihr, dass es Fraser war.

Die Sirenen ertönten unten, und jemand fing an, über einen Lautsprecher zu rufen. Doch da der Wind um sie peitschte, konnte Holly nicht verstehen, was sie sagten.

Gerade als ihr Drachenmann auf sie zusteuerte, ließ der rote Drache sie los.

Holly fiel Richtung Boden und schrie so kräftig, dass ihr der Hals wehtat. Sie würde sterben.

~

DIE MENSCHLICHE POLIZEI befahl Fraser mit einem Lautsprecher zu landen. Er dachte noch über seinen nächsten Schritt nach, als seine Augen auf Holly landeten, die von Gordons Vorderbein gehalten wurde.

Der Mistkerl. Gordon war einer der Drachen, die Lochguard verlassen hatten, anstatt unter Finns Führung zu bleiben.

Sein Tier meldete sich zu Wort. *Wir werden ihm eine Lektion erteilen, genau wie dem anderen Drachen.*

Vorsichtig! Wir müssen Holly zuerst da rausholen. Hilf mir, mir einen Plan auszudenken.

Beweg dich auf ihn zu. Ich habe vielleicht eine Idee.

Sein Drache verstummte. Da sein Drache ihm in der Vergangenheit geholfen hatte, einer oder zwei gefährlichen Situationen zu entkommen, vertraute Fraser seinem Tier implizit.

Gerade als Fraser auf Gordon zuflog, ließ der Bastard Holly los.

Fraser reagierte mit den Reflexen, die er sich während seines Jugendtrainings angeeignet hatte, und tauchte auf Holly zu. Er musste einen Weg finden, ihren Fall zu verlangsamen, ohne sie zu verletzen. Wenn er zu grob zugriff, würde er ihr das Genick brechen.

Er drückte die Flügel gegen den Rücken, um seine Geschwindigkeit zu erhöhen. Seine Menschenfrau war klug und hielt ihre Gliedmaßen ausgebreitet, was ihren Sturz verlangsamte. Da kam ihm etwas in den Sinn, das Faye über ihre Zeit bei der britischen Armee erwähnt hatte. Er würde eine

Fallschirmjäger-Taktik anwenden, wenn sich ein Fallschirm nicht öffnete.

Als er Hollys Geschwindigkeit erreichte, benutzte er seine Flügel, um sich ihrem Tempo anzupassen. Dann legte er ganz behutsam ein Bein um ihre Mitte. Sobald sie zusammen fielen, umarmte er sie und öffnete seine Flügel. Innerhalb weniger Schläge bewegte sich Fraser wieder nach oben.

Der rote Drache brüllte und bewegte sich auf Fraser zu. Anscheinend wollte Gordon Holly nicht lebend.

Wut brannte durch seinen Körper, aber bevor er sich überlegen konnte, was er wegen Gordon unternehmen sollte, ohne Holly zu schaden, näherte sich ein blauer Drache. Der Schlag ihrer Flügel war unruhig und ein wenig unregelmäßig. Er erwartete, dass der Drache jeden Moment ins Stocken geraten würde, aber sie bewegte sich zielstrebig weiter. Die Entschlossenheit allein in ihren Augen sagte ihm, dass sie nicht aufgeben würde.

Es war Faye.

Und sie flog.

Sein Drache meldete sich zu Wort. *Denk später darüber nach. Wir müssen Holly zuerst in Sicherheit bringen.*

Fraser blickte auf die Menschenfrau, die er hielt. Beim Anblick ihres bewusstlosen Körpers verknotete sich sein Magen. Dann hörte er ihren Herzschlag und verdrängte seine Angst. Er würde dafür sorgen, dass es Holly gutging, und wenn es das Letzte war, was er tat.

Faye berührte ihr Ohr mit den vorderen Krallen, was das Signal für ihn war, sich zurückzuziehen. Seine Schwester ließ einen Schlag ihrer Flügel aus und fiel ein paar Meter, aber dann pumpte sie wieder. Ohne einen weiteren Blick flog sie direkt auf Gordon zu.

Ein lilafarbener Drache schoss an ihm vorbei; es war Iris.

Während er noch zusah, wie Iris und Faye den roten Drachen angriffen, drehte sich Fraser um und stieg schnell in den Himmel auf eine Höhe, auf der seine empfindliche Menschenfrau nicht erfrieren würde, und doch genug Puffer zwischen ihm und den menschlichen Behörden schuf. Das Letzte, was er brauchte, war, dass die menschliche Polizei ihn abschoss.

So sehr er Holly direkt zu Dr. Innes oder Layla bringen wollte, der Jungärztin in Lochguard, Holly konnte in einem ernsthaften Zustand sein. Aberdeen hatte das nächste Krankenhaus, aber er konnte es nicht riskieren, dorthin zu fliegen, da die Behörden auf ihn warten könnten. Zweifellos gab es gerade eine hohe Alarmstufe, um nach einem schwarzen Drachen Ausschau zu halten. Fraser würde sie zum nächsten NHS-Krankenhaus in Elgin bringen.

Er drückte Holly näher an seinen Körper, um sie vor dem Wind zu schützen.

Im Kampf gegen seine schleichende Erschöpfung konzentrierte sich Fraser darauf, seine Flügel in einem schnellen, gleichmäßigen Tempo zu bewegen. Die nächsten zwanzig Minuten würden die längsten seines Lebens sein.

Sein Drache knurrte. *Holly muss leben. Flieg schneller.*

Hältst du dich zurück?

Nein.

Dann ist es das. Ich gebe mein Bestes, wenn man bedenkt, dass ich in einem Drachenkampf war und mich immer noch vom Rausch erhole.

Hollys Herz schlägt noch. Das ist alles, was zählt.

Fraser stimmte zu. Als Holly sich an seiner Brust rührte, blickte er hinunter.

Sie war wach, aber dann drehte sie ihren Kopf zu seiner Brust und schloss die Augen. Fraser wollte sie beruhigend an sich drücken, wollte aber nicht riskieren, seiner Frau wehzutun.

Hollys Handlung brachte ihn dazu, schneller zu fliegen. Soweit er wusste, konnte sie verletzt sein. Vielleicht sogar sterben.

Nein. Er weigerte sich, das zu glauben. Sie hatten ihr gemeinsames Leben kaum begonnen. Auf keinen Fall würde er Holly kampflos gehen lassen, und wenn er gegen den Tod selbst kämpfen musste.

Der Boden unter ihnen flog verschwommen dahin. Er lenkte sich den Rest des Weges nach Elgin ab, indem er nach Bedrohungen Ausschau hielt. Wenn Gordon sich mit einigen der anderen im Exil lebenden Drachenwandlern verbündet hatte, konnten sie überall auf der Lauer liegen, von Aberdeen bis Lochguard. Schließlich kannten sie

Nordschottland so gut wie alle Angehörigen des Lochguard-Clans.

Elgin kam endlich in Sicht, und er stieß fast einen Seufzer der Erleichterung aus. Holly hätte bald die Hilfe, die sie brauchte.

Er scannte die Gebäude, fand das Krankenhaus und flog darauf zu. Während am Boden Menschen herumliefen, sah er keine Polizei oder MDA-Agents.

Natürlich konnten sie jederzeit kommen.

Fraser achtete darauf, in einem leeren Bereich des Parkplatzes zu landen, und landete so sanft wie möglich. Die Menschen eilten bereits aus dem Gebäude, um zu gaffen. Der Drang, zu knurren und sie von seiner Frau zu verscheuchen, war stark.

Sein Tier meldete sich zu Wort. *Sie braucht sie. Ausnahmsweise sage ich: lass sie gehen.*

Fraser wusste, dass sein Tier recht hatte. Er hielt Holly eine letzte Sekunde an sich, senkte den Kopf und berührte ihre Wange mit seiner Schnauze.

Holly rührte sich, und Hoffnung strömte durch seinen Körper.

Alles, was Fraser wollte, war, zu wandeln und seine Menschenfrau zu halten. Aber sein Bedürfnis, sie zu beschützen, war stärker. Mit jeder Unze Kraft, die er noch besaß, nahm er seinen Unterarm von Hollys Körper. Ihre Knie gaben nach, und sie fiel gegen sein Vorderbein. Er summte besorgt, aber Holly stand auf und gestikulierte mit den Händen. „Geh, Fraser. Du kannst nicht hierbleiben."

Er grunzte und schüttelte den Kopf. Hollys

Kiefer verkrampfte sich, und sie bellte: „Los, Fraser! Ich will dich nicht hier haben."

Ihre Worte waren, als hätte sie ihm einen Dolch ins Herz gestoßen. Fraser wusste, dass er sie im Stich gelassen hatte, aber sie konnte ihn nicht wirklich wegschicken wollen.

Holly zeigte zum Himmel und sagte: „Geh!", bevor sie ihm den Rücken zukehrte.

Frasers Herz zog sich zusammen. Doch als sich immer mehr Menschen ihnen näherten, wusste er, dass er gehen sollte. Da Holly ihn ablehnte, brachte es sein Leben in Gefahr, wenn er blieb. Es konnte den Eindruck erwecken, er hätte sie gegen ihren Willen entführt.

Als er in den Himmel sprang, schlug Fraser mit den Flügeln und stieg hoch. Er warf einen letzten Blick nach unten, nur um zu sehen, wie Holly von zwei menschlichen Männern unterstützt wurde. Bei dem Anblick fletschte er die Zähne. Sie sollten sie nicht anfassen.

Dann dröhnten Polizeisirenen in der Ferne. Fraser hatte nicht viel Zeit. Wer wusste, was sie mit ihm machen würden, wenn sie ihn erwischten?

Sein Drache meldete sich zu Wort. *Sie braucht die medizinische Versorgung mehr als uns. Wir können später mit ihr reden.*

Seit wann bist du so weise?

Nicht weise, das ist eher Instinkt. Ich werde immer sagen, was das Beste für unsere Gefährtin ist.

Dass sein Tier das Wort „Gefährtin" benutzte,

erinnerte Fraser nur an das, was Holly gesagt hatte. *Wir waren nicht in der Lage, sie zu beschützen, und wir könnten deshalb ihr Vertrauen verloren haben. Sie wird wütend sein.*

Das macht nichts. Sie wird sich beruhigen, und wir werden sie umwerben. Sie ist es wert.

Zum ersten Mal, seit Holly ihn weggeschickt hatte, fühlte sich Fraser zuversichtlich. *Ja. Sie mag stur sein, aber wir sind es mehr. Ich werde sie zurückgewinnen, sobald es ihr wieder gut geht. Sie ist vertraglich verpflichtet, nach Lochguard zurückzukehren.*

Dann lass uns nach Hause fliegen und uns einen Plan ausdenken. Sie ist sicher im Menschenkrankenhaus. Nicht einmal die Verräter werden das NHS angreifen. Denn wenn sie das tun, greifen sie die britische Regierung an, und die haben mächtige Verbündete auf der ganzen Welt.

Erst als Hollys kleine Gestalt im Gebäude verschwand, begann Fraser, nach Hause zu fliegen.

Sein Mädchen mochte ihm im Moment böse sein, aber er würde es reparieren. Hollys Zukunft war bei Fraser. Er musste nur dafür sorgen, dass sie es akzeptierte.

DIE KRANKENSCHWESTER ÜBERPRÜFTE ihre Vitalfunktionen ein letztes Mal und lächelte Holly an. „Im Moment sieht alles gut aus. Bin in einer Stunde zurück.”

Zu müde, um etwas anderes zu tun als zu

nicken, machte Holly genau das, und die Krankenschwester ließ Holly endlich allein in ihrem Krankenhauszimmer.

Während sie so in dem sterilen Raum lag, schmerzten alle Muskeln und Knochen in Hollys Körper.

Aber nichts tat schlimmer weh als ihr Herz.

Der Blick in Frasers Augen, als sie ihm befohlen hatte zu gehen, würde sie für den Rest ihres Lebens verfolgen. Niedergeschlagen war das einzige Wort, um ihn zu beschreiben.

Aber wenn Fraser geblieben wäre, wäre das MDA gekommen, um ihn zu holen. Vielleicht hätten sie ihn sogar weggebracht und eingesperrt. Sie konnte den Gedanken nicht ertragen, dass ihr starker, tapferer Drachenmann in einer Zelle angekettet war. Aufgrund seines Beschützerwahns hatte Holly nur die Möglichkeit gehabt zu behaupten, sie wolle ihn nicht, und ihn zu vertreiben.

Und doch vermisste sie seine starke Präsenz.

Sie blickte zur Tür, und ein Teil von ihr sehnte sich danach, dass Fraser hindurchkäme und sie in seine Arme hüllte.

Sie kannte Fraser vielleicht erst kurz, aber sie hatte gelernt, sich auf ihn zu stützen. Verdammt, ohne seine Kraft wäre sie in dem Haus in Aberdeen vielleicht zusammengebrochen und ein heulendes Häuflein Elend gewesen. Aber ein paar Worte von Fraser, und sie hatte ihren Kern aus Stahl wiedergefunden.

Holly blinzelte gegen die Tränen an. Hoffentlich hatte sie ihm nicht zu sehr wehgetan.

Wenigstens hätte sie später genug Zeit, um mit ihm zu reden, wenn sie nach Lochguard zurückkehrte und sich entschuldigte.

Das hieß, wenn sie sie in Lochguard überhaupt noch akzeptieren würden. Sie hatte Blutungen bekommen, und es bestand die Möglichkeit, dass sie das Baby verloren hatte.

Holly legte eine Hand über ihren Bauch und wehrte sich gegen ihre Tränen. Es war verdammt lächerlich, da sie erst seit wenigen Tagen schwanger war. Doch der Gedanke, ihr Baby zu verlieren, bereitete ihr Herzschmerz.

Und nicht nur wegen des möglichen Verlusts des Babys selbst. Es bestand auch die Möglichkeit, dass Lochguard sie abwies. Schließlich erlaubte ihr Vertrag einem Drachenclan, ein Opfer wegzuschicken, falls es eine Fehlgeburt hatte.

Sie sollte begeistert sein, ein Schlupfloch zu haben, damit sie sich um ihren Vater kümmern und zu ihrem Job und ihren Freunden zurückkehren konnte. Doch sie war nicht so glücklich, wie sie es vor zwei Wochen gewesen wäre.

Die einzig gute Nachricht war, dass, obwohl der Zustand ihres Vaters immer noch ernst war, zuvor eine Nachricht eingetroffen war, dass er sicher und in Schutzgewahrsam war. Niemand würde ihn entführen und gegen Holly oder Lochguard einsetzen können. Sie wusste jedoch immer noch nicht, ob ihr Vater zuvor, als sie gejagt worden war, ein weiteres Ziel gewesen war.

Holly nahm den Brief neben ihrem Bett, öffnete ihn und zog mit dem Finger das einzelne „F" unten nach. Obwohl es von Finn, Fergus, Faye oder Fraser sein konnte, wollte sie glauben, dass es Fraser war, der ihn geschickt hatte. Auf diese Weise würde es zeigen, dass er sie nicht hasste.

Es klopfte an der Tür, und Holly legte den Brief weg. Sie wischte sich die feuchten Augen mit dem Unterarm ab, atmete tief durch und sagte: „Herein."

Die Tür öffnete sich und enthüllte eine kleine, kurvige Frau mit braunen Haaren und grünen Augen. Holly hatte die Frau zwar nie persönlich getroffen, aber sie erkannte ihr Gesicht aus den Nachrichten. „Sie sind Melanie Hall-MacLeod."

Lächelnd trat die Frau ein und schloss die Tür hinter sich. Ihr kurzer, undeutlicher amerikanischer Akzent füllte den Raum. „Das bin ich. Und nennen Sie mich Mel."

Holly runzelte die Stirn. „Fangen Sie doch einfach damit an, mir zu sagen, weshalb Sie hier sind."

Mel zog einen Stuhl vor und setzte sich. „Arabella MacLeod ist meine Schwägerin. Sie bat mich gebeten, herzukommen, und da sie selten jemanden um einen Gefallen bittet, habe ich zugestimmt."

„Das sagt mir immer noch nicht wirklich, warum Sie hier sind."

Mel grinste. „Ich verstehe schon, warum Arabella Sie mag." Holly öffnete den Mund, doch Melanie unterbrach sie. „Sie schickt mich, weil sie sich Sorgen um Fraser macht, aber sie kann nicht selbst kommen, ohne ins Visier genommen zu werden. Finn ist außerdem besorgt über die Telefonleitungen, die vom MDA überwacht werden, und auch über diejenigen, die Sie in Aberdeen verfolgt haben. Da ich ein Mensch bin, kann ich kommen und gehen, wie es mir gefällt. Nun, meistens. Ein halbes Dutzend, ähm, Leute passen gerade auf mich auf. Das war die einzige Möglichkeit, wie mein Gefährte mich hat kommen lassen." Mel beugte sich vor und flüsterte: „Ich bin sicher, Sie verstehen mittlerweile ein wenig über Drachenmänner und ihr überfürsorgliches Verhalten."

Obwohl Melanie versuchte, die Stimmung aufzuheitern, konnte Holly das Thema Fraser nicht hinter sich lassen. Ihr Herz schlug doppelt so schnell, als sie fragte: „Was ist passiert? Hat Fraser es nicht nach Lochguard geschafft?"

Melanie musterte sie einen Moment lang, bevor sie antwortete: „Oh doch, das hat er. Aber nach der Art und Weise, wie Sie ihn weggeschickt haben, weiß ich nicht, warum Sie sich dafür interessieren."

Holly drehte sich ein wenig weiter zu Melanie. „Ich hasse es, unhöflich zu sein, da wir uns gerade erst kennengelernt haben, aber man sollte keine Vermutungen ohne alle Fakten aufstellen."

Mel gestikulierte und lehnte sich in ihren Stuhl

zurück. „Dann klären Sie mich auf. Denn selbst Drachenmänner haben Gefühle, und Sie haben seine verletzt."

Holly ballte bei Mels Worten die Fäuste. „Ich hatte keine große Wahl. Er hatte bereits das Gesetz gebrochen, indem er in Aberdeen gewandelt hatte. Ich konnte nicht riskieren, dass das MDA oder die Polizei ihn festnimmt, weil er mit einem verletzten Menschen in einem Krankenhaus angekommen ist. Drachenwandler werden immer für schuldig gehalten, bis ihre Unschuld bewiesen ist. Ich wollte nicht, dass er ins Gefängnis kommt." Melanie schüttelte den Kopf, was Holly nur dazu brachte, ihre Finger fester zu drücken. „Wenn Sie mir nicht glauben, dann sollten Sie einfach gehen."

Mel hob eine Braue. „Ich habe nie gesagt, dass ich Ihnen nicht glaube."

„Warum haben Sie dann den Kopf geschüttelt?"

Mel grinste. „Weil Ihre Denkweise der eines Drachenwandlers mehr ähnelt, als Sie sich vorstellen können. Besonders, wenn es um Gefährten und Liebe geht."

Holly ignorierte Mels Bemerkung über die Liebe. „Fraser hat sein Leben riskiert, um meins zu beschützen. Ich würde alles tun, um auch ihn zu beschützen."

Sobald die Worte aus ihrem Mund waren, blinzelte Holly. Sie hatte vorher nicht viel darüber nachgedacht, aber es stimmte. Obwohl Fraser weder Soldat noch Beschützer war, hatte er für sie gegen einen Drachen gekämpft. Wenn es dazu käme, würde sie versuchen, dasselbe für ihn zu tun.

Mels Stimme unterbrach ihre Gedanken. „Gut, Sie haben meine Prüfung bestanden. Wenn wir also die Verteidigung und die Befragung jetzt hintenanstellen können, kann ich Sie über die Geschehnisse informieren, und ich finde außerdem, wir sollten zum Du übergehen."

Es war viel wichtiger, etwas über die Zukunft zu erfahren, als Melanie für ihren blöden Test anzubrüllen. „Also gut, einverstanden, und ich höre zu. Was weißt du?"

„Die Drachen, die dich angegriffen haben, waren ehemalige Angehörige des Lochguard-Clans. Unglücklicherweise kam der erste ums Leben, als er zu Boden stürzte, und der andere, ein Drachenmann namens Gordon, ist entkommen. Es steckt noch mehr dahinter, aber es ist Finns Aufgabe, dich über den Rest zu informieren."

Holly konnte Melanie die ganze Wahrheit vorenthalten, aber das war nicht der beste Weg, die Frau dazu zu bringen, ihr zu vertrauen. Ohne ein wenig Vertrauen würde Mel ihr keine Details mehr erzählen. Und so abgeschnitten von Fraser und Lochguard war Holly verzweifelt nach Details. „Ich bin mir nicht sicher, ob sie mich wieder willkommen heißen werden." Holly atmete tief ein und spie: „Ich habe das Baby vielleicht verloren. Und Drachenwandler weisen normalerweise Menschenfrauen ab, die Fehlgeburten haben."

Mels Augen wurden sanft. „Es tut mir leid, wenn das wahr ist, aber hör auf, so dumm zu sein."

Holly blinzelte. „Was?"

„Die Gerüchte über Drachenwandler sind in der Regel halb voll von Scheiße. Wenn du mein Buch gelesen hättest, wüsstest du das."

„Mein Leben war zu beschäftigt, um viel anderes zu tun als zu arbeiten und mich um meinen Vater zu kümmern. Außerdem ist dein Buch brandneu. Es wird lange dauern, bis diese Informationen allgemein bekannt werden."

Mel zuckte mit den Schultern. „Dennoch ist es immer der beste Weg, die Drachenwandler direkt zu fragen. Da das momentan unmöglich ist, musst du mir einfach glauben, dass Finn und sein Clan dich nicht für etwas, das außerhalb deiner Kontrolle liegt, verstoßen werden."

Sie sah in Melanies Augen. „Sprichst du jetzt für Lochguard?"

„Natürlich nicht. Aber wenn du so wenig Vertrauen in sie hast, dann solltest du vielleicht nach Hause gehen und sie vergessen. Drachen brauchen starke Gefährten, die an sie glauben. Wenn du der Aufgabe nicht gewachsen bist, dann sag es mir jetzt."

Holly musterte Melanie. Feuer und Fürsorglichkeit blitzten in den Augen der Frau. Holly hatte ein wenig davon gehört, dass Melanie die Erste war, die die Drachenwandler in der Neuzeit wirklich verteidigt hatte. Doch die Frau hatte im Fernsehen immer freundlich und gefasst gewirkt.

Zum ersten Mal sah Holly die Melanie Hall-MacLeod, die nicht nur die Loyalität eines ganzen Drachenclans gewonnen hatte, sondern es auch allein geschafft hatte, viele Regeln für die Drachenwandler zu ändern.

Holly setzte sich ein wenig aufrechter hin. „Ich bin mehr als bereit." Aber ich will zuerst sichergehen, dass es meinem Vater wieder gutgeht."

Mel nickte. „Familie ist wichtig. Da ich mich geopfert habe, um meinen Bruder zu retten, verstehe ich deine Hingabe mehr als die meisten."

Holly entspannte sich und streckte eine Hand aus. „Wir haben das Pferd ein wenig von hinten aufgezäumt, aber schön, dich kennenzulernen, Melanie."

Melanie lächelte, ergriff ihre Hand und schüttelte sie. „Ich musste nur deine Absichten und deine Entschlossenheit überprüfen. Ich habe aus erster Hand ein Opfer erlebt, das nichts mit den Drachenwandlern zu tun haben wollte, und es hat sie am Ende zerstört."

Holly ließ ihre Hand los. „Ich möchte in Lochguard leben, aber es gibt ein Problem. Vielleicht kannst du mir helfen."

Mel hob eine Augenbraue. „Und wie?"

„Ich bin die einzige Familie, die mein Vater noch hat. Er kämpft gegen Krebs, und ich will mich um ihn kümmern. Aber um das zu tun, muss er in der Nähe wohnen. Gibt es eine Möglichkeit, meinem Vater zu erlauben, in Lochguard zu leben?"

Mel tippte sich ans Kinn. „Nun, wenn Fraser dich als seine Gefährtin akzeptiert, werde ich sehen, was ich tun kann. Ich kann keine Garantien geben, aber wenn ich es nicht zusammen mit Evies Hilfe bewerkstelligen kann, dann kann es niemand."

Eine kleine Hoffnung flatterte in ihrem Bauch auf. „Dann hilf mir aus dem Krankenhaus und an die Seite meines Vaters zu kommen. Je früher er gesund genug ist, um aus dem Krankenhaus entlassen zu werden, und er reisefähig ist, desto eher kann ich mich darauf konzentrieren, Fraser zurückzugewinnen."

Verschlagenheit tanzte in Mels Augen. „Mein Gefährte wird mich später umbringen, aber ich habe ein paar Ideen, wie ich dich so schnell wie möglich hier rausholen kann." Mel musterte sie kurz, bevor sie hinzufügte: „Aber erst, wenn wir wissen, ob du das Baby wirklich verloren hast. Wenn das geschieht, weil wir dich zu früh hier rausgeholt haben, wird Fraser mich umbringen. Das Letzte, was wir brauchen, ist Zwietracht zwischen Stonefire und Lochguard."

Holly seufzte. Sie hatte ihr Kind kurzzeitig vergessen. „Die Ärzte sagten, sie werden es spätestens morgen Abend wissen. Dann werden wir loslegen."

Mel beugte sich vor und legte eine Hand auf Hollys Arm. „Was auch immer passiert, du hast mich auf deiner Seite, Holly Anderson. Es ist nicht einfach, eine Menschenfrau in einem Drachenwandler-Clan zu sein. Selbst wenn du eine Fehlgeburt hattest, wird Fraser dich willkommen heißen, wenn du zurückkommst. Und wenn er dumm genug ist, dich abzuweisen, dann kannst du gerne in Stonefire leben. Wir werden dich vor jedem schützen, der dir wehtun will."

Selbst wenn Holly Fraser abgewiesen hätte, konnte sie sich nicht vorstellen, dass er sie zurückweisen würde. Wenn er es versuchte, musste Holly ihm nur eins überbraten und seinen Drachen auf ihre Seite bekommen.

Um ihre Gedanken jedoch nicht zu zeigen, lächelte Holly Mel an und antwortete: „Danke."

Mel drückte Hollys Arm und beugte sich hinab, um ihre Handtasche zu nehmen. Mel hob sie hoch und zog ein Kartenspiel heraus. „Wenn du müde bist, lasse ich dich ausruhen. Aber wenn ich du wäre und vom Himmel gefallen wäre, würde ich zu sehr unter Strom stehen, um zu schlafen. Karten können eine hirnlose Ablenkung sein. Ich habe diese Lektion selbst gelernt, als ich an der Seite meines Bruders war. Er hatte auch Krebs, weißt du, aber er hat es geschafft." Mel wackelte mit den Karten in ihrer Hand. „Also, was sagst du? Bist du bereit, dass ich dir bei einem Quartett-Spiel den Arsch aufreiße?"

Trotz allem, was los war, war Mels gute Laune ansteckend. „Ich denke, das bekomme ich hin. Ich brauche alle Ablenkung, die ich bekommen kann."

„Also gut." Als Mel die Karten gemischt und

verteilt hatte, blickte Holly auf den Zettel auf dem Tisch neben ihrem Bett. So sehr sie Mels Anwesenheit schätzte, wünschte Holly, es wäre Fraser, der sie aufmuntern wollte.

Morgen würde sie eine bessere Vorstellung von ihrer Zukunft haben. Im Moment konzentrierte sich Holly darauf, ein Kartenspiel zu gewinnen.

Kapitel Vierzehn

Fraser riss ein weiteres Unkraut aus dem Boden und warf es zur Seite. Nicht einmal die niedere Arbeit, Finns und Arabellas Garten zu säubern, konnte ihn davon abhalten, an eine bestimmte Menschenfrau mit Honigaugen zu denken.

Es war jetzt über zwei Wochen her, seitdem er Holly zuletzt gesehen hatte. Jedes Mal, wenn er versuchte, sich an ihr Lächeln oder Lachen zu erinnern, blitzte das Bild, wie sie ihn wegbeorderte, in seinem Kopf auf.

Fraser knurrte und warf noch ein Unkraut weg. Er hasste das Warten. Jeder Tag ohne sie stärkte nur seine Entschlossenheit, sie zurückzugewinnen.

Und doch hatten sie kaum etwas von den Ärzten oder dem MDA über Hollys Zukunft gehört, geschweige denn, ob sie nach Lochguard zurückkehren würde oder nicht.

Mit einem Grunzen zog er das größte Unkraut

heraus, das er finden konnte, und warf es gegen die hintere Wand. Als er die Erde in alle Richtungen fliegen sah, fühlte er sich etwas besser. Was er wirklich brauchte, war, ein paar Felsbrocken vom Himmel zu werfen, da die Zerstörung von Dingen immer dabei half, seine Spannungen zu lindern, aber Fraser war derzeit auf das Land des Clans beschränkt. Finn arbeitete noch die Details aus, weil Fraser sich illegal innerhalb einer Stadt gewandelt hatte.

Fraser blickte zu Finns Cottage und erwog, seinen Cousin noch einmal zu fragen, ob das MDA sein Wandeln mittlerweile als eine Notwendigkeit zur Selbstverteidigung anerkannt hatte. Doch bevor er mehr als aufstehen konnte, sprach sein Drache. *Finn würde uns das nicht vorenthalten. Um ehrlich zu sein, ich verstehe nicht, warum wir noch hier sind. Ich bin sicher, mit Fayes Hilfe könnten wir uns ins Krankenhaus schleichen und Holly besuchen.*

Aye, und Finns Zorn ausgeliefert sein. Er versucht immer noch, die Sache mit dem MDA zu klären. Bis dahin sind wir ein gesuchter Drachenwandler.

Dann fliegen wir nachts. Niemand wird einen schwarzen Drachen am Nachthimmel sehen.

Fraser war versucht. *Lass uns einmal verantwortungsbewusst sein. Ich will dem MDA keine Munition geben, die es gegen uns verwenden kann.*

Sein Drache schnaubte. *Ich vermisse den alten Fraser. Er war abenteuerlustig und hatte mehr Spaß.*

Wir werden immer noch Spaß haben. Aber erst, wenn alles mit Holly geklärt ist.

Gerade als sein Tier antworten wollte, driftete Finns Stimme durch das offene Küchenfenster. „Das MDA hat endlich Hollys medizinischen Statusbericht geschickt."

Fraser hielt inne. Er wollte Finn keinen Grund geben, sein Gespräch zu unterbrechen.

Arabellas Stimme antwortete: „Sag mir einfach, was da steht, Finn. Geduld ist keine Tugend, die ich während der Schwangerschaft besitze."

Fraser hörte Finn Arabellas Haut küssen. Sein Ton war sanft, als er antwortete: „Sie hatte eine Fehlgeburt. Sie fragen mich jetzt, was als Nächstes zu tun ist."

Fraser schloss die Augen und fuhr sich mit einer Hand durchs Haar. Das konnte nicht sein. Er war so vorsichtig gewesen, als er Holly vom Himmel geholt hatte. Aber er musste es vermasselt und seine Frau irgendwie verletzt haben.

Vielleicht wollte sie nicht mehr seine Frau sein. Schließlich war Holly allein und hatte seinetwegen Schmerzen.

Möglicherweise hatte sie jedes Recht gehabt, ihn am Krankenhaus wegzuschicken.

Nein. Er weigerte sich, das zu glauben. Selbst wenn Holly verärgert wäre über das, was vor zwei Wochen passiert war, würde er einen Weg finden, es wiedergutzumachen. Und nicht nur, weil sie seine wahre Gefährtin war. Fraser vermisste Hollys Witz und Verstand ebenso sehr wie ihre Hitze, wenn sie sich an ihn kuschelte.

Um ehrlich zu sein, war er schon halb in sie

verliebt. In Anbetracht dessen, dass Fraser zuvor noch nie so für eine Frau empfunden hatte, war das eine große Sache. Auf keinen Fall würde er Holly kampflos gehen lassen.

Arabellas Stimme erregte Frasers Aufmerksamkeit. „Du solltest Holly entscheiden lassen, was zu tun ist. Ich bin mir ziemlich sicher, dass Fraser sie immer noch wollen würde, Kind hin oder her."

Frasers Drache brüllte. *Natürlich wollen wir sie immer noch. Sie ist so viel mehr als ein Weg, die Population des Clans zu vergrößern. Sie ist unser zukünftiges Glück.*

Fraser dachte immer noch darüber nach, wie er darauf reagieren sollte, als Finns Stimme wieder durch die Luft schwebte. „Ich werde in ein paar Tagen mit Fraser sprechen. Das wird dem Mädel noch mehr Zeit mit ihrem Vater geben. Und obwohl sie vor zwei Wochen eine Fehlgeburt hatte, könnte Frasers Anblick ihre Trauer nur verstärken oder sie daran erinnern, was sie verloren hat."

Frasers Herz setzte einen Schlag aus. Der bloße Gedanke daran, dass seine Anwesenheit seine Frau traurig machte, ließ seinen Magen wanken.

Arabella antwortete ihrem Gefährten: „Es ist eine gute Sache, dass Hollys Standort ein Geheimnis ist. Wenn Fraser gewusst hätte, dass sie in Inverness ist, hätte er inzwischen mit ihr gesprochen."

Sein Drache meldete sich wieder zu Wort. *Wir müssen einen Weg finden, nach Inverness zu kommen. Und bevor du sagst, wir sollten warten, bis das MDA die*

Genehmigung erteilt, übernehme ich die Kontrolle, wenn es sein muss. Holly braucht uns.

Da ich weiß, was wir jetzt wissen, werde ich auf keinen Fall warten.

Fraser wollte aufstehen, aber sein Drache fügte hinzu: *Lass uns sicherstellen, dass Finn und Ara keine weiteren Informationen haben, die wir brauchen.*

Ich dachte, du wolltest nicht warten.

Ein paar Minuten könnten den Unterschied ausmachen.

So sehr Fraser auch davoneilen wollte, alles, was er hören konnte, waren Fergus' Worte über die Jahre, immer erst so viel wie möglich herauszufinden, bevor man in eine Schlacht stürmte. Fraser hatte die Notwendigkeit noch nie zuvor gesehen, aber er ballte seine Finger und strengte seine Ohren an.

Finn antwortete Arabella: „Aye. Wir werden später Hollys Anwesenheit im NHS-Hauptkrankenhaus enthüllen. Obwohl ich zugeben muss, dass Frasers fügsames Verhalten ein wenig beunruhigend ist."

„Ich bin sicher, es wird vorübergehen, sobald er die Dinge mit Fergus in Ordnung gebracht hat. Wenn die beiden zusammen sind, führt Fraser sich normalerweise auf."

Finn seufzte. „Fergus ist ein weiteres Problem, mit dem ich mich zu befassen versuche. Manchmal frage ich mich, wie ich jemals alle meine Clanpflichten ohne dich an meiner Seite erfüllt habe."

Arabellas Stimme wurde neckend. „Nur durch

reinen Charme, aber es war längst fällig, dass das irgendwann nicht mehr funktioniert hätte."

Arabella quietschte und dann murmelte Finn: „Ich scheine mich an meinen Charme zu erinnern, der bei dir ganz gut funktioniert hat."

Als Finn und Arabella still wurden, ballte Fraser die Finger zusammen und streckte sie aus. *Können wir jetzt gehen?*

Ja, aber überprüf den Standort. Es ist schon eine Weile her, seitdem ich nach Inverness gefahren bin.

Richtig. Als Fraser sich zur hinteren Mauer bewegte, pochte sein Herz. Er würde nach Inverness fahren, um Holly zu finden und sie zu überzeugen, nach Lochguard zurückzukommen. Er hatte sie beim ersten Mal nicht viel umworben, aber wie sein Cousin Finn konnte Fraser ein Mädel schon lang bezaubern. Es war an der Zeit, seinen Charme bei der einen Frau einzusetzen, die er an seiner Seite wollte.

Sein Drache meldete sich wieder zu Wort. *Gut. Wir müssen unsere wahre Gefährtin glücklich machen. Lass uns sie zurückgewinnen.*

Und das werden wir, selbst wenn es das Letzte ist, was wir tun.

Fraser schlich sich über die hintere Mauer. In dem Moment, in dem seine Füße den Boden berührten, rannte er auf das Cottage zu, das er und Holly während des Rausches benutzt hatten.

Da Fraser an seine Frau erinnert werden wollte, war er nie ausgezogen.

Mit Mann und Tier im Einvernehmen rannte

Fraser bis zu seinem Cottage. Inverness war fast zwei Autostunden von Lochguard entfernt. Je eher er aufbrach, desto eher konnte er seine Frau sehen und sie wieder zum Lächeln bringen.

ARABELLA MACLEOD HÖRTE ZU, wie Fraser die Mauer erklomm und in die Ferne rannte. Als sie sicher war, dass er sie nicht mehr hören konnte, blickte sie zu Finn. „Meinst du, es hat funktioniert?"

Finn nickte. „Natürlich. Wenn du dich irgendwo versteckt hättest und Schmerzen hättest, wäre ich dir nachgegangen, sobald ich gewusst hätte, wo ich suchen soll."

„Warum hast du dann zwei Wochen gewartet? Du hast diesen Bericht am Tag erhalten, nachdem Fraser sie im Krankenhaus abgesetzt hat."

Finns Gesicht wurde neutral, aber seine Augen waren traurig. „Mit der Gesundheit ihres Vaters und dem Verlust des Kindes war das Letzte, was sie brauchte, ein überfürsorglicher Drachenwandler, der um sie schwebte und sie in den Wahnsinn trieb."

Der Drang, ihren Mann zu umarmen, strömte durch ihren Körper, also ging Arabella zu ihm und legte ihren Kopf an Finns Brust. „Holly ist eine starke Frau. Ich wünsche zwar keiner Frau eine Fehlgeburt, aber sie hat die Möglichkeit, Fraser zu ihren eigenen Bedingungen zu akzeptieren. Die meisten Opfer haben diese Chance nicht, wenn sie sich als wahre Gefährten erweisen."

Finn zog sie an sich. „Aye, ich weiß. Nichts ist so gelaufen, wie ich es mir vorgestellt hatte. Nach all dem wäre ich überrascht, wenn das MDA jemals wieder mit uns zusammenarbeiten würde."

Arabella lehnte sich zurück, bis sie in Finns braune Augen sehen konnte. „Hör einfach auf. Wenn es jemand anderes im Clan wäre, würdest du akzeptieren, was passiert ist, und dann eine neue Strategie entwickeln. Ich weiß, er ist deine Familie, aber Fraser will dein Mitleid nicht. Glaub mir, gerade ich weiß, wie schrecklich das ist. Fraser will wahrscheinlich nur, dass du ihn wieder normal behandelst."

Finn runzelte die Stirn. „Was er mehr als das braucht, ist sein Zwillingsbruder. Wenn Fergus zurück wäre, würden wir uns ein bisschen mehr beruhigen."

Arabella neigte den Kopf. „Dann ruf Fergus zurück. Ich bin sicher, dass es warten kann, mit den Menschen dort zu sprechen."

Er versetzte ihr einen Klaps auf den Po. „Fraser soll zuerst die Dinge mit Holly klären."

„Bist du dir sicher, dass das die beste Idee ist?"

„Aye, das tue ich. Holly zurückzugewinnen, ist etwas, das Fraser allein tun muss."

Sie hob die Hand an Finns Wange und fuhr über seine späten Bartstoppel. „Zumindest hat all dieses Drama und dieser ganze Trubel Fraser gezwungen, erwachsen zu werden."

„Ich bin sowohl traurig als auch glücklich darüber." Finn küsste ihre Stirn. „Komm, ich denke, wir könnten beide ein paar Scones mit Clotted Cream und Marmelade vertragen. Tante Lorna hat wahrscheinlich gerade eine neue Charge im Ofen."

„Auf keinen verdammten Fall kannst du das von hier aus riechen."

Er zwinkerte. „Nein, aber ich weiß, dass sie sie jede Woche um diese Zeit macht."

Arabella versuchte, die Stirn zu runzeln, aber fing an zu lächeln. „Dann sollten wir uns besser beeilen, bevor Faye sie findet, sonst ist nichts mehr übrig."

Als sie sich umdrehten und durch die Haustür gingen, fand Arabella Trost in der Hitze und dem Duft ihres Drachenmanns. Er mochte Arabella mit Essen abgelenkt haben, aber Finn machte sich Sorgen um Fraser. Ihr Gefährte sorgte sich sehr um seine Familie.

Ihr Drache meldete sich zu Wort. *Ihr beide macht euch zu viele Sorgen. Fraser wird die Frau zurückgewinnen oder nicht. Wir können nur warten.*

Warten ist nicht immer einfach, Drache.

Nein, aber manchmal gibt es dafür die größte Belohnung.

Arabella stimmte ihrem Tier zu und sah Finn an. Er war es auf jeden Fall wert gewesen, auf ihn zu warten.

Kapitel Fünfzehn

Holly beobachtete das sanfte Heben und Senken der Brust ihres Vaters. Der gleichmäßige Rhythmus, kombiniert mit dem zustimmenden Blick in den Augen der Ärztin, gab ihr die Hoffnung, dass alles in Ordnung sein würde.

Sie sollte ruhig bleiben und warten, bis die Ärztin fertig war. Schließlich wusste Holly sehr wohl, dass zu viele Fragen eine Untersuchung verzögern konnten; sie hatte es selbst als Krankenschwester erlebt. Doch als die Ärztin eine weitere Notiz auf ihr Klemmbrett schrieb, konnte Holly nicht anders, sondern platzte heraus: „Geht es ihm besser?"

Die Ärztin lächelte sie an. „Das tut es tatsächlich. Wir sollten ihn morgen entlassen können, vorausgesetzt, Sie können ihn mit nach Hause nehmen und ein Auge auf ihn werfen."

Sie deutete mit dem Daumen Richtung Tür. „Werden sie mit mir kommen?"

Die Ärztin senkte ihr Klemmbrett. „Ich denke schon. Das MDA hat Angst, dass Sie und Ihr Vater wieder zu Angriffszielen werden. Aber nach dem, was ich gehört habe, halten die MDA-Agents gewöhnlich außerhalb Ihres Hauses Wache, um Ihnen etwas Privatsphäre zu geben."

„Aber nicht viel."

Die Ärztin lächelte. „Sie haben in den letzten zwei Wochen so gut wie in diesem Krankenhaus gelebt. Zu Hause zu sein, sollte eine nette Abwechslung sein."

Das einzige Problem war, dass Holly nicht wissen konnte, was sie ihr Zuhause nennen sollte – Aberdeen oder Lochguard.

Doch da Holly auch wegen der Fehlgeburt während ihres Krankenhausaufenthalts aufmerksam überwacht worden war – das MDA war besorgt über Selbstmord und/oder Depression –, hatte sie die Gedanken an Lochguard oder einen seiner Bewohner schnell verdrängt. Sie wollte der Ärztin nichts geben, um ihre Meinung über die Entlassung von ihr und ihrem Vater zu ändern.

Holly nickte. „Danke, Dr. Brody. Da bin ich mir sicher."

Dr. Brody sah sie einen Moment lang an und nickte dann zur Tür. „Wie wäre es, wenn Sie sich etwas zu essen holten? Sie haben Ihr besonderes Privileg genutzt, um bei Ihrem Vater zu bleiben, und gehen nicht oft genug raus. Wenn Sie nicht bei Kräften sind, können Sie ihm nicht mehr helfen." Holly öffnete den Mund, doch Dr. Brody unterbrach sie. „Entweder gehen Sie jetzt etwas essen, oder ich überlege es mir mit der Entlassung Ihres Vaters für morgen."

Da Holly die letzten zwei Wochen größtenteils im Krankenhaus verbracht hatte, war sie zu müde, um zu streiten. Und tatsächlich konnte sie sich nicht an das letzte Mal erinnern, dass sie etwas gegessen hatte. Vielleicht zum Frühstück?

Dr. Brody hob eine Augenbraue, und Holly seufzte, als sie aufstand. „Gut, das werde ich. Aber ich werde nur zehn oder zwanzig Minuten weg sein."

„Nehmen Sie sich mindestens dreißig. Ich werde eine Krankenschwester bei Ihrem Vater lassen, nur für den Fall."

Holly berührte den Arm ihres Vaters und flüsterte: „Ich bin bald zurück, Dad."

Dann schöpfte sie aus der wenigen Kraft, die sie noch hatte, und ging zur Tür. Schon der kurze Weg machte sie benommen, was Holly sagte, dass ihr Blutzucker zu niedrig war.

Beim Verlassen des Raumes blickte Holly auf eine der beiden MDA-Wachen, die an der Tür postiert waren. Sein Name war Andrew. Er runzelte die Stirn. „Wohin gehen Sie?"

„Nur zur Cafeteria. Bin in einer halben Stunde zurück." Derselbe Wächter öffnete den Mund, aber Holly hob eine Hand, um ihn aufzuhalten. „Nein, es muss mich niemand begleiten. Aber wenn Sie einen Kaffee möchten, kann ich Ihnen einen bringen."

Andrew setzte ein Lächeln auf. „Das wäre himmlisch, Ms. Anderson. Die Nachtschicht ist immer verdammt schwierig."

Sie sah die andere Wache an, aber er schüttelte den Kopf. Andrew war einigermaßen nett, aber die andere Wache sprach selten zwei Worte hintereinander.

Nicht, dass es Holly etwas ausmachte. Gesellig zu sein stand im Moment nicht gerade oben auf ihrer Prioritätenliste.

Bevor einer von ihnen seine Meinung über ihre Begleitung ändern konnte, ging Holly den Flur hinunter und links zum Aufzug. Kurz nachdem sie die Ruftaste gedrückt hatte, kam eine vertraute Hitze hinter sie.

Hollys Herz setzte einen Schlag aus. Auf keinen Fall würde Fraser MacKenzie riskieren, einen Fuß in ein Menschenkrankenhaus zu setzen.

Dann erfüllte seine vertraute trällernde Stimme ihr Ohr: „Hallo, Holly."

Sie drehte sich zu ihm und hielt den Atem an. Ihr gutaussehender Drachenmann hatte Ringe unter den Augen und rote Bartstoppel auf seinen Wangen. Ein normaler Mensch hätte ihn vielleicht nicht erkannt, aber Holly würde Frasers Gesicht überall erkennen.

Er war endlich hier.

Bevor sie sich zurückhalten konnte, rief sie: „Du siehst aus wie die Hölle!"

Einer seiner Mundwinkel hob sich. „Manche Männer versuchen vielleicht, schöne Worte für dein Äußeres zu verwenden. Verdammt, ich hätte es vor ein paar Monaten getan. Aber du siehst mindestens eine Meile schlimmer aus als ich."

Traurigkeit flackerte in seinen Augen auf, und in dieser Sekunde wusste sie in ihrem Bauch, dass Fraser wusste, was mit dem Baby passiert war.

Noch nicht bereit, dieses Gespräch zu führen, drehte Holly sich um. „Du bist ein Idiot, weil du hier bist, weißt du. Ich muss nur schreien, und die Wachen des MDA werden kommen."

Fraser kam einen Bruchteil näher, und Holly widersetzte sich, sich gegen seine harte Brust zu lehnen. Er flüsterte: „Ich überlasse es dir. Wenn du wirklich willst, dass ich verschwinde, dann schreie. Ansonsten hör mit den unnützen Drohungen auf und sprich mit mir."

Die Fahrstuhltüren öffneten sich, und Holly zögerte. Das Letzte, was sie wollte, war, mit Fraser über den Verlust ihres Babys zu reden und zu erfahren, dass Lochguard sie nicht mehr wollte.

Aber sie hatte seine tröstende Anwesenheit in den letzten Wochen vermisst. Allein seine Stimme zu hören, half ihr, ihre Müdigkeit zu verringern; sie konnte sich nur vorstellen, was passieren würde, wenn er sie festhielte.

Wegen des Mangels an Essen und Schlaf konnte sie sogar zusammenbrechen.

Und doch war es ihr egal, ob das geschah oder

nicht. Weil sie ihren Drachenmann zum Anlehnen haben würde.

Holly traf eine Entscheidung und stieg in den Aufzug. Sie drehte sich um und hob eine Braue. „Kommst du?"

Fraser grinste, und die Bartstoppel auf seinen Wangen machten ihn nur attraktiver.

Ihr Drachenmann bewegte sich, um sich neben sie zu stellen, aber er hielt einen kleinen Abstand zwischen ihnen. Holly wollte seine Wange berühren, aber sie drückte stattdessen ihre Finger zusammen. Wenn Lochguard gewollt hätte, dass sie zurückkommt, hätte sie inzwischen davon gehört. Es gab keinen Grund, sich mit Träumen und Wünschen von Dingen zu quälen, die sie nicht haben konnte.

Es war das Beste, die Wahrheit herauszufinden und sie so schnell wie möglich hinter sich zu bringen.

Während der Aufzug hinabfuhr, sah Holly in Frasers blaue Augen. „Und? Warum bist du hier, Fraser MacKenzie?"

FRASERS BLICK schoss zu den streunenden Haaren, die auf Hollys Wange lagen. Der Anblick erinnerte ihn an ihr erstes Mal allein im Gewächshaus bei Finn und Arabella. Genau wie damals wollte er ihr die dunklen Strähnen hinters Ohr stecken.

Aber er wusste, es könnte zu früh sein. Die

Reaktion des Mädels auf sein Grinsen sagte ihm, dass sie sich noch immer zu ihm hingezogen fühlte. Aber Fraser wollte mehr als nur Anziehungskraft, er wollte ihr Herz.

Sein Drache schnaubte. *Dann mach schon endlich weiter. Ich mag keine Spiele.*

Hey, du bist derjenige, der eine Herausforderung wollte. Holly stellt sich definitiv als unsere bisher größte Herausforderung heraus.

Umwerbe sie einfach. Sie sieht müde aus, und traurig und mir gefällt das nicht.

Fraser beobachtete, wie Holly sich gegen die Seite des Aufzugs lehnte. Ihre Wangen waren definitiv zu blass, und die Rötung ihrer Augen sprach von wenig Schlaf.

Zumindest hoffte er, es sei nur Schlafmangel. Das Bild, wie sein starkes Mädel weinte, passte ihm nicht.

Sein Drache knurrte. *Zieh sie an dich und tröste sie. Sie will es, aber kämpft dagegen an.*

Ich werde es nicht erzwingen. Lass mich zuerst mit ihr reden. Sie hat schließlich die Hölle durchgemacht.

Warte nicht zu lange, sonst verlieren wir sie.

Du kannst mir ruhig etwas zutrauen, Drache.

Das Tier verstummte und zog sich in seinen Hinterkopf zurück. Fraser sah Holly wieder in die Augen. Sie waren unlesbar. Er beschloss: Scheiß auf vorsichtig. „Ich bin für dich da, Holly Anderson. Warum hast du verdammt nochmal nicht versucht, mich anzurufen oder mir eine Nachricht zu schicken?"

Sie blinzelte. „Warum sollte ich?"

Fraser stellte sich vor Holly, bis ihre Körper nur Zentimeter voneinander entfernt waren. „Ich weiß, dass ich Mist gebaut habe und dich nicht beschützen konnte. Aber wenn du glaubst, dass ich dich einfach entkommen lasse, dann bist du verrückt."

„Warum? Weil ich deine wahre Gefährtin bin, und die Bedürfnisse deines Drachen dir sagen, dass du mich verfolgen sollst?"

Er lehnte sein Gesicht nach unten, bis es eine Haarbreite von ihrem entfernt war. „Wenn du es nicht bemerkt hast, der Rausch ist vorbei, und ich bin trotzdem gekommen, um dich zu holen." Vorsichtig nahm er ihren Bizeps in die Finger. „Ich will, dass du nach Lochguard zurückkehrst." Er drückte ihren Arm. „Ich will, dass du zu mir zurückkommst."

Hollys Augen wurden feucht. „Ich kann nicht, Fraser. Ich glaube, du weißt es bereits, aber ich habe das Baby verloren. Finn wird mich wahrscheinlich abweisen, um ein weiteres Opfer zu finden, das den Vertrag bis zum Ende erfüllt."

Fraser knurrte. „Scheiß drauf. Selbst wenn ich Finn öffentlich herausfordern muss, damit er dich nicht abweist, werde ich es tun. Gib uns eine Chance, Holly. Um mehr bitte ich nicht." Er strich ihr die Haare von der Wange. „Selbst wenn wir nie wieder ein Kind bekommen, will ich dich immer noch an meiner Seite haben."

Sie musterte seine Augen für eine Sekunde,

bevor sie antwortete: „Ich —" Holly schluckte und fuhr dann fort: „Ich weiß nicht." Er öffnete den Mund, aber sie legte ihren Zeigefinger an seine Lippen. „Ich will zuerst sicher sein, dass es meinem Vater gut geht."

Er knurrte, und sie entfernte ihren Finger. „Und dann kommst du zurück zu mir?"

Sie sah weg, und er musste sich extrem zusammenreißen, um ihren Blick nicht zurück zu zwingen. Er wollte wissen, was sie dachte.

Holly antwortete schließlich: „Vielleicht. Wir hatten kaum Gelegenheit, uns richtig kennenzulernen, Fraser. Ich kann mein Leben nicht festlegen, ohne sicherer zu sein."

„Dann werde ich all deine Zweifel ausräumen, Honey. Du wirst schon sehen. Ich werde dich zurückgewinnen, und wenn es das Letzte ist, was ich tue."

Die Fahrstuhltüren öffneten sich, und Fraser trat an Hollys Seite. Dank seines langärmeligen Pullovers und seiner umsichtigen Wortwahl hatte noch niemand geahnt, dass er ein Drachenwandler war. Er musste dafür sorgen, dass es so blieb.

Fraser legte einen Arm um ihre Taille und murmelte: „Iss mit mir. Wir können es als unser erstes echtes Date betrachten."

Als seine Frau lächelte, lockerte sich ein Teil seiner Spannung, als sie losgingen. „Ein erstes Date mit dir zu haben, scheint nach allem etwas lächerlich."

„Du bist diejenige, die wollte, dass wir uns besser

kennenlernen. Wenn es nach mir ginge, würde ich dich und deinen Vater nach Lochguard mitnehmen und es zu meinem Lebenszweck machen, dich jeden Tag lächeln zu sehen."

Holly wandte sich von seinem Blick ab. „Ich würde gerne sehen, wie du das versuchst."

Fraser flüsterte ihr ins Ohr: „Du solltest wissen, dass du niemals einen Drachenwandler herausfordern darfst. Jetzt werde ich es durchziehen müssen."

Seine Frau erzitterte, und Frasers Drache grummelte zustimmend. *Sie hasst uns nicht. Genau wie ich es dir gesagt habe. Sie wird mit uns nach Hause kommen.*

Selbstvertrauen macht es nicht einfach so wahr.

Für mich normalerweise schon.

Holly legte ihren Arm um Frasers Taille, und er vergaß sein Tier. Die einfache Geste ließ seine Herzfrequenz steigen.

Holly sah auf und lächelte ein wenig. „Hast du schonmal Krankenhausessen gegessen?"

„Nein. Warum? Ist es voller geheimer Vitamine oder so?"

Holly schüttelte nur den Kopf, und Fraser begann, sich Sorgen zu machen. Das Mädchen würde ihn doch wohl nicht vergiften.

ZUM ERSTEN MAL seit einer Woche hatte Holly fast den Drachen vergessen, der sie vom Himmel fallen ließ, die Gesundheit ihres Vaters und den Verlust ihres Kindes.

Trotz allem, was über ihrem Kopf hing, fühlte sich Holly schelmisch. Aus welchem Grund auch immer, Fraser MacKenzie konnte sie durch seine bloße Anwesenheit ihre Probleme vergessen lassen.

Ein kleiner Teil von ihr fragte sich, ob sie eine Idiotin gewesen war, das Schlimmste von Fraser und seinem Clan anzunehmen. Doch Holly hatte vor langer Zeit gelernt, vorsichtig zu sein. Der Tod ihrer Mutter hatte sie diese Lektion auf die harte Tour gelehrt.

Nein. Sie wollte nicht zulassen, dass irgendetwas ihr Abendessen mit Fraser ruinierte. Sie konnte ganz sicher eine kleine Pause vom echten Leben gebrauchen.

Holly nickte zu einem Tisch ganz am Ende des Raums. „Setz dich hin und warte auf mich. Das sollte etwas privat sein."

Er grunzte. „Ich bin mir nicht sicher, ob es klug ist, dir zu erlauben, mein Essen auszuwählen."

Sie hob eine Braue. „Es fällt mir schwer zu glauben, dass du ein pingeliger Esser bist."

Fraser blickte auf den Bereich des Cafés, der Essen verkaufte. „Solange es Essen ist."

Sie lächelte. „Manche mögen sagen, dass es das nicht ist, aber es sollte dich nicht umbringen."

Fraser sah wieder in ihre Augen auf. „Der Teil, in dem du ‚sollte' sagst, macht mir Sorgen."

Sie drückte Frasers Seite und deutete mit dem

Kopf auf den Tisch. „Geh schon. Ich bin in einer Minute da."

Nachdem er ihr einen misstrauischen Blick zugeworfen hatte, ging Fraser zur anderen Seite des Raumes.

Als sie ein Tablett nahm und die Auswahl begutachtete, hatte Holly Lust, ein wenig böse zu sein, und wählte die dümmsten Dinge für Fraser und ihre Favoriten für sich selbst. Sie bezahlte und rutschte bald auf den Stuhl gegenüber von Fraser. Ihr Drachenmann rümpfte die Nase. „Das riecht aber nicht gut."

Holly biss sich auf die Lippe, um nicht zu lachen. „So riecht es immer."

Fraser stach mit dem Finger hinein und fragte: „Was ist das?"

„Hör auf, dich wie ein Baby zu benehmen, und probier einfach."

Fraser runzelte die Stirn, aber er nahm eine Gabel und schaufelte ein bisschen Kartoffelbrei darauf.

Als Fraser ein Gesicht zog, ließ Holly endlich ihr Lachen heraus. Ihr Drachenmann knurrte heraus: „Das ist kein richtiges Essen, Holly. Was zum Teufel versuchst du, mich da essen zu lassen?"

Als sie aufhören konnte zu kichern, deutete sie auf Frasers Teller. „Das sind Kartoffeln."

Er ließ seine Gabel mit einem Klirren fallen. „Das sind keine verdammten Kartoffeln. Es ist, als ob jemand Pappe mit einem kleinen Stück Butter gemischt und auf einem Teller serviert hätte." Fraser sah sich ihren Teller mit Fish and Chips an. „Wie wäre es, wenn wir deins teilen?"

Sie nahm sich eine Fritte und steckte sie in ihren Mund. Nicht einmal das Krankenhaus-Café konnte den öligen, salzigen Himmel von heißen Pommes Frites ruinieren. „Die gehören mir." Sie aß noch eine und stöhnte zur Show. „Und sie sind gut."

Fraser knurrte, „Freches Frauenzimmer", bevor er ein paar ihrer Fritten klaute. Nachdem er daran geschnuppert hatte, knabberte er und aß dann das ganze Ding. „Das ist schon besser. Mom hat uns nie Fritten erlaubt. Sie meinte, dass es unsere Drachen fett und faul macht."

Holly antwortete: „Meine Mom war genauso." Sie aß einen Bissen und fuhr dann fort: „Aber einmal im Monat hat sie dem Wunsch meines Vaters nachgegeben, und am letzten Freitag des Monats gab es Fish and Chips."

„Was ist mit deiner Mom passiert?"

Sie ernüchterte ein wenig. Fraser nichts von ihrer Mutter zu erzählen, würde Abstand zwischen ihnen halten. Und wenn sie eine Chance auf eine Zukunft mit ihm wollte, musste sie sich ihm öffnen.

Sie würde Informationen jedoch nur zu ihren eigenen Bedingungen weitergeben. „Das erzähle ich nur, wenn du mir sagst, was mit deinem Dad passiert ist."

Fraser zuckte mit den Schultern, als er ein bisschen frittierten Fisch kaute. „Mein Vater war auf dem Rückflug von einer Jagd nach Hause. Der Idiot beschloss, das Risiko einzugehen, im Sturm zurückzufliegen, und wurde vom Blitz getroffen. Er hat es nicht geschafft."

Holly runzelte die Stirn. „Hatte er einen Grund, nach Hause zu eilen? Ich kann mir nicht vorstellen, dass deine Mom sich mit einem Idioten gepaart hat."

„Aye, er hatte einen Grund. Aber trotzdem hätte er warten sollen. Faye wurde erst am folgenden Tag geboren, nachdem der Sturm vorüber war. Hätte Dad auf einen klaren Himmel gewartet, wäre er wahrscheinlich noch da."

Holly reichte über den Tisch und legte eine Hand auf Frasers Arm. „Manchmal treffen Eltern nicht gerade geniale Entscheidungen, aber ich bin sicher, dass dein Dad es aus Liebe getan hat."

Fraser seufzte. „Aye, ich weiß. Ich war damals erst fünf Jahre alt, aber ich erinnere mich noch bruchstückhaft an meine Eltern zusammen." Er beugte sich vor. „Um ehrlich zu sein, wünschte ich, meine Mom hätte eine zweite Chance gefunden."

Holly lächelte traurig. „Mir geht es genauso mit meinem Dad."

Fraser legte eine Hand über ihre und drückte sie. „Ich habe meinen Teil der Abmachung eingehalten. Jetzt ist es Zeit für deinen. Was ist mit deiner Mom passiert?"

Holly hielt einen Moment inne. Der Gedanke an ihre Mutter machte sie immer traurig, und sie hatte so gut daran getan, ihre Trauer zu vergessen, indem sie Fraser ärgerte. Doch als er sie mit großer Erwartung ansah, entschied sie, dass er es verdient hatte, die Wahrheit zu erfahren. „Ich war zwölf Jahre alt, als alles begann. Meine Mutter war Krankenschwester und hatte immer eine besondere Art, mit den Patienten umzugehen. Auch wenn manche ihre Freundlichkeit mit mehr verwechselten, war das bis Gerry nie ein Problem.

Ich kann mich noch an den Tag erinnern, an dem sie meinem Vater sagte, sie meinte, sie würde jeden Tag nach Hause verfolgt. Das war vor den Handykameras, aber sie schaffte es schließlich, ein Foto zu machen, und ging zur Polizei.

Aber die Polizei war zu der Zeit mit einer lokalen Gang beschäftigt und sagte, sie würden sich später darum kümmern."

Fraser zeigte mit einer Fritte auf sie. „Aber sie haben es nie getan."

Holly schüttelte den Kopf. „Nein. Der Typ kam sogar ein paarmal an die Tür und schien harmlos zu sein. Aber eines Tages kam meine Mom nicht nach Hause, und wir meldeten es der Polizei." Holly atmete tief ein und spie den Rest: „Wir haben fünf Tage lang nichts gehört, und haben sie sie gefunden."

Holly schloss die Augen, um die Tränen zurückzuhalten. Sie war erst dreizehn gewesen, und der Verlust ihrer Mutter hatte sie am Boden zerstört.

Fraser berührte sanft ihren Arm. „Sag's mir,

Mädel. Etwas auszusprechen hilft, die Dämonen zu vertreiben, wie meine Mom immer sagt."

Sie öffnete die Augen und starrte in Frasers blauäugigen Blick, der voller Ermutigung war.

Nachdem sie tief durchgeatmet hatte, kamen die Worte in Eile heraus. „Sie war ermordet worden. Sie haben schließlich DNA-Beweise mit dem Mann verbunden, der sie gestalkt hatte. Er hatte über einen Zeitraum von fünf Jahren zwei weitere Krankenschwestern ermordet. Er hat lebenslänglich bekommen, aber —"

Holly drückte ihre Finger zusammen und ließ los. Fraser beendete ihren Satz: „Aber das reicht nicht annähernd."

„Nein. Ich will, dass er für das bezahlt, was er meiner Mutter und den beiden Krankenschwestern angetan hat. Manchmal frage ich mich, ob mich das zu einem schlechten Menschen macht."

Fraser nahm ihr Kinn zwischen Daumen und Zeigefinger. „Wenn du eins nicht bist, Holly, dann ist das ein schlechter Mensch. Du bist fürsorglich, aufgeschlossen und versessen, anderen zu helfen. Wir alle haben Momente, in denen wir Rache üben wollen. Der Unterschied besteht jedoch darin, dass du das niemals tun würdest, selbst wenn sich die Gelegenheit dazu bietet." Er nahm eine ihrer Hände mit seiner freien und drückte. „Du bringst Leben in die Welt mit deinen Händen. Es fällt mir schwer zu glauben, dass du es mit ihnen beenden könntest."

Holly sah Fraser nur an. Sie hatte gewollt, dass

sie zusammen essen, damit sie ihn besser kennenlernen konnte. Aber irgendwie, trotz ihrer kurzen Zeit zusammen, kannte Fraser sie schon ziemlich gut. Er hatte recht – sie konnte nicht einmal eine Maus töten, geschweige denn einen anderen Menschen.

Während sie noch versuchte herauszufinden, was sie sagen sollte, ließ Fraser ihre Hand los, nahm ein Stück frittierten Fisch und positionierte ihn direkt vor ihren Lippen. „Iss was, Mädel. Du brauchst die Energie."

Niemand hatte jemals versucht, sie zu füttern. Sie öffnete den Mund, Fraser bewegte den Fisch zwischen ihre Lippen, und sie biss zu, ohne den Augenkontakt abzubrechen. Die Handlung war einfach, aber irgendwie intim.

Vielleicht wäre ein Leben mit Fraser MacKenzie gar nicht so schlecht.

Als sie ihr Essen geschluckt hatte, fragte sie: „Wann sehe ich dich wieder?"

Einer seiner Mundwinkel hob sich. „So eifrig, was, Mädel? Ich hatte größeren Widerstand erwartet, um dich für mich zu gewinnen."

Sie zeigte mit einem Finger auf ihn. „Ich habe niemals behauptet, dass du mich erobert hast. Du wirst es schon wissen, wenn das passiert."

Er beugte sich vor. „Aye? Und darf ich einen Hinweis darauf haben, wie man das erkennt?"

Holly aß die letzte Fritte und sammelte den Müll von ihrem Essen. „Du, der Meister im Umwerben von Frauen, brauchst einen Hinweis?"

Ihr Drachenmann knurrte. „Nur bei dir, Holly. Nur bei dir."

„Gut. Ich verspreche, dich auf dem Laufenden zu halten." Sie stand auf und deutete mit ihrem Kopf. „Ich muss wieder zurück." Frasers Pupillen blitzten zu Schlitzen und zurück. Sie sah sich kurz um, aber sie waren immer noch allein im hinteren Teil des Cafés. Sie flüsterte: „Sag deinem Tier, es soll sich beruhigen, es sei denn, du willst verhaftet werden."

Fraser stand auf und lehnte sich zu ihrem Ohr vor. „Dann muss ich wissen, wann ich dich das nächste Mal sehen kann. Ich bin mir nicht sicher, ob ich mich wieder ins Krankenhaus schleichen kann, ohne bemerkt zu werden, vor allem da ich hier niemanden besuche und auch zu keinem Arzt will. Und ich muss dich wiedersehen, Holly." Er streichelte ihre Wange. „Ich brauche die Chance, dich für immer zu gewinnen."

Als sie seinen Blick musterte, verflüchtigte sich ihr Wunsch, ihn zu necken, bei der Sehnsucht seiner Augen. Aus welchem Grund auch immer, Fraser wollte sie.

Vielleicht liebte er sie sogar.

Nein. Sie hatte nicht vor, voreilige Schlüsse zu ziehen und sich das Herz brechen zu lassen.

Sie überlegte, was sie sagen sollte. Doch als seine Pupillen wieder blitzten, beschloss sie, ihm etwas zu geben, oder seine blitzenden Augen konnten von jemandem gesehen werden, der vorbeiging. Sobald die Leute wussten, dass er ein

Drachenwandler war, nahmen sie ihn ihr für immer weg.

Und bei dem Gedanken, Fraser nie wiederzusehen, zog sich ihr Herz zusammen. Sie hatte es in den letzten Wochen gefürchtet, gefürchtet, er würde wegen der Fehlgeburt vorsichtig sein und sie anders behandeln. Aber er hatte sie geärgert und sogar ihr verdammtes Essen gestohlen.

Sie wollte Fraser MacKenzie behalten.

„Mein Vater soll morgen entlassen werden. Leider wird das MDA unsere provisorische Unterkunft überwachen."

Fraser legte eine Hand an ihren unteren Rücken. Sie hatte seine starke, besitzergreifende Berührung vermisst.

Ihr Drachenmann antwortete: „Daran habe ich gedacht." Er ließ sie los, nahm ein billiges Handy aus der Tasche und steckte es in ihre. „Das ist ein nicht rückverfolgbares Telefon mit meiner geheimen neuen Nummer, die darin bereits gespeichert ist. Ruf mich an, wenn du bereit bist, Holly, denn was als Nächstes passiert, liegt in deinen Händen."

Sie öffnete den Mund, aber Fraser drückte einen vorsichtigen Kuss auf ihre Lippen. Bevor sie mehr als seufzen konnte, war Fraser weg.

Holly warf ihren Müll weg und berührte den Ort, an dem Fraser das Telefon verstaut hatte. Es sah so aus, als ob jetzt Holly diejenige wäre, die die Jagd machte.

Und trotz allem, was in ihrem Leben gerade

passierte, freute sie sich darauf. Der nächste Schritt wäre, Melanie Hall-MacLeod zu kontaktieren, um die Dinge in Gang zu setzen.

Holly hatte vielleicht die letzten Wochen darüber nachgedacht, wo ihr Zuhause war, aber jetzt wusste sie endlich, dass es in Lochguard war.

Kapitel Sechzehn

Als Fraser das Auto einige Stunden später auf seinen zugewiesenen Platz in der Nähe des zentralen Kommandogebäudes der Beschützer stellte, klingelte das Handy in seiner Tasche. Mit einem Lächeln nahm er es heraus, um die SMS zu lesen: *Nächstes Mal suche ich den Ort aus. Ich melde mich bald. xxx*

Erleichterung überflutete seinen Körper. Das Essen mit seiner Menschenfrau hatte Fraser dazu gebracht, Holly mehr denn je zu begehren. Nicht nur, weil er daran erinnert worden war, wie schön oder clever sie war. Nein, nur mit ihr zusammen zu sein, hatte ihm den Tag verschönert.

Er war sich zwar ziemlich sicher, dass Holly auch ihre gemeinsame Zeit genossen hatte, doch er hatte sich keine Hoffnungen gemacht. Aber glücklicherweise schien es, als ob seine Menschenfrau ihn auch wollte.

Und wenn er sie das nächste Mal sah, würde er

sich nicht mit Küssen in Form von xxx per SMS zufriedengeben. Er würde ihre Küsse wirklich beanspruchen.

Sein Drache meldete sich zu Wort. *Gut. Holly wird bald uns gehören. Ich gebe der Sache drei Tage.*

Das ist ehrgeizig, Drache. Wir haben noch nicht einmal einen Weg gefunden, ihren Vater hier leben zu lassen.

Irgendjemand wird es tun. Sorg nur dafür, sie nicht wieder zu verschrecken.

Fraser schnaubte. *Ja, weil Holly so leicht zu erschrecken ist.*

Man weiß ja nie. Die Verräter könnten wieder nach ihr suchen.

Auf die Worte seines Drachen hin ernüchterte Fraser ein wenig. *Finn und Grant tun alles, um Informationen über die Drachen zu finden, die uns angegriffen haben. Wenn Holly wieder in Gefahr wäre, würden sie es mir sagen.*

Bist du dir sicher?

Einen Augenblick lang zögerte Fraser. Aufgrund des Gesprächs, das er am Vortag gehört hatte, hatte sich Finn noch nicht entschieden, ob er Holly wieder einladen sollte oder nicht. Sein Cousin wusste vielleicht nicht einmal, dass Fraser das Mädel mehr als alles, was er je in seinem Leben wollte, zurückhaben wollte.

Ein Blick auf die Zeit zeigte ihm, dass es erst vier Uhr morgens war. Sobald Finn wach war, würde Fraser mit seinem Cousin reden und ihn überzeugen, Holly einzuladen. Dann würde er sämtliche Informationen herausholen, die Finn ihm vielleicht vorenthalten könnte. Fraser musste sich überlegen, wie er seine Gefährtin in Zukunft schützen konnte.

Sein Tier meldete sich wieder. *Sie hat noch nicht Ja gesagt.*

Das spielt keine Rolle. Das wird sie.

Sein Drache schnaubte. *Wie ich sehe, bist du auf meine Seite übergegangen. Selbstvertrauen lässt Dinge wirklich geschehen.*

Er wollte seinen Drachen gerade zurechtweisen, als er einen kleinen Stein an die Seite seines Autos schlagen hörte.

Trotz allem, was vor ein paar Wochen in Aberdeen passiert war, war Lochguard seit Monaten sicher. Wäre eine Drohung aufgetaucht, während er weg gewesen war, hätte Finn ihn angerufen.

Ein weiterer kleiner Stein traf sein Auto, und Frasers Neugier war geweckt.

Er öffnete die Autotür langsam, drückte seine Finger zu einer Faust, bereit zuzuschlagen, falls jemand angriff. Sein Drache war ebenfalls in Bereitschaft, falls sie sofort wandeln müssten.

Im Stehen lauschte er auf Geräusche, während er seine Umgebung scannte. Selbst in den frühen Morgenstunden konnte er fast genauso gut sehen wie bei Tageslicht. Aber er sah nur Felsformationen, Cottages und die anderen Clanfahrzeuge, die in der Nähe geparkt waren.

Zentimeterweise näherte er sich dem Heck seines Wagens, als jemand aufsprang und Fraser in den Kiefer schlug. Er flog rückwärts und landete mit einem dumpfen Geräusch auf dem Boden.

Bevor Fraser etwas tun konnte, driftete Fergus' Stimme durch die Luft. „Das war dafür, dass du ein verdammtes Geheimnis vor mir hattest."

Frasers Herz setzte einen Schlag aus. Sein Zwillingsbruder war zu Hause.

Aber es war besser, noch nicht zu eifrig zu klingen. Fraser musste erst herausfinden, wie wütend Fergus auf ihn war.

Fraser rieb sich den Kiefer und setzte sich auf. „Aye, ich denke, das habe ich verdient. Sollte ich mich auf mehr gefasst machen?"

Fergus schüttelte seine rechte Hand. „Ich bin versucht, aber meine Hand tut verdammt weh."

Fraser lächelte. „Du hast immer gesagt, mein Kopf sei aus Stein."

„Und es scheint, als hätte ich recht gehabt." Fergus machte einen Schritt auf ihn zu. „Du hättest mir sagen sollen, dass Holly deine wahre Gefährtin ist, Bruder. Ich wäre euch nicht im Weg gestanden."

Fraser stand auf. „Vielleicht hätte ich das machen sollen, aber sie war möglicherweise deine letzte Chance auf Glück. Und ich wollte dir die Gelegenheit geben, es dir zu schnappen."

Fergus stellte sich direkt vor Fraser. „Aber das war meine Entscheidung, Fraser. Nicht deine."

Er zuckte die Schultern. „Ich weiß nicht, Fergus. Wenn wir trinken, brauchst du mich oft, um deine Entscheidungen für dich zu treffen. Ich habe noch nie solch einen Milchtrinker gesehen."

Fergus runzelte die Stirn. „Ich bin kein Milchtrinker. Die Hälfte der Zeit versetzt du mein Bier mit Wodka oder anderem hochprozentigem Zeug und forderst mich dann auf, das zu trinken."

„Hey, du bist derjenige, der die Herausforderung akzeptiert."

„Nur, weil du mich so lange herausforderst, bis ich es tue."

Als Fraser und Fergus einander anstarrten, grinsten sie beide.

Fraser mochte es nicht laut aussprechen, aber er hatte seinen Zwillingsbruder sehr vermisst.

Fergus schlug ihm auf den Arm. „Jedenfalls für einen Kerl, der so gern viel redet wie du, scheinst du sehr schweigsam zu sein, wenn es tatsächlich darauf ankommt. Du bist ein Idiot. Mach das nicht noch mal."

Erleichterung wusch über ihn. Fraser wusste, dass er und sein Zwillingsbruder sich jetzt wieder vertrugen. „Ich arbeite daran, aye? Die größere Frage ist, warum läufst du im Dunkeln herum?"

„Nun, ich habe vorhin mit Finn gesprochen. Er und Arabella wussten, dass du Holly besuchen wolltest. Das Auto in den frühen Morgenstunden leise auf den Parkplatz zu stellen, ist dein üblicher Trick, also habe ich gewartet. Ich wollte dich sehen, bevor noch etwas passiert. Ich mag keinen Konflikt zwischen uns."

Fraser blinzelte. „Warte mal, Finn und Ara wussten, dass ich nach Inverness gefahren bin?"

Fergus hob eine Braue. „Kennst du Finn überhaupt wirklich?"

„Der Bastard und seine Tricks. Ich werde definitiv später mit ihm reden. Er neigt dazu, uns immer noch als Kinder zu sehen, aber das muss sich ändern. Wir sind achtundzwanzig Jahre alt, um Himmels willen." Fraser lächelte seinen Zwillingsbruder an. „Aber abgesehen davon bin ich froh, dass du wieder zu Hause bist, Fergus. Ich könnte um die Probleme tanzen und so tun, als wäre es nichts, aber ich habe dich vermisst, Bruder."

„Aye, nun, mach nur nichts Dummes, um mich wieder zu vertreiben."

Fraser zwinkerte. „Ich werde mein Bestes geben, obwohl ich nichts versprechen kann." Auch wenn er erleichtert war, dass sein Zwilling ihn nicht hasste, musste Fraser noch etwas anderes ansprechen, also fügte er hinzu: „Aber ich hoffe, du kannst Holly willkommen heißen und sie als Teil der Familie behandeln, wenn sie zurückkommt."

Fergus hob eine Braue. „Dann kommt sie also zurück? Mir ist zu Ohren gekommen, dass sie dich seit zwei Wochen nicht kontaktiert hat. Das hört sich nicht nach einem Mädel an, das sich nach dir verzehrt."

„Sie hat in letzter Zeit viel durchgemacht. Aber sagen wir einfach, ich habe sie überzeugt, mir eine weitere Chance zu geben."

„Ich bin mir sicher, Mom wird das freuen. Seit

einiger Zeit wünscht sie sich heimlich ein Enkelkind."

Ein Anflug von Trauer durchströmte Frasers Körper. „Sie könnte noch eine Weile warten müssen. Finn muss es dir nicht gesagt haben, aber Holly hat das Kind verloren."

Fergus griff Frasers Schulter und drückte sie. „Tut mir wirklich leid, Fraser." Er schüttelte Fraser ein wenig. „Wenn man jedoch deine Prahlerei mit den Mädels in der Vergangenheit betrachtet, bin ich sicher, dass es bald eine andere geben wird."

Fraser und sein Drache knurrten im Einklang. „Erwähne keine anderen Mädels. Sie sind unwichtig. Ich will nur Holly."

Fergus stieß einen Pfiff aus. „Dich hat es aber richtig erwischt, Bruder. Sorg nur dafür, es nicht wieder zu vermasseln."

Fraser öffnete den Mund, um zu antworten, als Grant in Sichtweite kam, der rannte, so schnell seine Beine ihn trugen. Fraser murmelte: „Das ist kein gutes Zeichen."

Grant kam rutschend zum Stillstand. „Gut, dass ich dich gefunden hab'. Ich brauche deine Hilfe, Fraser."

Frasers Magen zog sich zusammen. „Ich schätze, es geht um keinen Notfall im Baugewerbe, also was ist passiert?"

Grant deutete auf das zentrale Kommandogebäude der Beschützer. „Einige der abtrünnigen Drachen halten ein Krankenhaus und seine Insassen in Inverness als Geiseln."

Er atmete tief durch. „Welches?"

„Ich werde nicht um den heißen Brei herumreden. Es ist das, in dem Holly bei ihrem Vater ist", erklärte Grant.

Frasers Drache brüllte. *Wir müssen zu ihr. Sie braucht uns.*

Grant packte seine Schulter. „Denk nicht einmal daran, loszurennen. Ich habe viel Wichtigeres für dich zu tun."

Fraser ballte eine Faust. „Was?"

„Du musst Holly kontaktieren und so viel wie möglich über die Situation herausfinden."

Fergus meldete sich zu Wort. „Stören sie die Funksignale?"

Grant schüttelte den Kopf. „Noch nicht, deshalb müssen wir schnell handeln. Holly wird deine Stimme erkennen und dir hoffentlich vertrauen. Ich muss wissen, wie die Dinge im Krankenhaus stehen. Ich habe Pläne, aber je mehr Details verfügbar sind, desto besser kann ich mir einen Angriffsplan ausdenken." Fraser nahm sein Handy heraus und Grant fügte hinzu: „Nicht hier draußen. Wir brauchen sie auf Lautsprecher, falls Finn oder ich Fragen stellen müssen."

Fraser steckte das Telefon zurück in die Tasche und marschierte zum zentralen Kommandogebäude. „Dann beeil dich. Je länger wir hier draußen herumtrödeln, desto länger ist Holly in Gefahr."

Als sie reinkamen, fragte sich ein kleiner Teil von Fraser, ob seine Leichtsinnigkeit Holly wieder in

Gefahr gebracht hatte. Er war vorsichtig gewesen, als er den Clan verlassen hatte, aber war ihm jemand gefolgt? Oder lagen die abtrünnigen Drachen seit Tagen auf der Lauer?

Fraser ballte die Finger. Was auch immer der Grund war, er würde alles in seiner Macht Stehende tun, um Holly zurück nach Lochguard zu bringen.

Drinnen bellte Grant den verschiedenen Beschützern Befehle zu und gestikulierte dann Fraser zu sich. „Setz dich hierhin, damit wir zuhören können."

Fraser nickte und wartete, bis Emma MacAllister, eine IT-Expertin vom Clan Lochguard, alles eingerichtet hatte.

Während er mit den Fingern trommelte, weigerte er sich, sich ein negatives Ergebnis vorzustellen. Holly war am Leben, und Fraser würde sie und ihren Vater nach Lochguard bringen, mit oder ohne Genehmigung des MDA.

Der Trick wäre nur, Finn von seinem Plan zu überzeugen.

HOLLY SAH ZU, wie erneut ein großer, drachenförmiger Schatten am Fenster vorbeiflog. Der Drache hatte in den letzten zwanzig Minuten immer wieder das Gleiche getan.

Sie weigerte sich, sich vorzustellen, was passieren würde, wenn einer der Drachen vor ihrem Fenster anfing, das Krankenhaus anzugreifen.

Sie wusste, dass sie von einer Gruppe Drachenwandler belagert wurden, aber niemand wollte Details preisgeben. Die Begründung war, dass jemand im Krankenhaus den abtrünnigen Drachen Informationen geben könnte.

Was auch immer der Grund war, Holly hielt es nicht für einen Zufall, dass die Drachen das Krankenhaus, in dem sie sich befand, ins Visier nahmen.

Holly rieb sich die Arme, und ein kleiner Teil von ihr wünschte sich, Fraser wäre noch hier. Dann könnte er Lochguard kontaktieren und um Hilfe bitten.

Sie berührte das Handy in ihrer Tasche. Vielleicht sollte sie Fraser anrufen und hören, was los war. Einen Versuch war es wert.

Einige der Patienten nebenan schrien wieder, und sie seufzte. Es war nicht so, als ob das etwas nützen würde. Als Holly auf die schlafende Gestalt ihres Vaters blickte, war sie froh, dass ihr Vater einen tiefen Schlaf hatte. Das Letzte, was er brauchte, war zusätzlicher Stress.

Nachdem Holly ihr neues Telefon herausgenommen hatte, fand sie Frasers Nummer und drückte auf Anrufen. Das Telefon klingelte einmal, bevor Frasers Stimme in die Leitung kam. „Holly? Geht es dir gut?"

„Im Moment schon. Aber wenn du mir ein wenig mehr über die Drachen erzählen könntest, die um das Krankenhaus herumfliegen und auf den

Dächern sitzen, würde mir das das Leben ein wenig leichter machen."

Frasers Stimme war etwas weniger verzweifelt, als er antwortete: „Dir davon zu erzählen, würde nicht viel dazu beitragen, dein Problem zu lösen."

Sie verdrehte die Augen, obwohl Fraser es nicht sehen konnte. „Du weißt, was ich meine. Das Krankenhaus sagt uns nur, dass die Drachen einen Brief mit einer Warnung überbracht haben – wenn jemand versucht, einen Fuß nach draußen zu setzen, werden die Drachen sie schnappen und die Gebäude angreifen."

Im Hintergrund hörte sie ein Murmeln. Bevor sie fragen konnte, wer das war, antwortete Fraser: „Finn spricht gerade mit dem MDA. Ich sollte in einer Minute mehr Informationen für dich haben. Aber während wir warten, brauche ich zwei Dinge von dir."

„Ja?"

„Erstens — wie hältst du dich?"

„Sei nicht so albern. Ich hab' dir doch gesagt, dass es mir gut geht."

Fraser knurrte. „Ich werde mich nicht dafür entschuldigen, dass ich mir Sorgen um die Frau mache, an der mir mehr liegt als an jedem anderen auf der Welt."

Hollys Herz setzte kurz aus, als sie bei seinen Worten blinzelte. „Was?"

Eine andere männliche Stimme kam über die Leitung, eine, die sie sofort erkannte. „Holly, Fergus hier. Ignoriere das blöde Timing meines Bruders für einen Augenblick und erzähl uns alles, was helfen könnte. Alle hier wollen dich gesund und munter zurückhaben." Er hielt inne und fügte hinzu: „Mich selbst eingeschlossen."

Trotz der Bedrohung vor ihrem Fenster und der möglichen Lebensgefahr überflutete die Erleichterung ihren Körper. Fergus' Worte halfen ihr auch, sie von Frasers Worten abzulenken; sie konnte es sich noch nicht leisten, sie zu vertiefen. „Gut, denn Fraser ist mürrisch, wenn du nicht da bist. Er braucht dich in seiner Nähe."

Fergus lachte schallend. „Als wüsste ich das nicht."

Fraser meldete sich zu Wort. „Hört auf, über mich zu reden, als wäre ich nicht hier. Können wir uns auf die unmittelbare Bedrohung konzentrieren? Du musst mir alles sagen, was du sehen oder hören kannst. Wie viele Drachen, wo befinden sie sich, was tun sie? Es wird uns helfen, dich zu schützen."

Holly strich sich eine lose Strähne hinters Ohr. Zumindest hatte Fraser erkannt, dass gerade nicht der beste Zeitpunkt für Herzensbekundungen war. „Ich bin kein ausgebildeter Soldat oder so, aber ich werde mein Bestes geben. Drachen umkreisen das Gebäude in regelmäßigen Abständen. Ich kann auch einige auf dem Dach des Gebäudes auf der anderen Seite hocken sehen. Ich bin mir sicher, dass sie auf allen Gebäuden sind. Ich habe bis jetzt vielleicht zehn verschiedene gezählt. Oder habe es zumindest versucht. Draußen ist es noch etwas dunkel."

„Gut gemacht, Holly", antwortete Fraser. „Das wird helfen. Sonst noch etwas?"

Sie sah zum Fenster hinaus. „Ich kann einige Bilder mit dem Handy aufnehmen und sie dir schicken, wenn wir fertig sind."

Eine Reihe von Schimpfwörtern füllte die andere Seite der Telefonleitung. Holly runzelte die Stirn. „Fraser? Was ist denn passiert?"

Als die Sekunden ohne Antwort verstrichen, stieg Hollys Herzfrequenz an. Etwas stimmte nicht.

FRASER VERLIEß DIE KONSOLE, auf der Holly über Lautsprecher zu hören war, und betrat Finns persönlichen Raum. „Was meinst du damit, diese Bastarde von Verräter-Drachen wollen Holly im Austausch dafür, dass alle anderen freigelassen werden?"

Finn knurrte. „Lass das nicht an mir aus. Ich wiederhole nur, was mir das MDA gesagt hat."

Fraser fuhr eine Hand durch sein Haar, drehte sich weg und dann wieder zurück. „Sag mir bitte, dass du nicht darüber nachdenkst."

Finn kam näher und schlug Fraser auf den Arm. „Ich werde so tun, als hättest du das nicht gerade gefragt." Finn deutete auf Grant. „Grant hat seine eigenen Pläne, wie er mit den abtrünnigen Drachen umgehen will. Im Moment musst du Holly wissen lassen, was los ist. Das Mädel verdient es, von ihren Forderungen zu hören."

Für den Bruchteil einer Sekunde erwog Fraser, die Wahrheit vor Holly zu verbergen. So wie er seine Frau kannte, würde sie anbieten, sich zu stellen, wenn das bedeutete, dass sie alle anderen retten konnte, insbesondere ihren Vater.

Sein Drache knurrte. *Ich werde nicht zulassen, dass sie das tut.*

„Zulassen" ist nicht gerade das richtige Wort.

Fraser ignorierte sein Tier und sah wieder in Finns Augen. Statt Ärger oder Wut sah Fraser nur Erwartung.

Sein Cousin zählte darauf, dass er seinen Teil beitrug.

„Richtig", murmelte Fraser und ging zurück zum Lautsprecher.

Hollys Stimme war wütend, als sie im Befehlston sagte: „Fraser Moore MacKenzie, wenn du mich hören kannst, sag mir, was zum Teufel los ist."

Fraser atmete einmal tief durch und antwortete ihr: „Wir haben gerade Neuigkeiten reinbekommen."

„Das habe ich gemerkt. Da ich kein überempfindliches Drachenwandler-Gehör habe, wie wäre es, wenn du mir sagtest, was zum Teufel los ist?", sagte Holly zwischen zusammengebissenen Zähnen.

Fraser lehnte sich gegen den Schreibtisch. „Die Drachen, die das Krankenhaus belagern, haben Forderungen gestellt, und Finn hat gerade herausgefunden, welche das sind."

„Und?"

Sein Drache knurrte. *Sag es ihr einfach.*

Fraser schaffte es, es auszuspucken. „Sie wollen dich im Austausch dafür, dass alle anderen freigelassen werden."

„Dann –"

„Denk verdammt nochmal nicht daran, Frau. Sie hätten dich in Aberdeen fast umgebracht. Dieses Mal werden sie es zu Ende bringen."

Obwohl er Holly nicht sehen konnte, konnte Fraser sich nur durch den Ton ihrer Stimme vorstellen, wie sie die Augen zusammenkniff. „Sind alle Drachenmänner so ungeduldig? Was ich zu fragen versuchte, war, wie der Plan aussieht."

Fraser blinzelte, und Finn antwortete ihr: „Holly, Mädel, hier ist Finn. Grant hat einen Plan, euch alle lebend aus dem Krankenhaus zu holen. Ich will nicht mehr sagen, weil die geringe Möglichkeit besteht, dass jemand unserem Gespräch zuhört. Es wird jedoch noch einige Zeit dauern, bis sie eintreffen. Beim ersten Anzeichen von Ärger rufst du uns zurück, hörst du?"

Hollys Tonfall war etwas weniger irritiert. „Natürlich. Aber bevor ich auflege, kann ich privat mit Fraser sprechen?"

„Aye." Finn sah zu Emma MacAllister. „Trenn die Bluetooth-Verbindung, und gib Fraser ein paar Minuten." Dann griff Finn Frasers Schulter und lehnte sich hinunter, um zu flüstern: „Beruhige dein Mädel, aber mach nicht zu lange. Wir brauchen diese Fotos."

Fraser nahm das Handy, nickte und ging aus

dem Zimmer. Sobald er in einem der kleinen, leeren Büros neben dem Flur war, räusperte er sich. „Wir sind allein, Honey. Ich möchte nur sagen, dass du mit all dem erstaunlich gut umgehst.”

Hollys Tonfall war etwas milder, als sie antwortete: „Nun, du warst eindeutig noch nicht mit einer zukünftigen Mutter nach sechsunddreißig Stunden Wehen zusammen. Die Drachen sind nichts im Vergleich dazu.”

„Ja, und hoffen wir, dass ich das auch nie miterleben muss. Meinem Drachen geht es nicht gut, wenn unsere Frau Schmerzen hat.”

Es wurde still, und Fraser wünschte, Holly wäre an seiner Seite. Er war nie sehr gut im Telefonieren; er musste das Gesicht einer Person sehen, um ihre Emotionen einzuschätzen.

Trotzdem wusste er, dass Finn und die anderen die Fotos von Holly brauchten. Also platzte er heraus: „Sei vorsichtig, Mädel. Der Gedanke, dich für immer zu verlieren, macht mir Angst.”

Als Holly nicht sofort reagierte, rieb er die Hand über seinen Nacken. Vielleicht bedeutete sie ihm mehr, als Fraser ihr bedeutete.

Dann kam Hollys sanfte Stimme wieder in die Leitung. „Du musst dich schon viel mehr anstrengen, um mich loszuwerden, Fraser MacKenzie. Ich habe mich bereits entschieden, mit dir zusammen zu sein.”

Sowohl Mensch als auch Tier wollten vor Glück schreien und Holly bitten, für immer ihre Gefährtin zu sein.

Aber angesichts der Umstände hielt er sich zurück. Stattdessen packte Fraser das Telefon fester. „Jetzt, da du das gesagt hast, wird mich nur der Tod daran hindern, dich nach Lochguard zu bringen, Holly Anderson. Pass auf dich auf."

„Das werde ich, Fraser. Wir werden reden, wenn ich zu Hause bin. Jetzt werde ich erst einmal diese Fotos machen."

Die Leitung war tot, und Fraser starrte auf sein Handy.

Trotz allem, was vor sich ging, lächelte er langsam. Holly kam zu ihm nach Hause, und er würde alles in seiner Macht Stehende tun, um sie nicht nur zu beschützen, sondern auch glücklich zu machen.

Kapitel Siebzehn

F raser ging durch den Hauptsaal der Kommandozentrale auf und ab. Hin und wieder blickte er auf den Nachrichtenbericht auf dem Bildschirm an der anderen Seite. Ein Krankenhaus, das von Drachen als Geisel gehalten wurde, war eine zu gute Geschichte, um sie sich entgehen zu lassen.

Doch jedes Mal, wenn er einen der Drachen sah, die das Krankenhaus umkreisten, verkrampfte Fraser seinen Kiefer. Sie waren hinter seiner Frau her.

Sein Drache knurrte. *Wenn das MDA sie nicht bestraft, sollte Finn es besser tun. Sonst ist unsere Gefährtin nie sicher.*

Wenn er nur ein ausgebildeter Beschützer wäre, dann könnte Fraser helfen, sie zu retten. *Glaub mir, Drache, sobald Holly wieder sicher in meinen Armen ist, werde ich die Hölle aufreißen.*

Nicht sofort. Wir sollten sie zuerst festhalten und sicherstellen, dass es ihr gut geht.

Finns Stimme unterbrach seine Gedanken. „Bram wird nicht glücklich sein. Die verfluchten abtrünnigen Verräter ruinieren das gute Image, an dem sein Clan so hart gearbeitet hat."

Fergus meldete sich zu Wort. „Da sind Drachen auf dem Bildschirm, die ich nicht aus Lochguard kenne. Dieses Problem geht tiefer als nur eine Handvoll ehemaliger Angehöriger des Lochguard-Clans. Ich werde es mir, sobald ich kann, ansehen." Irgendwo muss es Informationen geben."

Finn grunzte. „Selbst wenn Drachen aus anderen Clans beteiligt sind, spielt das keine Rolle. Soweit wir wissen, hat der Lochguard-Haufen damit angefangen. Ich versuche nur zu verstehen, warum sie Holly ins Visier nehmen."

Fergus antwortete: „Weil sie das erste Opfer ist, das wir unter deiner Führung hatten, Finn. Die Verräter, die Lochguard im Stich gelassen haben, mochten nie Menschen in unserer Mitte. Schließlich haben sie sich auf die Seite des alten Clanführers gestellt, als er vor zehn Jahren alle Menschen und deren Gefährten aus dem Clan geworfen hat. So ist der winzige Clan von Seahaven entstanden."

Fraser blieb stehen und stellte sich vor Finn. „Das ist jetzt alles nicht wichtig, Cousin. „Hollys Leben steht auf dem Spiel. Rette sie zuerst und kümmere dich dann darum, die Beziehungen wieder in Ordnung zu bringen."

Finn hob eine Braue. „Da ist aber jemand mürrisch."

Er packte sich Finns Hemd und zog seinen Cousin an sich. „Stell dir mal Arabella in diesem Krankenhaus vor, und möglicherweise der Gnade dieser Bastarde ausgeliefert. Ich bezweifle, dass du ruhig und gelassen wärst."

„Wahrscheinlich nicht." Finn sah auf Frasers Hand und der ließ Finns Hemd los. Sein Cousin sah zu ihm auf. „Spar dir deine Wut für den Feind, Junge. Wir brauchen vielleicht noch deine Hilfe."

Frasers Drache meldete sich. *Während wir warten, nenne Finn unsere Forderungen. Kein Grund zu warten. So können wir Holly die Wahrheit sagen, wenn Grant und die anderen sie retten.*

Fraser sah Finns harten Kiefer und neutrale Augen. *Ich bin mir nicht sicher, ob das die beste Zeit ist.*

Mach es, oder ich übernehme die Kontrolle und sage es ihm für dich.

Unsicher, ob sein Drache die Drohung durchziehen könnte oder nicht, entschied Fraser, es einfach auszuspucken. „Natürlich werde ich alles tun, um Holly zu helfen. Aber es gibt da etwas, das du für mich tun musst."

„Oh, aye? Wenn es damit zu tun hat, dass Holly und ihr Vater bei uns wohnen, dann habe ich das bereits geregelt."

Fraser blinzelte. „Wie?"

Finn zuckte die Schultern. „Als du dich gestern Abend rausgeschlichen hast, nachdem du gehört hattest, dass sie das Kind verloren hat, wusste ich, dass du alles für das Mädel tun würdest. Also rief ich Bram an und sprach mit ihm darüber."

Fraser hielt den Atem an. „Und?"

Bevor Finn antworten konnte, gab Faye einen durchdringenden Pfiff von sich, und alle Augen wandten sich ihr zu. Sie deutete auf den Bildschirm. „Sowohl Grant als auch Kai aus Stonefire kommen gerade im Krankenhaus an. Ihr beide müsst euer Gespräch später zu Ende führen."

Finn nickte. „Sie hat recht, Fraser. Wir werden später darüber reden."

Fraser fluchte leise, zwang sich aber zu schweigen. Er wollte nicht riskieren, etwas zu sagen, das er später bereuen würde.

Fraser blickte auf den Bildschirm und sah zu, wie Lochguards und Stonefires Beschützer am NHS-Krankenhaus von Inverness eintrafen.

Sie sollten ihm besser sein Mädel gesund und munter zurückbringen. Fraser weigerte sich, an die Alternative zu denken.

GRANT MCFARLAND SAH über die grüne Haut seines Rückens und überprüfte sie noch einmal. Alle seine Beschützer waren in Position für ihre vom MDA genehmigte Rettungsmission.

Und so sehr er es auch hasste, sich auf die Hilfe eines anderen Clans verlassen zu müssen, hatte auch Stonefires oberster Beschützer, Kai Sutherland, seine Drachen etwa 200 Meter zu seiner Rechten bereit.

Grants Drache meldete sich zu Wort. *Es ist okay, um Hilfe zu bitten. Ich wünschte, du würdest auf Faye hören.*

Faye, die Frau, die du zwei Jahre lang ignoriert hast. Die?

Sein Drache schnaubte. *Ich hatte meine Gründe. Aber sie ist jetzt anders. Ich mag sie.*

Nur weil sie lahm ist und du sie jetzt leicht in einem Flugwettbewerb schlagen kannst.

Nicht nur. Ich glaube, sie hat uns für früher vergeben. Aber ich mochte es nicht, wenn sie uns verhöhnt hat.

Grant bedauerte, Faye vor zwei Jahren wehgetan zu haben. So sehr es ihm missfiel, dass sie verletzt wurde, hatte Grant, der Faye bei der Erholung geholfen hatte, die Beziehung zwischen ihnen verbessert. *Sie könnte es immer noch tun. Ich musste sie fast an einen Stuhl fesseln, damit sie nicht an der Mission teilnahm.*

Ihr liegt etwas an Familie.

Aye, Familie. Lass uns jetzt nicht über unseren Mist reden.

Sein Tier grunzte. *Das ist doch nicht deine Schuld.*

Vielleicht nicht. Aber es ist nie leicht, mit einer Gruppe von Verrätern verwandt zu sein.

Darauf verstummte sein Tier, und Grant verdrängte alle Gedanken an Faye oder Verräter. Inverness sollte in ein paar Minuten auftauchen. Grant konnte es sich nicht leisten, seine erste wichtige Mission als oberster Beschützer zu vermasseln. Nicht nur wegen seines Stolzes, sondern weil ein ganzes Menschenkrankenhaus in Gefahr war.

Als Grant den Rhythmus seiner Flügel beschleunigte, sah er endlich ein paar Drachen, die um ein Gebäude flogen und tauchten. Das musste das Krankenhaus sein, in dem Holly Anderson als Geisel gehalten wurde.

Den Zahlen nach zu urteilen, waren Grant und sein Rettungsteam im Vorteil.

Dennoch hatte er seine Lektion auf die harte Tour gelernt dafür, zu großspurig zu sein, also näherte er sich dem Krankenhaus vorsichtig. Die abtrünnigen Drachen konnten andere mit Waffen positioniert haben, um Grant und sein Team vom Himmel zu holen.

Ein paar Sekunden später konnte er einen grünen Drachen erkennen, den Grant schon sein ganzes Leben lang kannte: Roderick McFarland.

Sein Drache brüllte. *Roderick ist am schlimmsten, weil er unser Onkel ist. Wir müssen ihn vernichten.*

So sehr Grant auch zustimmte, er war der Besonnenere von den beiden. *Wir werden sehen, Drache, wir werden sehen. Die Menschen zu retten hat für uns oberste Priorität.*

Bevor sein Drache etwas anderes sagen konnte, brüllte Grant den Befehl zum Angriff. Kai tat dasselbe.

Grants Team flog in entgegengesetzte Richtungen, die Drachen griffen die Feinde paarweise an. Nun, außer Grant und Kai, die allein kämpfen würden.

Kai nahm es mit dem Drachen auf, der das Krankenhaus umkreiste, während Grant auf dem Weg zu seinem Onkel war.

Roderick entdeckte ihn und knurrte. Selbst ohne Worte verstand Grant die Verachtung seines Onkels für ihn. Schließlich war Grant in Lochguard geblieben, anstatt sich der Hälfte seiner Familie anzuschließen, die Finns Führung abgelehnt hatte. Sie hatten den Clan verlassen, um einen neuen Weg zu beschreiten.

Sein Tier knurrte erneut. *Verräter, alle zusammen.*

Das einzig Gute daran war, dass Grant die Schwächen und Stärken seines Onkels kannte.

Grant tauchte auf Roderick zu und griff nach seinem schwächeren linken Flügel. Aber der ältere Drache fiel gerade rechtzeitig vom Himmel, um dem Stich von Grants Krallen zu entgehen.

Sein Onkel mochte dreißig Jahre älter sein, aber Grant hatte die meisten seiner Tricks von Roderick gelernt. Den älteren Drachen auszuschalten, wäre schwierig.

Grant hatte noch eine andere Ausbildung aus seiner Zeit bei der britischen Armee, auf die er sich verlassen konnte. Er schlug seine Flügel, stieg mehrere hundert Meter in der Luft auf und schwebte. Roderick blieb näher am Boden und beobachtete ihn.

Grant wandte sich von seinem Onkel ab und flog für ein paar Sekunden zum Krankenhaus, bevor er in der Luft umdrehte und seine Flügel und

Gliedmaßen gegen den Körper faltete. Er fiel schnell durch den Himmel.

Sein Onkel hatte kaum angefangen, sich zu bewegen, bevor Grant ihm in den Rücken krachte.

Grant stieß sich von der Haut des anderen Drachen ab und sprang wieder in den Himmel. Grants Angriff und der zusätzliche Stoß nach unten führten dazu, dass Roderick außer Kontrolle geriet und auf den freien Platz in der Nähe des Krankenhausparkplatzes zu stürzte.

Sein Onkel öffnete die Flügel, kurz bevor er zu Boden stürzte. Im nächsten Herzschlag bewegte Roderick sich. Diese Aktion in letzter Sekunde hatte ihm das Leben gerettet.

Grant tauchte hinunter, um seinen Onkel zurückzuhalten, aber im Handumdrehen wandelte sein Onkel in seine menschliche Gestalt und humpelte auf eine nahegelegene Gruppe von Bäumen zu.

Grants Drache knurrte. *Folge ihm. Wir dürfen ihn nicht entkommen lassen.*

Er blickte auf die anderen kämpfenden Drachen und bemerkte, dass sich noch ein paar Verräter dem Streit angeschlossen hatten. *Wir müssen den anderen helfen.*

Nein, wir sollten —

Grant ließ die Dominanz in seiner inneren Stimme deutlich werden. *Hör auf, Drache. Wir können Roderick später jagen. Er ist verletzt und wird nicht weit kommen.*

Während sein Tier noch schmollte, machte

Grant sich daran, seinen Clan-Mitgliedern zu helfen.

Da die meisten Verräter ältere Drachen in ihren Fünfzigern, Sechzigern und Siebzigern waren, bemerkte Grant, dass sich ihre Reaktionszeiten verlangsamten. Alles, was sie tun mussten, war, weitere zehn oder fünfzehn Minuten so weiterzumachen, und ihre Feinde würden sich entweder ergeben oder versuchen zu fliehen.

Entschlossen, niemand anderen entkommen zu lassen, knurrte Grant und tauchte auf seinen nächsten Feind zu.

FRASER SAH IM FERNSEHER ZU, wie Grant es mit einem anderen Drachen aufnahm. Fraser begann zu verstehen, warum Faye den Drachenmann weiterhin unterstützte. Er war wild und geschickt. Fraser wünschte, er könnte die sekundenschnellen Manöver von Lochguards oberstem Beschützer fliegen.

Faye deutete auf den Bildschirm. „Ich würde sagen, dass sich das Blatt wendet." Sie stand da und zeigte auf einen der abtrünnigen Drachen und dann auf einen anderen. „Wenn du genau hinsiehst, stellst du fest, dass die andere Seite müde wird."

Da Fraser im Moment nichts für Holly tun konnte, ging er zu seiner Schwester und drückte ihr sanft den Nacken. „Du wirst bald wieder bei ihnen sein, Faye. Du hast einen tollen Job in Aberdeen gemacht. Ich würde sagen, dass deine Genesung gut voranschreitet."

Faye sah ihn stirnrunzelnd an. „Wenn du nett zu mir bist, hast du immer einen Plan. Was ist es dieses Mal, Fraser Moore?"

„Keine Pläne, Schwester. Kann dein Lieblingsbruder nicht ein bisschen Liebe zeigen?"

Fergus schnaubte. „Ich bin ihr Liebling, Bruder. Das hat sich nicht geändert."

Fraser richtete seinen Blick auf Fergus. „Sobald Holly in Sicherheit ist, stehen du und ich beide vielleicht vor einer kleinen Herausforderung. Der Gewinner wird der Favorit?"

Fergus nickte. „Sollst du haben."

Faye seufzte. „Habe ich etwa gar nichts dazu zu sagen?"

„Nein", sagten Fergus und Fraser gleichzeitig.

Finns Stimme dröhnte: „Genug. Seht! Ich glaube, der Feind gibt auf."

Sie sahen zurück auf den Bildschirm, wo sich die Kameraeinstellung zu einem am Boden gewendet hatte. Sie zeigte Kai und Grant, wie sie jeweils einen Drachen unter sich hielten. Der Winkel wechselte erneut und zeigte ein paar stöhnende Drachen voller Kratzer und Blut.

Keiner von ihnen sah aus wie ein Lochguard-Beschützer. Und Fraser hätte sein Leben darauf verwettet, dass auch keiner von ihnen aus Stonefire stammte.

Finn drückte Arabella an seine Seite. „Solange es keine Verräter im Krankenhaus gibt, müssen wir jetzt nur noch abwarten." Finn begegnete Frasers Blick. „Grant weiß, dass er Holly und ihren Vater herbringen muss, sobald es sicher ist."

Fraser nickte. „Hollys Vater sollte heute entlassen werden, also wird das Krankenhaus dies hoffentlich auch weiterhin tun. Wenn das der Fall ist, werden sie in ein paar Stunden hier sein."

Finn küsste Arabellas Stirn und ließ sie dann los, um zu Fraser zu gehen. „Komm, Cousin. Wir müssen uns unterhalten."

Da er wusste, dass ihn jeder mit Fragen in den Augen anstarren würde, folgte Fraser Finn schnell aus der Kommandozentrale. Als Finn die Tür eines Nebenbüros schloss, sprach er wieder. „Ich habe dir zwar gesagt, dass ich mit Bram über Holly gesprochen habe, aber ich habe dir nicht alles erzählt."

Fraser ignorierte das Trommeln seines Herzschlags. „Spuck es einfach aus, Finn."

Sein Cousin verschränkte die Arme vor der Brust. „Das MDA hat Holly und ihrem Vater nur dann erlaubt, hier zu leben, wenn ihr beide offiziell gepaart seid. Dies muss innerhalb von 72 Stunden nach ihrer Ankunft in Lochguard geschehen."

„Das erscheint mir etwas schnell."

Finn hob eine Braue. „Hast du Bedenken?"

„Nie", knurrte Fraser heraus. „Aber Holly hatte ein paar verdammt schlimme Wochen. Nach dem Sturz vom Himmel, dem Verlust des Kindes und der Geiselnahme in einem von Drachen umzingelten Krankenhaus braucht das Mädel eine Atempause."

Finn seufzte. „Ich wünschte, ich könnte ihr die geben, Fraser. Aber ihr habt drei Tage. Die Paarung muss nur vor mir, Arabella und deiner Familie stattfinden. Wir können später eine große Zeremonie planen." Finn hielt inne und fragte dann: „Meinst du, du kannst ihre Zustimmung bekommen?"

Frasers Drache brüllte. *Natürlich können wir das. Sie ist unsere wahre Gefährtin.*

Dieses Selbstvertrauen schon wieder.

Fraser machte einen Schritt in Finns Richtung. „Ich kann das, aber ich werde Hilfe brauchen. Ich kann das Mädel nicht umwerben und ihre Nerven beruhigen, wenn sie sich Sorgen um ihren Vater macht. Meinst du, du kannst meine Mom und Meg Boyd dazu bringen, sich eine Weile um ihn zu kümmern? Zumindest, bis wir uns gepaart haben? Sie sind beide ungefähr so alt wie er. Ich bin sicher, dass sie sich gegenseitig Gesellschaft leisten können."

Verschlagenheit füllte Finns Augen. „Aye, ich glaube, ich kann Meg und Tante Lorna überzeugen. Ich bin sicher, die beiden Frauen werden um ihn herumscharwenzeln. Schließlich sind ihre beiden Gefährten vor vielen Jahren gestorben."

Knurrend machte Fraser einen Schritt in Richtung seines Cousins. „Wenn ich es genau bedenke, ist das vielleicht doch keine geniale Idee."

„Was ist schlimmer: Holly für immer zu

verlieren oder Tante Lorna in die Nähe eines Mannes in ihrem Alter zu lassen, den sie vielleicht mag?"

Sein Drache meldete sich. *Wen kümmert es, ob Mom auf ihn steht oder nicht? Sie ist jetzt schon so lange allein. Du sagst immer, dass du dir wünschst, sie hätte jemand anderen gefunden.*

Aye, aber nicht den Vater meiner Gefährtin. Außerdem, was wird das MDA sagen?

Spielt das eine Rolle? Sie werden ihm erlauben, auf Lochguard zu leben, wenn wir uns mit Holly paaren.

Sein Tier hatte recht. Aber anstatt es zuzugeben, seufzte Fraser. „Hollys Vater wird ganz schnell die Flucht ergreifen. Ich kann es jetzt schon sehen."

Finn öffnete die Arme und klopfte Fraser auf die Schulter. „Aye, sehen wir uns erst einmal an, wie es ihm geht. Wenn sie ihn in den Wahnsinn treiben, kann ich jemand anderen finden, der sich um ihn kümmert."

Frasers Drache meldete sich. *Es wird gut sein. Hollys Vater braucht auch eine Pause von ihren Sorgen und dem Wirbel. Stell dir vor, wir hätten zwei hübsche Mädels, die sich um unsere Wunden kümmern. Ich würde mich nicht beschweren.*

Ich will nur Holly, also wird dein Traum nicht passieren.

Natürlich will ich Holly. Ich hasse es, wenn du anfängst, alles so wörtlich zu nehmen.

Fraser lächelte über seinen Drachen, und Finn fragte: „Ich nehme an, dein Drache ist auf meiner Seite?"

„Das möchtest du nicht wirklich wissen. Aber ja, wir werden deinen Plan vorerst ausprobieren."

Finn drückte Frasers Schulter. „Gut. Wie wäre es dann, wenn du alles vorbereitest, und ich werde dich informieren, wenn Holly angekommen ist." Fraser blickte zur Tür und fragte sich, ob er gehen sollte, aber sein Cousin fuhr fort: „Ich werde den anderen sagen, wo du hingegangen bist, einschließlich Fergus und Faye. Wenn etwas schiefgeht, wirst du es als Erster erfahren. Das verspreche ich."

Fraser nickte, und sein Tier sprach wieder: *Wir müssen uns beeilen. Es gibt viel zu tun.*

Ich plane ihre Willkommensfeier, nicht du.

Sein Tier schnaubte. *Ich will helfen. Sie ist genauso meine Gefährtin wie deine.*

Schön. Aber Sex muss warten, bis sie bereit ist. Verstanden?

Als sein Tier nichts einwandte, ging Fraser zur Tür. „Danke, Finn. Für alles."

Finn scheuchte ihn mit einer Hand hinaus. „Verschwinde, bevor ich meine Meinung ändere und dir befehle, stattdessen meinen Garten zu bepflanzen. Er ist nur halb fertig."

Fraser grinste. „Du kannst es auch selbst beenden."

Bevor Finn antworten konnte, war Fraser aus der Tür und verließ das Gebäude. Er hatte ein Mädel zu umwerben und nicht viel Zeit zu planen.

Jede Sekunde zählte.

Kapitel Achtzehn

Am Ende des Tages saß Holly in einem Auto auf dem Weg nach Lochguard.

Ihr Vater döste an ihrer Seite. Seine Haut hatte einen zartrosa Farbton, was viel besser war als die Blässe der letzten Woche. Allem Anschein nach besserte sich die Gesundheit ihres Vaters. Das Krankenhaus hatte sogar versprochen, jemanden zu schicken, um die speziellen Krebsbehandlungen ihres Vaters in Lochguard fortzusetzen.

Allein der Gedanke an Lochguard drehte ihr den Magen um. Alles, was sie wollte, wurde wahr. So sehr, dass das Herz in ihrer Brust hämmerte. Ob aus Glück oder Nervosität, sie wusste es nicht. Es war wahrscheinlich eine Kombination aus beidem.

Ja, sie wollte Fraser mehr als jeden anderen Mann in ihrem Leben. Und sie war zuversichtlich, dass ihr Vater auch zu einigen der älteren

Drachenwandler passen würde; Tante Lorna allein würde ihm wahrscheinlich ein Ohr abquatschen.

Aber obwohl sie ziemlich sicher war, dass Fraser sie in der Nähe halten und versuchen würde, sie zu bezaubern, wollte sie nicht, dass es zwischen ihnen wegen der Fehlgeburt Unbehagen gab.

Holly hatte zwei Wochen Zeit gehabt, um damit fertig zu werden. Vielleicht war sie eine der Glücklichen, da die Schwangerschaft so neu gewesen war und sie weniger Zeit hatte, sich zu binden oder hoffnungsvoll zu werden. Aber sie war bereit, Fraser wieder ganz zu haben, sowohl an ihrer Seite als auch in ihrem Bett. Es würde ihr zumindest helfen, neue Erinnerungen zu schaffen, um die alten zu ersetzen.

Und wer konnte schon sagen, ob sie vielleicht nicht irgendwann ein Kind haben würden.

Dann erinnerte sie sich an Frasers Worte: *„Selbst, wenn wir nie wieder ein Kind bekommen, will ich dich immer noch an meiner Seite haben."*

Holly rieb ihre Handflächen an ihrer Jeans und entschied, dass sie Fraser in jeder Hinsicht wollte. Sie würde alles tun, um ihn davon zu überzeugen.

Shay, der junge Lochguard-Beschützer, der ihr als Fahrer zugeteilt war, meldete sich zu Wort. „Wir sind fast da, Miss."

Holly runzelte die Stirn. „Ich habe Ihnen doch schon mal gesagt, Sie können mich Holly nennen. „Miss" klingt, als wäre ich Ihre Lehrerin."

„Wenn Sie meinen, Holly. Sie sollten jetzt jedoch vielleicht Ihren Vater aufwecken. Wenn

Lorna MacKenzie Mr. Andersons Betreuung übernimmt, wird sie zehn Minuten früher dort sein, mit den Zehen tippen und auf uns warten."

Holly lächelte. „Um ehrlich zu sein, ich glaube, mein Vater wird die Aufmerksamkeit genießen."

Die schläfrige Stimme ihres Dads füllte den Wagen. „Ich kann dich hören, Holly. Wer ist Lorna MacKenzie?"

Sie sah zu ihrem Vater. Neugier füllte seine Augen; der Mann wurde nicht gerne im Dunkeln gelassen. „Ich habe es dir schon mal gesagt, Dad. Sie ist Frasers Mom. Wenn du ihre Kinder kennenlernst, wirst du verstehen, wie stark die Drachenfrau ist."

„Oh, aye? Nun, wenn sie mich herumkommandieren will, wird sie eine Überraschung erwarten. Ich bin vielleicht krank, aber ich bin noch nicht tot."

Holly grinste. „Um ehrlich zu sein, denke ich, dass sie Herausforderungen mag. Gib sie ihr, so gut du kannst." Shay schüttelte nur den Kopf auf dem Vordersitz, aber Holly ignorierte ihn und konzentrierte sich auf ihren Vater. „Bist du sicher, dass es in Ordnung für dich ist, etwas bei ihnen zu bleiben? Ich kann die Sache mit Fraser verschieben, bis du bereit bist. Musst es nur sagen. Ich werde dich nicht im Stich lassen, Dad."

Ihr Vater lächelte. „Meinetwegen musst du dir keine Sorgen machen, Holly-Maus. Ich bin ein starker Mann. Der Krebs konnte mich nicht töten.

Da komme ich wohl mit einer kleinen Drachenfrau klar."

Shay hüstelte auf dem Vordersitz, und Holly biss sich auf die Lippe, um nicht zu lachen. „Ich bin sicher, das kannst du, Dad. Ich bin mir sicher, das kannst du."

Ihr Vater berührte ihren Arm. „Ich merke, dass du ihn sehen möchtest, Mädel. Es ist in Ordnung, ein Stück Glück für dich selbst zu nehmen, zumal du so viel aufgegeben hast, um mir zu helfen."

„Es war gar nicht so viel, Dad. Jedes Kind würde dasselbe tun."

Ihr Dad drückte ihren Arm. „Nein, das würden sie nicht. Du bist etwas Besonderes, Holly. Und ich will damit anfangen, mich zu revanchieren, indem ich dir etwas Zeit mit deinem Jungen gebe." Er zwinkerte. „Außerdem hätte ich nichts gegen ein kleines bisschen Aufmerksamkeit von einem Mädel in meinem Alter."

Sie lachte, und Shay bog um die letzte Kurve nach Lochguard. „Wappnen Sie sich. Ich sehe nicht nur Lorna, sondern auch Finn und Meg Boyd. Diese drei sind eine Kraft, mit der man rechnen muss."

Holly ignorierte das Ziepen in ihrem Herzen bei Frasers Abwesenheit. Es musste einen Grund dafür geben, dass er spät dran war.

Um ihren Vater zu täuschen, machte sie ihre Stimme stark. „Ich habe die Sturheit von meinem Vater geerbt. Jeder von uns kann sich einer Herausforderung stellen."

Die Tore öffneten sich, und Shay fuhr das Auto direkt hinein. Nachdem er den Motor abgestellt hatte, öffnete Finn Hollys Tür, während Lorna die ihres Dads öffnete.

Lorna kam Finn zuvor. „Hallo, Mr. Anderson. Mein Name ist Lorna MacKenzie. Willkommen in Lochguard."

Finn murmelte leise: „So viel dazu, dass ich mich um alles kümmern darf."

Lornas Stimme erfüllte erneut die Luft. „Ich kann dich hören, Neffe."

In der Hoffnung, einen Streit zu verhindern, der einen schlechten Eindruck bei ihrem Vater hinterlassen würde, sprang Holly ein. „Wie wäre es, wenn wir zuerst aussteigen und dann die Vorstellung beenden?"

Lorna half Hollys Dad aus dem Wagen, und Finn half Holly. Während Finn sie auf die andere Seite führte, flüsterte er: „Fraser hielt es für das Beste, wenn dein Dad zuerst die älteren Frauen kennenlernt. Er wird bald da sein."

Sie stimmte dem Plan zwar nur zur Hälfte zu, aber sie umrundeten das Auto, und Holly nickte nur. Sie könnte Fraser später zurechtweisen.

Meg Boyd war bereits an der Seite ihres Dads. „Mein Name ist Meg Boyd, und ich werde ebenfalls für Sie da sein."

Ihr Vater grinste. „Zwei hübsche Mädel. Ein Mann könnte nicht glücklicher sein. Sie können mich Ross nennen, und wir sollten Du sagen."

Holly widerstand dem Drang, über die

Mätzchen ihres Vaters zu stöhnen. Das Letzte, was sie sehen wollte, war, dass ihr Vater mit jemandem flirtete.

Meg kicherte. „Ist schon eine Weile her, seitdem man mich hübsch oder ein Mädel genannt hat." Meg versetzte Ross einen Klaps auf die Brust. „Und dann auch noch von einem starken Mann."

Finn verdrehte die Augen. „Entschuldigen Sie, dass Tante Lorna uns nicht richtig vorgestellt hat. Ich bin Finn Stewart, der Clanführer hier. Wenn eine von ihnen Ärger macht, rufen Sie mich an, und ich kümmere mich darum. Ich gehöre zu den wenigen, die sie unter Kontrolle bringen können."

Sowohl Meg als auch Lorna öffneten den Mund, aber Hollys Vater drehte sich um und kam ihnen zuvor. „Vielen Dank für das Angebot, aber ich denke, ich komme mit ihnen klar." Ross blickte zurück auf Lorna und Meg. „Ich bin noch ein bisschen müde von meiner Krankheit. Wie wäre es, wenn ihr Mädels mir zeigt, wo ich übernachten werde, und mir dabei helft, mich einzugewöhnen?"

Holly machte einen Schritt auf Ross zu. „Dad—"

Lorna winkte das mit einer Hand ab. „Das macht mir keine Mühe, Holly. Fraser sollte bald da sein, und ich bin sicher, ihr beide habt viel zu besprechen."

Finn drückte Hollys Schulter und beugte sich hinunter, um zu flüstern: „Ich werde eine Weile die Anstandsdame sein. Es wird schon in Ordnung sein."

Lorna hob eine Braue. „Finlay Stewart, ich brauche ganz sicher keine Anstandsdame."

Hollys Dad meldete sich. „Ich könnte etwas Tee vertragen. Wie wäre es, wenn wir uns alle setzen und ihr drei erzählt mir von dem Clan? Holly hat mir ein wenig berichtet, aber ich bin sicher, ihr drei wisst alles, was es zu wissen gibt. Lochguard ist umgeben von einer gewissen Mythologie. Ich muss herausfinden, was wahr ist und was Schwachsinn." Ihr Dad sah zu Lorna, Meg und schließlich zu Finn. „Ich habe mich bei euch dreien doch nicht geirrt, oder?"

Holly biss sich auf die Lippe. Sie hatte fast vergessen, was für ein Charmeur Ross Anderson sein konnte.

Finn trat an Ross' Seite. „Nein, wir können das alles für Sie regeln, Ross. Kommen Sie. Ich sehe Finn da hinten. Ich bin sicher, dass er und Holly sich für ihr Wiedersehen etwas Privatsphäre wünschen."

Holly blickte in die Ferne, sah aber nichts. Finn musste wieder seine supersensiblen Drachensinne benutzt haben.

Hollys Vater berührte ihre Wange, und sie sah ihm in die Augen. Ihr Vater murmelte: „Halte ihn nicht zu lange fern, Holly-Maus. Ich will den Mann sehen, der dein Herz gewonnen hat."

Sie öffnete den Mund, um zu sagen, dass es noch nicht lange genug für jemanden war, ihr Herz zu stehlen, aber Lorna, Meg und Finn lenkten bereits ihren Vater davon. Finn sah über seine Schulter und zwinkerte.

Als sie mit der Hand gegen ihren Oberschenkel klopfte und in die Richtung blickte, in die Finn zuvor gezeigt hatte, kam ein großer, rothaariger Mann endlich in Sicht, und ihr Herz setzte einen Schlag aus.

Fraser war gekommen.

Sie verdrängte ihre Erschöpfung, vergaß, dass sie den Drachenmann hatte zurechtweisen wollen, und rannte auf ihn zu. Er hatte kaum Zeit, seine Arme zu öffnen, bevor sie in sie sprang. Sie umarmte ihn fest. „Fraser. Du bist hier."

Er legte seine starken Arme um sie. „Natürlich bin ich das, Honey. Ich werde immer auf dich warten."

Sie blinzelte, um die Tränen zurückzuhalten, und zog sich einen Bruchteil zurück, um Fraser in die Augen zu sehen. „Als ich dich zum ersten Mal traf, hätte ich das als nichts anderes als schöne Worte abgetan."

Er hob eine Braue. „Und jetzt?"

„Und jetzt könnte ich nicht glücklicher sein, ihnen zu glauben."

Fraser bewegte eine Hand, um über ihre Wange zu streichen. „Gut, denn ich will keine Zeit mit Streiten verschwenden. Ich werde dich jetzt küssen."

Bevor sie antworten konnte, fielen Frasers Lippen auf ihre. Sobald seine weichen, aber festen

Lippen ihre berührten, schmolz sie gegen ihren Drachenmann.

Sie hatte sich in den vergangenen beiden Wochen gefragt, wie es sich anfühlen würde, Fraser wieder zu küssen. Doch als er knabberte und an ihren Lippen saugte, war seine Berührung sanft. Er hielt sich eindeutig zurück.

Sie zog sich zurück und runzelte die Stirn. „Hör auf, mich zu verhätscheln, Fraser Moore MacKenzie. Du hast ein Mädel, das einen Kuss will. Mach deine Arbeit besser ordentlich."

Fraser schmunzelte. „Und da sagen die Leute, ich sei mutig."

„Fraser."

Im nächsten Atemzug knabberte er an ihrer Unterlippe und drückte die Zunge in ihren Mund. Bei seinem warmen, berauschenden Geschmack stöhnte sie und zog Fraser näher.

Fraser zu küssen, ließ sie den Rest der Welt vergessen. Und sie konnte in diesem Moment etwas Ablenkung gebrauchen.

Doch als sie seine Schultern umklammerte, zog Fraser sich wieder zurück. Holly knurrte: „Ich bin nicht in Stimmung für Spiele, Fraser. Küss mich oder nicht. Entscheide dich, verdammt nochmal."

Einer seiner Mundwinkel hob sich. „Wir haben ein ziemliches Publikum angelockt. Ich war mir nicht sicher, ob du bereit bist, Exhibitionistin zu werden oder nicht."

Holly blickte über ihre Schulter und zählte zehn Drachenwandler, die sie unverhohlen anstarrten. Sie würde sich nicht gerade schüchtern nennen, aber das Letzte, was sie wollte, war, ihr Wiedersehen mit dem Clan zu teilen.

Sie sah zurück zu Fraser und flüsterte: „Dann bring mich an einen privaten Ort. So sehr ich deinen Clan auch liebe, ich will etwas Zeit allein mit meinem Drachenmann verbringen."

„Deinem Drachenmann, was? Das hör' ich gern. Vielleicht sollte ich mir ‚Hollys Drachenmann' auf die Stirn tätowieren. Das hält die Mädels fern."

Sie schüttelte den Kopf. „Allmählich frage ich mich, warum ich überhaupt zurückgekommen bin."

Frasers Grinsen verblasste, und seine Pupillen blitzten zu Schlitzen und zurück. „Mach damit keine Scherze, Holly. Du bleibst bei mir, Ende der Geschichte."

Als sie in seine Augen blickte, war da eine Mischung aus Grimm und etwas anderem, das sie nicht definieren konnte. Was auch immer es war, sie konnte sich nicht überwinden, ihn aufzuziehen. „Wenn du dich nicht in ein Arschloch verwandelst, bleibe ich."

„Gute Antwort."

Fraser trat zurück und griff unter Hollys Beine. Sie quietschte, als er sie eng an seiner Brust hielt. „Ich kann gehen."

Er drückte sie fest an seine Brust. „Ja, aber dann könnte ich nicht das Beste aus meinem Standpunkt machen und das hier tun." Er sah an ihr vorbei auf die Menge. „Hört auf zu gaffen. Holly Anderson ist mein Mensch, und ich teile sie nicht."

Einige Angehörige des Clans jubelten, während andere obszöne Vorschläge schrien. Holly wartete auf ein Aufflammen von Entrüstung, aber es kam nicht.

Sie mochte es, wenn Fraser sie beanspruchte.

Sie verschränkte die Hände hinter seinem Nacken und murmelte: „Genug Angeberei. Bring mich an einen privaten Ort und begrüße mich richtig."

Fraser sah hinunter auf ihren Blick, und Hitze flackerte in seinen Augen. „Bist du dir sicher? Ich kann warten, wenn du Zeit brauchst."

„Ich hatte viel Zeit zum Nachdenken im Krankenhaus. Ein paar Dinge kamen mir immer wieder in den Sinn. Weißt du, was eins von ihnen war?"

Frasers Stimme war rau, als er fragte: „Was?"

Sie lehnte sich näher und flüsterte: „Ich wollte neue Erinnerungen mit dir schaffen, um das Alte zu vergessen. Ich bin jetzt geheilt, und ich will dich, Fraser, und ich will dich jetzt. Die Probleme scheinen uns zu verfolgen, und ich will nicht riskieren, dass dich etwas anderes von meiner Seite stiehlt."

FRASERS HERZ SCHLUG DOPPELT SO SCHNELL. Ein edler Drachenmann hätte seine Frau nach einem anstrengenden Tag nach Hause gebracht, sie verwöhnt und festgehalten, während sie einschliefen.

Aber er war kein edler Drachenmann. Bastard, der er war, war alles, was er wollte, Holly nackt und unter sich.

Sein Tier meldete sich zu Wort. *Sie will neue Erinnerungen. Gib ihr, was sie will.*

Aber es ist zu früh.

Sein Drache schnaubte. *Du liebst das Mädel auf jeden Fall, wenn du bereit bist, auf Sex zu verzichten, wenn er dir angeboten wird.*

Bei der Erwähnung von Liebe drehte sich Frasers Magen um. *Das kann nicht sein. Wir kennen sie noch nicht sehr lange.*

Und? Du bist ein unbesonnener Mann, du solltest wissen, dass Dinge nicht immer nach einem Zeitplan passieren.

Hollys Stimme war etwas weniger sicher, als sie flüsterte: „Fraser, wir können warten, wenn du nicht bereit bist. Es ist okay."

Fraser sah ihr in die Augen und entdeckte Bedenken.

Er fing an, auf ihr Cottage zuzulaufen. „Ich werde dich wenigstens nach Hause bringen. Dann werden wir sehen, was von dort aus geschieht."

Als Antwort legte Holly ihren Kopf an seine Brust, und Fraser fragte sich, ob er das Falsche gesagt hatte.

Sein Drache knurrte. *Sag ihr, wir wollen sie und nur sie. Das sollte sie nie anzweifeln.*

Du bist aufdringlich.

Das ist, weil du ein Idiot bist.

Anstatt seinem Drachen zu antworten, sagte Fraser zu Holly: „Ich will dich, Holly. Jede Sekunde jedes Tages, den wir getrennt waren, wollte ich dich mit jeder Faser meines Wesens. Aber du hast gesagt, du willst mich besser kennenlernen, und ich versuche, dir die Gelegenheit zu geben, Honey."

Holly festigte den Griff an seinem Hals. „Ich war ein Narr. Ich wurde schon zweimal von einer Gruppe abtrünniger Drachenwandler angegriffen, Fraser. Und in jedem Fall hast du alles getan, was du konntest, um mir zu helfen. Und selbst als du nicht an meiner Seite warst, wünschte ich, du wärst es gewesen." Sie lehnte ihren Kopf zurück, und Fraser blickte kurz nach unten. „Ich will dich jetzt, Drachenmann. Wenn wir noch länger warten, könnte jemand wieder angreifen, und ich habe vielleicht nie die Chance, deinen nackten Körper zu erkunden."

Er festigte seinen Griff. „Niemand wird dich von hier entführen. Wenn sie es versuchen, müssen sie sich mit mir auseinandersetzen."

„Das ist eine nette Einstellung, aber vergisst du nicht das MDA?"

Fraser erreichte ihr Cottage und setzte Holly sanft auf die Füße. Er öffnete schnell die Tür, eilte mit ihr hinein und schloss sie.

Er beschloss, Holly einfach die Wahrheit zu sagen. Nach allem, was mit Fergus passiert war, wollte Fraser keine Geheimnisse mehr. „Ich habe einen Weg, wie du bleiben kannst, Holly. Ich wollte warten, um es dir zu sagen, aber ich will keine Geheimnisse vor dir haben. Zumindest keine großen. Ich habe vor, dir im Laufe der Jahre viele Überraschungen zu bereiten."

Sie neigte den Kopf. „Bevor du anfängst, unsere Zukunft zu planen, wie wäre es, wenn du mir sagtest, wie ich bleiben kann?"

Er strich über ihre Braue. „Wenn wir die Paarungszeremonie innerhalb der nächsten einundsiebzig Stunden und fünfzig Minuten durchführen, könnt du und dein Vater für immer in Lochguard bleiben." Er berührte ihre Wange. „Aber du hast drei Tage, um darüber nachzudenken, Holly. Es ist eine große Entscheidung, und ich werde ganz offen sein – mit uns zu leben wird nicht einfach sein. Mit den abtrünnigen Drachenverrätern, den Drachenjägern, den Drachenrittern und der allgemeinen Abneigung der überwiegenden Mehrheit der Menschen wird dein Leben verdammt schwierig werden."

Holly legte eine Hand an seine Brust, und Frasers Herz setzte einen Schlag aus. Er hatte die sanfte Berührung ihrer Finger vermisst.

Seine Frau flüsterte: „Ich kann alles ertragen, solange du an meiner Seite bist, Fraser MacKenzie. Ich trage meine Last seit drei Jahrzehnten allein. Und dann kam dein charmantes Selbst, und alles, woran ich denken kann, ist, alles mit dir zu teilen– Vergangenheit, Gegenwart und Zukunft." Sie hielt inne und lehnte dann ihr Gewicht gegen ihn. „Nicht nur das, sondern dass ich mir deine Arme um mich herum vorgestellt habe, während ich im Krankenhaus lag, gab mir die Kraft, ein besserer Mensch zu sein und mich der Bedrohung zu stellen." Holly bewegte ihre freie Hand an seine Wange und schmiegte sie an ihn. „Ich glaube, ich liebe dich, Fraser MacKenzie. Und ich werde dich niemals gehen lassen, also solltest du dich besser daran gewöhnen, dass ich hier bin."

Fraser hörte auf zu atmen. Hollys Worte ließen einen besitzergreifenden Rausch von Zärtlichkeit und Verlangen durch seinen Körper fließen.

Trotz seines Versagens, sie zu beschützen, wollte Holly ihn.

Sowohl Mensch als auch Tier brüllten vor Glück.

Sein Drache meldete sich. *Hör auf, dagegen anzukämpfen, und sag ihr einfach die Wahrheit. Sie wird sich mit uns paaren wollen.*

Fraser hatte das Nachdenken über die Liebe aufgeschoben, weil er sich nicht sicher war, ob Holly genauso empfand. Er war kein Drachenmann, der den Begriff leichtfertig benutzte. Verdammt, vor einem Jahr hatte ihm der Gedanke an die Liebe noch Ausschlag beschert.

Doch als er Hollys honigfarbene Augen musterte, gab es keine andere Frau, die er mehr wollte. Er würde sein Leben geben, um sie zu beschützen.

Er zog sie näher heran und lehnte sich nach unten, bis ihre Lippen weniger als einen Zentimeter von seinen entfernt waren. „*Du glaubst*, du liebst mich? Ich bin mir nicht sicher, ob mir die Antwort gefällt."

„Fraser —"

„Ich liebe dich mit meinem ganzen Wesen, Holly Anderson. Und ich denke, es wird Zeit, es dir zu zeigen. Dann wirst du vielleicht von ‚glauben' zu ‚Hals über Kopf' in mich verliebt übergehen."

Bevor seine Frau etwas sagen konnte, küsste Fraser sie.

Kapitel Neunzehn

Als Frasers Lippen ihre berührten, stöhnte Holly und akzeptierte seine Zunge.

Fraser liebte sie. Sie konnte es kaum glauben.

Sie drückte seine Schultern, aber trotz Frasers Geschmack im Mund und ihrer Nägel in seiner Haut reichte es nicht annähernd. Sie musste Frasers heiße Haut an ihrer fühlen. Sie wollte angemessen beansprucht werden.

Holly unterbrach den Kuss und murmelte: „Zieh deine Kleider aus."

Frasers Pupillen blitzten zu Schlitzen und zurück. „Ich mag ein Mädel, das weiß, was es will."

„Dann beeil dich, denn ich will dich innerhalb der nächsten sechzig Sekunden nackt und in mir."

Mit einem Knurren trat Fraser zurück und riss sein Hemd runter. Hollys Blick fiel auf die muskulösen Ebenen seiner Brust. Als seine Hände zu seiner Jeans gingen, bemerkte sie die

beeindruckende   Wölbung   an   seinem
Reißverschluss.

Die Erinnerung an Frasers harten Schwanz in
sich während des Paarungsrausches ließ sie feucht
werden.

Frasers   raue   Stimme   unterbrach   die
Erinnerungen, die in ihrem Kopf spielten. „Wenn
du mich weiter so ansiehst, halte ich nicht lange
durch, Honey."

Sie sah ihm wieder in die Augen. Die blitzenden
Pupillen machten ihr keine Angst; wenn überhaupt
erhöhten sie den Puls zwischen ihren Schenkeln.
„Ich bin sicher, wenn das der Fall ist, werde ich
deinen   Drachen   bitten,   dir   bei   deinem
Durchhalteproblem zu helfen."

Mit einem Knurren kam Fraser zu ihr und
packte ihre Handgelenke. „Ich denke, für diese
Bemerkung musst du ein wenig geneckt werden."

Bei der Hitze in seinen Augen hämmerte Hollys
Herz in ihrer Brust. „Es kommt darauf an, was für
eine Art von Neckerei."

Er bewegte ihre Hände hinter ihren Rücken
und nahm sie beide mit einer Hand. Er bewegte
die andere nach vorn und zeichnete die
Schwellung ihrer Brust nach. „Ein bisschen
hiervon."

Er streichelte in langsamen Kreisen einen
harten Nippel durch ihr Oberteil. Jedes grobe
Streicheln machte ihre Knie schwach, und es wurde
schwieriger zu stehen.

Fraser entfernte seinen Finger, und Holly öffnete

den Mund, aber er war schneller als sie. „Und etwas davon."

Er verfolgte langsam ihre Unterlippe mit dem Daumen. Ihre Lippen waren bereits geschwollen vom Küssen, aber als er hin und her strich, machte die Reibung seiner Schwielen an ihrer weichen Haut sie noch empfindlicher.

Kein Mann hatte ihren Körper je vor Hitze erröten lassen, indem er nur ihre Unterlippe gestreichelt hatte. Aber Holly konnte nicht widerstehen zu stöhnen.

In Finns Augen blitzte Zustimmung auf. „Und vielleicht etwas davon."

Er bewegte eines seiner Knie zwischen ihre offenen Beine und stieß gegen ihre Klitoris. Der Druck sandte einen Lustfaden durch ihren Körper. Als er es wieder tat, lehnte sie sich nach vorn auf sein Bein, um gestützt zu werden.

Es lag ihr auf der Zunge, ihn anzuflehen, mit der Neckerei aufzuhören und seinen Schwanz zu benutzen, aber sie wollte ihm diesen Sieg nicht gönnen. Zumindest noch nicht.

Denn wenn sie es tat, würde er immer versuchen, sie zum Betteln zu bringen.

Nicht, dass das etwas Schlechtes wäre, aber sie wollte sein Ego noch nicht füttern.

Sie sah ihn mit schweren Lidern an und murmelte: „Ist das das Beste, was du hast, Drachenmann?"

Mit einem Knurren streckte Fraser eine Kralle aus und schnitt ihr Oberteil und ihren BH vorsichtig durch. Bevor sie mehr als quietschen konnte, hatte er ihre Brust genommen und saugte die Brustwarze in seinen Mund.

Jedes Saugen schoss geradewegs zwischen ihre Beine. Sie musste unwillkürlich „Fraser" sagen.

Auf seinen Namen hin biss er sie sanft, während er mit seinem Oberschenkel gegen ihre Klitoris drückte. Die doppelte Empfindung brachte sie fast zum Kommen; Lichter tanzten bereits hinter ihren Augen. Ein letzter Stoß mit seinem Knie wäre genug.

Fraser ließ ihren Nippel los und entfernte sein Bein. Holly schrie auf: „Nein!"

Ihr Drachenmann öffnete den Knopf und den Reißverschluss an seiner Hose. „Ich denke, wir müssen dafür sorgen, dass du nass genug für mich bist, Liebes. Denn wenn du kommst, will ich dich um meinen Schwanz spüren."

„Du bist —"

Fraser tauchte seine Hand in ihren Slip und stieß einen dicken Finger in sie hinein. Sie liebte die Art und Weise, wie er sich in ihrer Pussy anfühlte.

Er beugte sich vor, um sich an ihre Wange zu schmiegen. „Ich muss wohl gute Arbeit leisten. Du bist ja klitschnass für mich. Genauso, wie es sein sollte." Er bewegte wieder seinen Finger. „Du gehörst mir, und am Ende der Nacht wirst du das mit jedem Muskel in deinem Körper verstehen."

Er bewegte sich zurück, um ihr in die Augen zu sehen. Holly sollte ihn beschimpfen oder streiten.

Sonst würde der Kopf des Drachenmanns zu groß werden.

Aber bei all dem Verlangen und der Liebe, die in seinen Augen erstrahlten, schrie sie: „Genug geredet, Fraser MacKenzie. Zeig mir mit deinem Körper, wie sehr du mich liebst. Dann werde ich glauben, dass du mich wirklich willst."

Fraser knurrte: „Ich werde dich immer wollen, Holly. Aber ich bin bereit für die Herausforderung. Ich denke, es ist an der Zeit, dir zu zeigen, wie sehr ich dich liebe."

Als Frasers Pupillen blitzten, beschleunigte sich Hollys Herzfrequenz noch mehr. Sie hatte gerade einen Drachenmann verspottet.

Manche mochten Angst haben, aber ihr kribbelte in Erwartung dessen, was er als Nächstes tun würde, jeder Nerv.

FRASERS DRACHE HÖRTE NICHT AUF, in seinem Kopf zu brüllen. *Sie ist nass und fleht uns an, sie zu ficken. Warum zögerst du?*

Weil ich will, dass sie sich für immer an diesen Tag erinnert. Das ist der Tag, an dem Holly Anderson mit Leib und Herz zu der meinen wird.

Mir gefällt diese romantische Seite nicht. Fick sie bald, oder ich übernehme.

Nein.

Bevor sein Tier antworten konnte, baute Fraser eines der aufwendigen Labyrinthe, die er in den letzten Wochen perfektioniert hatte. Sein Tier würde mindestens eine Stunde brauchen, um den Weg hinauszufinden.

Fraser wollte jeden Moment dieser Stunde ausnutzen.

Er nahm seine Hand von Hollys Pussy und riss die zerfetzten Reste ihres Oberteils und BHs herunter. Die Aktion beschleunigte Hollys Atmung, aber anstatt sie zu berühren, starrte er nur auf ihre blassen Brüste.

Brüste, die nie wieder von einem anderen Mann gesehen werden würden.

„Fraser."

Er sah Holly in die Augen. „Zieh deine Schuhe und Jeans aus, oder ich werde sie dir auch wegreißen."

Holly benetzte ihre Lippen und entfernte einen Schuh und dann den anderen. Als sie sich langsam aus ihrer Hose schob, wackelten ihre Brüste, als ob sie ihn noch mehr locken wollten. Nur weil er seine Finger zusammendrückte, streckte er nicht die Hand aus, um sie zu fühlen. Er wollte sie zuerst nackt. Dann würde er sie berühren.

Und oh, wie er sie von der Brust über den Po bis zum Oberschenkel necken und streicheln wollte.

Holly kickte den letzten Rest ihrer Kleidung weg und versuchte zu gehen. Fraser packte ihre Taille und drückte sie an die Wand, ihren Rücken an seine Vorderseite. Er küsste ihren Hals, bevor er gegen ihre Haut murmelte: „Wo willst du denn hin?"

„Ich dachte, Drachen jagen ihre Beute gern."

„Das tun wir." Nachdem er an ihrem Hals geknabbert hatte, bewegte er eine Hand um eine ihrer Brüste und drückte sie. „Aber wir können nachher Fangen spielen. Jetzt werde ich erst einmal das hier machen."

Er ließ ihre Brüste los, nahm ihre Hüften und zog sie ein wenig zurück, damit er seinen Schwanz in sie hineinstoßen konnte. Holly stöhnte, und mehr Ermutigung brauchte er nicht, um zu sagen: „Ich werde dich hart nehmen, Holly. Ich kann nicht zulassen, dass du daran zweifelst, wie sehr ich dich will."

Sie hielt ihre Unterarme gegen die Wand und wackelte mit der Hüfte gegen ihn. „Hör auf zu reden, und fick mich endlich."

Fraser zog sich raus und rammte wieder hinein. „Das ist mein Mädel."

Sein Drache schlug gegen das Dach des Labyrinths. Der ganze Aufbau tötete sein Tier.

Aber selbst ohne seinen Drachen war Fraser damit fertig, es hinauszuzögern.

Es war an der Zeit, Holly als seine Frau zu brandmarken.

Als er ihre Hüften führte, bewegte er sich in einem schnellen, gleichmäßigen Rhythmus hinein und heraus. Bei jedem Stoß klatschten seine Eier gegen Hollys Fleisch, und das Geräusch trieb ihn dazu, schneller zu machen.

Sie spannte ihre inneren Muskeln an, als er sich bewegte, und er knurrte. „Hör auf!"

„Niemals."

Sie stöhnte, als er härter pumpte. Dann ließ sie los und packte ihn fester. Verdammt. Das Luder wollte ihn dazu bringen, vor ihr zu kommen, und er wollte nicht zulassen, dass das passierte.

Fraser schlang eine Hand um ihre Taille und fand ihre Klitoris. Er rieb in rauen, schnellen Kreisen, und Holly lehnte sich mehr gegen die Wand. „Bastard. Du schummelst."

Er erhöhte den Druck gegen ihre Klitoris und hörte nicht auf, in und aus ihrer Pussy zu stoßen. „Ich werde alles tun, was nötig ist, um meine Frau zuerst kommen zu lassen."

Er drückte kräftig gegen ihr empfindliches Nervenbündel, und Holly schrie. Als ihre inneren Muskeln seinen Schwanz packten und freiließen, knirschte er mit den Zähnen. Er war noch nicht bereit zu kommen. Er musste trotzdem einen Eindruck auf seine Gefährtin machen.

Er wollte, dass sie nie daran zweifelte, wie sehr er sie wollte. Verdammt, wie sehr er sie liebte.

Holly war seine perfekte Partnerin.

Als Holly gegen die Wand schmolz, zog Fraser sich raus und drehte sie herum. Der benebelte Ausdruck in ihren Augen streichelte das Ego von Mensch und Tier. Er lächelte.

Sie runzelte die Stirn. „Warum hast du aufgehört?"

Er knabberte an ihrer Unterlippe. „Weil ich gerade erst anfange."

Fraser hob seine Frau hoch, ging zum Sofa und setzte sie auf die Rückenlehne. Holly blinzelte. „Ist das wieder ein Rausch? Ich dachte, es gäbe nur einen."

Als er seinen Schwanz an ihrem geschwollenen Schlitz rauf und runter strich, murmelte er: „Nein, das ist kein weiterer Rausch." Er tippte mit dem Kopf seines Schwanzes gegen ihre Klitoris. „Aber ich werde nie genug von dir bekommen, Holly. Niemals."

Dann stieß er wieder in sie und zog sie an sich. Holly schlang ohne ein Wort ihre Beine um seine Taille. „Ist das ein Versprechen?"

Er senkte sich auf ihre Lippen. Als er ihren Mund verschlang, schob Holly ihre Finger durch sein Haar und drückte ihre Brüste gegen seine Brust. Die harten Spitzen ihrer Brustwarzen ließen seinen Schwanz einen Tropfen Vorsamen freisetzen.

Sein Drache brüllte frustriert im Labyrinth. *Bald, Drache. Ich bin fast fertig.*

Er legte seine Arme um Holly und streichelte seine Zunge weiter gegen ihre.

Dann bewegte Holly ihren Unterleib einen Bruchteil, und Fraser knurrte. Die Menschenfrau versuchte, ihn zu necken.

Er unterbrach den Kuss und packte ihre Hüften, um sie ruhig zu halten. „Ich hoffe, du bist bereit für mehr, Holly. Denn diesmal werde ich mich nicht zurückhalten."

Aufregung blitzte in ihren Augen. „Gut. Weil ich dich immer ganz will, Fraser MacKenzie. Denk daran."

„Du bist so verdammt perfekt. Ich kann nicht glauben, dass du mir gehörst."

Er nahm wieder ihre Lippen und hielt ihre Hüften in Position, während er zu einem schnellen, harten Rhythmus überging. Holly grub ihre Nägel in seine Kopfhaut, um ihn zu ermutigen, und Fraser pumpte härter.

Er wagte es, eine Hand loszulassen und versetzte ihr einen Klaps auf den Po, bevor er ihn packte. Er konnte es kaum erwarten, ihren weichen Arsch an seiner Haut zu spüren, wenn er sie später wieder von hinten nahm.

Hollys Hände bewegten sich an seinen Po. Sie schlug ihn ebenfalls, bevor sie seine festen Hügel umklammerte.

Er war sich nicht sicher, ob er knurren oder lachen sollte.

Dann kreiste Holly ihre Hüften, und er konnte nicht anders, als den Kuss zu unterbrechen und zu sagen: „Verdammt, Frau, versuchst du, mich umzubringen?"

Mit ihren geröteten Wangen und von den Küssen geschwollenen Lippen nahm Holly ihm den Atem. „Vielleicht später."

Oh ja. Hollys wahres Ich kam heraus, wenn sie nackt war.

Der Druck baute sich an der Basis seiner Wirbelsäule auf, also griff Fraser zwischen sie und kreiste um ihre Klitoris.

Holly schloss die Augen. „Ja, härter."

Er hielt seine Hand still. „Sieh mich erst an."

Sie öffnete die Augen, und das Verlangen und Bedürfnis in ihnen stieß ihm die Luft aus der Lunge.

Im nächsten Moment kniff er ihre Klitoris, als er kam. Jeder Samenstoß bescherte Holly einen neuen Orgasmus. Ihre Lustschreie verlängerten seine Erlösung.

Als Fraser endlich seinen letzten Tropfen vergoss, umarmte er Holly und hielt sie einfach fest.

Ihre Atemzüge kamen stoßweise und schnell. Doch als Hollys süßer weiblicher Duft seine Nase füllte, kam ein Gefühl der Ruhe über ihn. Die Frau vor sich in diesem Cottage zu nehmen, fühlte sich einfach richtig an. Er konnte sich nicht vorstellen, mit jemand anderem ein Leben aufzubauen oder alt zu werden.

Und nicht nur wegen seines Dracheninstinkts. Holly fiel nicht auf seinen Charme herein, aber sie hatte einen Sinn für Humor, der mit seinem mithalten konnte. Sie war klug, mutig und das schönste Mädel, das er je gesehen hatte.

Daher fühlte es sich natürlich an, zu sagen: „Ich liebe dich, Holly."

Ohne zu zögern, kuschelte sich seine Frau an seine Brust und antwortete: „Ich liebe dich auch, Fraser."

Er schmunzelte. „Du hast also den ‚Ich glaube'-Teil fallen lassen, ja?"

Sie schlug ihm auf den Po. „Manche könnten sagen, dass das den Moment irgendwie ruiniert hat."

Fraser lehnte sich zurück, um ihr in die Augen zu sehen. „Und was denkst du?"

Sie grinste. „Ich finde, es passt perfekt dazu. Ändere niemals, wer du bist, Fraser, denn das ist der Mann, in den ich mich verliebt habe."

„Gute Antwort, Honey. Gute Antwort." Er gab ihr einen vorsichtigen Kuss. „Also, heißt das, dass du meine Gefährtin wirst?"

Sie runzelte die Stirn. „Habe ich das nicht schon beantwortet?"

Er schob ihr eine feuchte Strähne aus dem Gesicht. „Du hast mir nie wirklich eine Antwort gegeben. So sehr ich es auch zu schätzen weiß zu hören, dass du mich liebst, ich brauche ein Ja oder Nein."

Einer ihrer Mundwinkel hob sich. „Du bist also die Art von Drachenmann, die alles genau ausgedrückt haben muss?"

„In diesem Punkt, ja. Denn ich wage es nicht, zu hoffen oder die Zukunft zu planen, bis ich ein klares ‚Ja, ich werde deine Gefährtin sein, Fraser' von dir höre."

„Hey, so höre ich mich gar nicht an."

Er küsste sie auf die Nase. „Doch, tust du, aber trotzdem liebe ich dich."

„Du bist manchmal anstrengend, Fraser MacKenzie."

Er grinste. „Das sagt mir meine Familie auch ständig."

Holly schlang ihre Arme um seinen Hals und neigte den Kopf. „Ich werde dich paaren."

Freude schwoll in seinem Herzen an. Er war sich ziemlich sicher gewesen, dass sie Ja sagen würde, aber die Worte zu hören, machte ihn so glücklich, wie er es noch nie in seinem Leben gewesen war.

Fraser beugte sich nach unten, um sie zu küssen, aber sie schüttelte den Kopf. Er runzelte die Stirn. „Warum schüttelst du den Kopf, wenn du gerade Ja gesagt hast?"

„Weil du mich nicht zu Ende hast reden lassen. Ich werde dich paaren, aber nur unter einer Bedingung."

Er knurrte: „Was ist das für eine verdammte Bedingung?"

„Ich muss mich mit deiner Familie treffen und sicherstellen, dass alles in Ordnung ist."

„Natürlich ist alles —"

Sie unterbrach ihn. „Sie sind ein wichtiger Teil von dem, was du bist. Damit du glücklich bist, brauchst du sie. Lass uns morgen mit ihnen zu Mittag essen gehen, und du kannst gleichzeitig meinen Dad kennenlernen. Wenn sich alles richtig anfühlt, dann werde ich dich vor allen als den meinen beanspruchen."

„Ich kann mir nicht vorstellen, wie du mich hochhebst und wegschleppst."

Sie seufzte. „Nicht alle müssen zum Neandertaler werden, um jemanden zu beanspruchen."

Er versetzte ihr einen Klaps auf ihren Po. „Ich

bin mir nicht sicher, warum du dich beschwerst. Ich weiß, es gefällt dir."

„Ich habe Angst, das zu bestätigen oder zu leugnen. Dein Ego ist heute schon ziemlich groß."

Er lehnte sich nach unten und knabberte seitlich an ihrem Hals. „Dann muss ich vielleicht andere Wege finden, um dich dazu zu bringen, meine Frage zu beantworten."

Eine Warnung klang in ihrer Stimme. „Fraser."

Er schmunzelte. „Nicht jetzt. Ich mache es, wenn du es am wenigsten erwartest. Im Moment muss ich dich füttern. Dein Magen knurrt ununterbrochen, und mein Drache mag das nicht."

Holly zog sanft an seinen Haaren, und er bewegte sich, um ihr in die Augen zu sehen. „Verhalten sich alle Drachenwandler so? Als könnte ich nicht auf mich selbst aufpassen?"

Er runzelte die Stirn. „Natürlich kannst du dich um dich selbst kümmern. Aber ein guter Mann hält seine Frau glücklich. So wird sie ihn nicht verlassen."

Lächelnd berührte sie seine Wange. „Gute Antwort. Aber wenn ich sage, dass ich etwas tun will, dann werde ich es tun. Das wird mich glücklich machen. Verstanden?"

Sein Drache knurrte im Labyrinth, und Fraser stimmte seinem Tier zu. Aber er müsste wahrscheinlich jeden Tag für den Rest seines Lebens mit seiner Menschenfrau Kompromisse eingehen. Trotz der vor ihm liegenden Herausforderungen freute er sich darauf. „Erst einmal. Aber wenn wir jemals ein Kind bekommen, werde ich mich um dich kümmern, während du schwanger bist. Das ist die Pflicht eines Drachenmanns. Ich hoffe, du verstehst das."

Holly sah ihm in die Augen. Als sie endlich sprach, war ihre Stimme leise. „Sollte es jemals dazu kommen, werden wir die Idee noch einmal überdenken."

Er nahm ihr Gesicht in die Hände und streichelte ihre Wangen. „Selbst wenn wir nur zehn Katzen und einen Hamster haben, werde ich glücklich sein. Denn, Holly Anderson, alles, was ich brauche, bist du."

Ihre Augen glänzten vor Tränen. „Fraser."

Er gab ihr einen sanften Kuss und fügte hinzu: „Aber ich ziehe bei zehn Katzen die Grenze. Wenn du versuchst, Nummer elf nach Hause zu bringen, schlafe ich allein im Wald. Die kleinen Biester neigen dazu, mir zu folgen, und das Letzte, was ich brauche, sind all die pelzigen Körper, die versuchen, sich zwischen mich und meine Gefährtin ins Bett zu drängen."

Verschlagenheit tanzte in Hollys Augen. „Nun, da du mir das gesagt hast, habe ich einige Pläne zu machen. Vielleicht helfen mir dein Bruder und deine Schwester dabei, sie umzusetzen."

Er seufzte. „Verdammt fantastisch."

Holly lachte, und der Klang schickte einen Rausch des Glücks durch seinen Körper. Er konnte sie den ganzen Tag lachen hören, und es würde nie genug sein.

Sie kuschelte sich an seine Brust. „Nun zu diesem Essen …"

„Oh, aye? Jetzt willst du, dass ich dich verwöhne?" Sie schlug ihm auf den Po, und Fraser lachte. „Ich kann nichts Besonderes versprechen, aber selbst ich kann Eier und Speck braten."

Sie kuschelte sich an seine Haut und murmelte: „Wird schon gut sein, Fraser. Wird schon gut sein."

Er zog Holly fest an seinen Körper, schloss die Augen und wollte diesen Moment nie vergessen. Er war zuversichtlich, dass am nächsten Tag alles gut laufen würde, aber es bestand immer noch die Möglichkeit, dass ihr Vater ihn nicht akzeptieren würde. Immerhin hatte Fraser Hollys Leben schon mehrmals in Gefahr gebracht.

Fraser würde bis dahin jede Sekunde schätzen. Es war ein seltenes Geschenk, seine Gefährtin zu finden und sich ihre Liebe zu verdienen. Er wollte nichts tun, um das jemals wieder zu versauen.

Kapitel Zwanzig

A m nächsten Tag hielt Holly etwa sechs Meter von Lorna MacKenzies Cottage entfernt an und drückte Frasers Hand in ihre.

Was in dem Cottage passierte, würde ihre Zukunft bestimmen. So sehr sie Fraser liebte, sie wäre nicht diejenige, die in seiner Familie Streit stiftete. Fergus hatte vielleicht am Telefon gesagt, er wolle, dass sie nach Lochguard zurückkam, aber das war während der Hitze der Drachenbelagerung gewesen.

Sie hoffte nur, dass es auch in der Gegenwart der Wahrheit entsprach. Der Gedanke, Fraser nie wiederzusehen, geschweige denn zu necken, war in der Tat eine düstere Zukunftsvorstellung.

Aber wenn es bedeutete, dass Fraser das Verhältnis zu seiner Familie reparieren könnte, würde sie es tun. Für ihn.

Fraser ließ ihre Hand los und drückte sie an seine Seite. Als sie gegen seine Hitze schmolz, flüsterte er: „Du wirst mir nicht glauben, egal, wie oft ich dir sage, dass alles gut wird. Und hier bist du und zögerst die Dinge hinaus. Wenn es einen Weg gibt, meine Mom zu verärgern, dann, indem man zu spät kommt."

Sie sah ihn stirnrunzelnd an. „Das ist nicht sehr hilfreich, Fraser."

„Hey, es ist die Wahrheit." Er drückte sie wieder. „Wenn ich meine Familie überhaupt kenne, und das tue ich, dann werden sie dich nicht hassen, Honey. Vielmehr werden sie versuchen, dich in den Wahnsinn miteinzubeziehen. Insbesondere Faye hat ihr ganzes Leben lang nach einem Verbündeten gegen mich und Fergus gesucht."

„Ich mache mir nicht um Faye Sorgen."

Bevor Fraser antworten konnte, öffnete sich die Tür und enthüllte die große, rothaarige Gestalt von Fergus MacKenzie.

Holly hielt den Atem an und wartete darauf, dass der Hass oder schlimmer noch, Gleichgültigkeit in den Augen des Drachenmanns aufblitzte. Aber Fergus rief nur: „Oi, beeilt euch, ihr beide! Faye und Arabella kommen um vor Hunger, und ihr Jammern macht mich wahnsinnig."

Sie stieß den Atem aus, als Fraser antwortete: „Vielleicht sollten wir doch noch etwas hier draußen bleiben, Fergus. Dann kannst du noch ein bisschen länger im Mittelpunkt ihrer Wut stehen."

Fergus schüttelte den Kopf. „Und wenn ich dich selbst in dieses Haus tragen muss, werde ich es tun, Bruder." Fergus grinste dann Holly an. „Und dann komme ich für dich zurück."

Fraser knurrte. „Du wirst sie nicht anrühren, Fergus. Holly ist meine Frau."

Fergus hob die Brauen. „Sie wird bald meine Schwägerin, und wenn du glaubst, dass ich das Mädel nie umarmen oder in die Seite knuffen werde, dann kennst du mich nicht sehr gut, und unsere Familie schon gar nicht."

Frasers Griff festigte sich um Hollys Taille. „Dann berühre einfach nicht ihre Haut. Ich werde eine Handschuh-und-Pullover-Regel einführen. Wenn du beides trägst und ihre Wange nicht berührst, erlaube ich dir, Holly zu umarmen."

Holly wollte gerade schon protestieren, dass Fraser ihr gar nichts zu erlauben hatte, aber Fergus stand im Handumdrehen vor ihnen. Bevor sie ein Wort sagen konnte, knurrte Fergus: „Versuchst du, mich herumzukommandieren?"

Fraser beugte sich weiter zu seinem Zwillingsbruder vor. „Aye, tue ich."

Etwas funkelte in Fergus' Augen. Dann grinste er langsam und streckte einen Finger aus, um Holly in die Wange zu piksen. Fraser brüllte, während er seinen Griff an Holly losließ und seinen Bruder zu Boden warf.

Holly seufzte, als die beiden Brüder im Gras kämpften. Sie musste herausfinden, wie sie die beiden auseinanderreißen konnte. Wenn man bedachte, dass beide mindestens 200 Pfund Muskeln pro Person auf die Waage brachten, dann würde das eine große Leistung sein.

Holly war so abgelenkt von Fraser und Fergus, dass sie nicht bemerkte, wie Lorna MacKenzie neben ihr auftauchte. Holly zuckte zusammen, als die Drachenfrau murmelte, „Diese Idioten."

Holly blickte hinüber und sah, dass Lorna einen Holzlöffel trug. „Sie streiten sich meinetwegen."

Lorna schüttelte den Kopf. „Schwachsinn. Sie haben fast jeden Tag ihres Lebens etwas zum Raufen gefunden. Erst wenn sie nicht aufeinander herumhacken, mache ich mir Sorgen."

Holly blinzelte. „Das ist normal?"

Lorna grinste. „Aye, das ist es. Möchtest du jetzt die Flucht ergreifen?"

Holly straffte die Schultern. „Natürlich nicht."

Lorna streckte ihre freie Hand aus und tätschelte ihre Wange. „Du wirst das schon machen, Holly." Lorna blickte auf die Männer zurück. „Überlass das mir."

Im nächsten Moment schlug Lorna den nächsten männlichen Po mit ihrem Holzlöffel. Einer der Zwillinge schrie. Erst als er schrie, erkannte Holly Frasers Stimme. „Mom, hör auf. Wir sind keine Kinder mehr."

Lorna winkte mit ihrem Löffel. „Ihr hättet mich täuschen können." Sie sah zu Fergus. „Von dir bin ich besonders enttäuscht, Fergus Roger. Du weißt, was im Cottage wartet."

Holly wagte zu fragen: „Was wartet denn im Cottage?"

Lorna sah sie mit Vergnügen in den Augen an. „Du wirst wohl reinkommen und es dir ansehen müssen, Kind."

Holly bemerkte keine Sorgen oder Nervosität in Lornas Stimme oder Augen. Sie hoffte nur, dass es eine gute Überraschung wäre; Holly hatte in letzter Zeit viel zu viele der anderen Art gehabt.

Die Zwillinge standen auf und klopften sich den Dreck und das Gras von den Sachen. Fergus war der Erste, der sich äußerte. „Aye, nun, sollen wir dann reingehen? Ich denke, Fraser hat seine Lektion gelernt."

Fraser schubste Fergus. „Ist wohl eher so, dass du deine gelernt hast."

Holly seufzte wieder. Sie begann, Lorna MacKenzie in einem ganz neuen Licht zu sehen; die Drachenfrau war eine Heilige, weil sie die drei MacKenzie-Geschwister großgezogen hatte.

Gerade, als sie in Richtung Cottage gingen, schlug die Haustür auf. Es war Faye MacKenzie.

Faye sah finster drein und klatschte in die Hände. „Seid ihr zwei Clowns endlich fertig? Ich komme um vor Hunger. Je eher ihr eure Ärsche hier reinbekommt, desto eher kann ich essen."

Fraser runzelte die Stirn. „Danke für die Begrüßung, Schwester."

Faye zuckte mit den Schultern. „Grüße ich dich je, wenn ich Hunger habe? Ist ja nicht so, als würde ich jetzt damit anfangen." Faye drehte sich um. „Jetzt kommt weiter, bevor ich Finn rausschicke. Er bringt euch so schnell wie möglich herein, vor allem, weil Arabella sich nicht gut fühlt."

Hollys Neugier war geweckt. „Was ist los mit ihr? Vielleicht kann ich ja helfen?"

Lorna mischte sich ein. „Ich bezweifle, dass du das kannst, Mädel. Arabella bekommt Drillinge und steht immer noch unter Schock."

Fraser runzelte die Stirn. „Wann zum Teufel haben sie das erfahren?"

Lorna antwortete: „Gestern Abend. Ich würde also empfehlen, dass wir alle so schnell wie möglich reingehen. Finn und Ara sind gekommen, um dich und Holly zu unterstützen, aber Arabella fühlt sich nicht so gesellig."

Holly trat an Frasers Seite. Nachdem sie seine Hand genommen hatte, zog sie. „Komm. Ich will sehen, ob ich ihr irgendwie helfen kann. Werdende Mütter, die feststellen, dass sie mehrere Geburten haben, müssen genau beobachtet werden. So sehr ich es auch hasse, das zu sagen, aber sie geraten oft in Depressionen."

Lorna meldete sich. „Ich hatte gehofft, du könntest ihr helfen. Aber sag ihr nicht, dass du von den Drillingen weißt. Das würde die Überraschung ruinieren, die wir für dich haben."

Holly sah Lorna misstrauisch an. „Okay. Aber darf ich wenigstens erst Fraser meinem Vater vorstellen?"

Lorna nickte. „Aye, aber beeilen wir uns."

Als Lorna sie alle hineintrieb, drückte Fraser ihre Hand. Seine Berührung half ihr, sich zu erden.

Es gab vielleicht keine abtrünnigen Drachen, die sie vom Himmel warfen oder in einem Krankenhaus als Geisel hielten, aber es sah so aus, als ob es nie einen langweiligen Moment in Lochguard geben würde.

ALS FRASER DEN FLUR ENTLANGGING, mit der Hand seiner Gefährtin in seiner und seinem Bruder direkt hinter sich, löste sich seine Anspannung. Mit seiner Familie schien alles gut zu laufen.

Sein Drache meldete sich zu Wort. *Natürlich tut es das. Du und Holly macht euch zu viele Sorgen.*

Nicht alles ist so einfach, wie du denkst.

Holly ist unsere Gefährtin, was sie zu einer MacKenzie macht. Du liebst sie, also werden die anderen es auch. Es ist nicht kompliziert.

Fraser wollte seufzen, wusste aber, dass Holly und seine Mutter sich Sorgen machen würden. Stattdessen sah er zu Fergus und flüsterte: „Was ist das für eine Überraschung?"

Fergus schüttelte den Kopf. „Tausend Pferde könnten das nicht aus mir herausholen."

„Ich dachte, wir hätten keine Geheimnisse vor dem anderen."

„Das ist etwas anderes – es ist eine Überraschung." Fergus tat so, als würde er seine Lippen verschließen und den Schlüssel wegwerfen.

Im nächsten Moment betraten sie das Esszimmer, und Fraser blinzelte.

Der Tisch war nicht nur mit Tischdecken, Kerzen und schickem Porzellan dekoriert, ein riesiger Kuchen stand auf einem Tisch an der Seite neben einer großen schwarzen Box. Es hingen auch ein paar silberne Stoffstreifen von der Decke, die mit einer Kordel um die Mitte geschnürt waren. Mistelzweige, die von jeder Schnur drapiert waren.

Der Raum war für eine Paarungszeremonie dekoriert.

Fraser sah Finn in die Augen. Trotz der Ringe unter den Augen seines Cousins waren sie auch voller Humor und Glück. Finn wedelte mit einer Hand. „Überraschung!"

Holly runzelte die Stirn. „Was ist los?"

Ross Anderson ging zu Holly. Nachdem er seine Tochter auf die Wange geküsst hatte, murmelte er: „Sie scheinen zu glauben, dass du heute deinen Drachenwandler heiraten wirst."

Holly sah zu Fraser. „Wusstest du davon?"

Fraser schüttelte den Kopf. „Ich schwöre, ich hatte keine Ahnung. Aber ich denke, das bedeutet, dass ich eine Antwort brauche."

Faye knurrte: „Nun, sie sollte besser eine geben, denn wenn es heute keine Paarungszeremonie geben wird, werde ich anfangen zu essen."

Fraser ignorierte seine Schwester und hielt seine Aufmerksamkeit auf Holly. „Was sagst du, Honey? Wenn sich meine Familie schon die Mühe gemacht hat, eine Überraschungspaarungszeremonie für uns zu organisieren, dann kann man wohl mit Sicherheit sagen, dass sie dich als Teil der Familie wollen."

Lorna meldete sich: „Warum sollten wir das denn nicht? So bekomme ich dich doch aus dem Haus."

Alle lachten. Selbst Arabella lächelte.

Fraser streichelte Hollys Wange. „Wirst du zustimmen, Mädel? Bitte?"

Holly öffnete den Mund, dann schloss sie ihn wieder. Frasers Drache knurrte, aber er schaffte es, sein Tier in Schach zu halten.

Seine Menschenfrau blickte von ihm weg zu ihrem Vater. „Dann sollte ich dir wohl meinen zukünftigen Drachen vorstellen. Dad, das ist Fraser MacKenzie. Fraser, das ist mein Dad, Ross Anderson."

Ross streckte eine Hand aus, und Fraser schüttelte sie. Er sah Ross in die Augen. „Schön, Sie kennenzulernen, Sir."

Ross wedelte mit einer Hand. „Nenn mich Ross. Wenn ich jemals zum Ritter geschlagen werde, dann kannst du mich Sir Ross nennen. Nicht vorher."

Holly versetzte ihrem Dad einen Klaps auf den Arm. „Dad, nicht jetzt."

Fraser grinste. „Ich glaube, du passt hier gut rein, Ross. In der Tat sehr gut."

Ross zwinkerte. „Das denke ich auch. Aber ich glaube, meine Tochter hat lange genug gewartet, um den Jungen ihres Herzens zu heiraten. Pass gut auf sie auf, mein Sohn."

Fraser straffte die Schultern. „Aye, das werde ich."

Holly hob eine Braue. „Seid ihr beide endlich fertig? Ich will Fraser jetzt meine Antwort geben."

Ross küsste seine Tochter erneut auf die Wange und setzte sich dann hin. Sobald er es tat, sah Holly zu ihm zurück. „Ja, Fraser, ich werde deine Gefährtin sein."

Fergus pfiff, während Lorna rief: „Gott sei Dank!"

Fraser ignorierte all das, um seine Hände an Hollys Taille zu legen. „Normalerweise würde ich dir einen silbernen Armreif anbieten, in den mein Name in der alten Drachensprache Mersae eingraviert ist. Aber wir werden die Armreifen später austauschen müssen."

Holly nickte, aber Fergus schnippte mit den Fingern. „Moment mal."

Fraser sah seinen Zwillingsbruder finster an, der die große schwarze Kiste nahm. „Kannst du nicht zwei verdammte Minuten warten, Fergus?"

Fergus kam mit einem Funkeln in den Augen angerannt. „Nein, kann ich nicht." Er öffnete die Schachtel, um zwei traditionelle Paarungsarmreifen zu enthüllen. „Die habe ich für dich machen lassen, Bruder. Nur für den Fall."

Fraser berührte den kleineren, in den sein Name eingraviert war. „Du hast das gemacht?"

Fergus nickte. „Aye. Ich wollte nicht, dass Zweifel an meiner Unterstützung für eure Paarung bestehen."

Holly flüsterte: „Oh, Fergus."

Fergus richtete seinen Blick auf Holly. „Ich meinte, was ich gestern gesagt habe, ich wollte, dass du gesund und munter nach Hause kommst. Ich kann sehen, wie glücklich du meinen Bruder machst, und das macht mich glücklich. Kümmere dich einfach um ihn, aye?"

Holly nickte. „Natürlich."

Fergus zwinkerte Holly zu, bevor er Fraser die Kiste übergab. Nur dieses eine Mal würde er das Zwinkern durchgehen lassen.

Frasers Drache knurrte. *Solange er unserer Frau nicht wieder zuzwinkert.*

Nächstes Mal lasse ich dich raus, und du kannst es ihm sagen.

Zufrieden gab sein Tier Ruhe. Das war Frasers Stichwort, den kleineren silbernen Armreif aus der Schachtel zu nehmen und ihn vor sich zu halten. „Mit diesem Armreif nehme ich dich zu meiner Gefährtin, Holly Anderson. Mit deinem dickköpfigen, klugen Selbst an meiner Seite, kann ich mich allem und jedem stellen. Ich liebe dich, Holly. Wirst du meinen Antrag akzeptieren?"

Sie lächelte und nahm den Armreif. „Ja, das tue ich. Obwohl ich mir nicht sicher bin, ob ich ihn jetzt über meinem Pullover tragen kann."

Er beugte sich vor und flüsterte: „Versprich mir, dass du ihn später tragen wirst, wenn wir allein sind. Das ist mein Name in der alten Drachensprache, der auf der Oberfläche eingraviert ist, und ich will meinen Namen auf deinem nackten Arm sehen."

Er sah zu, wie sie die Symbole nachzog. „Ich sollte beleidigt sein, aber ich nehme an, dass der andere Armreif meinen Namen trägt, oder?" Fraser nickte. „Dann will ich auch meinen Namen auf deinem Arm sehen."

„Gut." Er küsste sie vorsichtig. „Aber zuerst musst du mich vor meiner Familie beanspruchen, um die Paarungszeremonie abzuschließen."

Holly nahm den größeren silbernen Armreif aus der Schachtel und sah ihm wieder in die Augen. „Mit diesem Armreif nehme ich dich zu meinem Gefährten, Fraser Moore MacKenzie. Ja, du bist attraktiv, aber ich liebe dich für deinen Humor, deine Hingabe an die, die du liebst, und deine Sturheit. Mit dir wird das Leben nie langweilig, und ich freue mich auf die Abenteuer, die vielleicht vor uns liegen."

Er hob eine Braue. „Gibt es sonst noch etwas, das du gern hinzufügen würdest? Vielleicht über die Liebe?"

Holly verdrehte die Augen. „Natürlich liebe ich dich, du verdammter Mann. Obwohl ich mich manchmal frage, warum."

Fraser warf die Schachtel beiseite und riss Holly den Armreif aus den Fingern, bevor er sie an sich zog. „Frag mich einfach, ob ich deinen Anspruch akzeptiere, dann kann ich dich richtig küssen."

Holly neigte den Kopf. „Ich bin mir nicht sicher, ob ich will, dass mein Vater das sieht."

Fraser knurrte. „Holly."

Sie lachte. „Okay, okay. Fraser MacKenzie, wirst du meinen Anspruch akzeptieren?"

Nachdem er „Ja" gesagt hatte, senkte er sich auf Hollys Lippen. Während er seine Frau an sich hielt, jubelte und klatschte seine Familie. Was als Katastrophe begonnen hatte, war nicht nur für Fraser, sondern auch für Holly und ihren Vater ein Happy End geworden.

Der Drachenwächter

LOCHGUARD HIGHLAND DRACHEN NR. 2

Gina MacDonald ist vielleicht schwanger und auf der Flucht, aber sie würde alles tun, um ihr ungeborenes Kind zu schützen – sogar sich mit einem Drachenwandler anlegen. Während sie sich in der Wildnis der schottischen Highlands versteckt, bemerkt sie bald den schwarzen Drachen, der hoch oben auf den nahegelegenen Hügeln thront. Sie überlegt, ob er mit ihrer Vergangenheit zu tun hat oder nicht, aber dann wird sie von Schmerz überwältigt, und der Drache stürzt schließlich herab, um zu helfen. Trotz ihrer Entschlossenheit, sich von allen Drachenwandlermännern fernzuhalten, hilft seine Berührung nicht nur, ihre Spannung zu lösen, sondern sie setzt auch ihre Haut in Brand.

Fergus MacKenzie schützt seinen Clan, indem er Informationen sammelt und alle vor Bedrohungen warnt. Als eine rothaarige Amerikanerin aus heiterem Himmel an einem nahegelegenen See auftaucht, beobachtet er sie, um mehr herauszufinden. Aber als er sieht, wie sie sich vor Schmerzen krümmt, fliegt er hinunter, um ihr zu helfen. Danach sollte er gehen. Aber er kann nicht aufhören, an ihre grünen Augen und ihre süchtig machende Berührung zu denken. Sowohl Mensch als auch Tier wollen sie mehr als alles andere in ihrem Leben.

Als Fergus mehr über Ginas Vergangenheit erfährt, weiß er, dass sie seinem Clan Gefahr bringen wird. Werden Gina und Fergus, hin- und hergerissen zwischen dem Wunsch, seine Familie zu schützen und seinem Herzen zu folgen, ein Happy End finden? Oder wird die Gefahr Fergus zwingen, zwischen Liebe und Clan zu wählen?

Bücher von Jessie Donovan

Die Stonefire-Drachen

Dem Drachen geopfert

Den Drachen verführen

Die Drachen offenbaren

Den Drachen heilen

Den Drachen wiedererwecken

Vom Drachen geliebt

Dem Drachen ergeben

Vom Drachen geheilt

Dem Drachen helfen

Den Drachen finden

Vom Drachen ersehnt

Den Drachen überzeugen

Vom Drachen geschätzt

Dem Drachen Vertrauen - erscheint demnächst

Lochguard Highland Drachen

Das Dilemma des Drachen

Der Drachenwächter

Das Drachenherz

Der Drachenkrieger

Die Drachenfamilie

Die Entdeckung des Drachen

Das Streben des Drachen

Das Drachenkollektiv

Die Chance des Drachen

Die Erinnerung des Drachen - erscheint demnächst

Stonefire Drachen Universum

Skyhunter gewinnen

Snowridge Verwandeln

Die Gefährten der Tahoe-Drachen

Die Wahl des Drachen

Das Bedürfnis der Drachenfrau

Ein Drache zum ersten, zum zweiten…

Die Bürde des Drachen

Die Schwäche des Drachen

Der Fund des Drachen

Die Überraschung des Drachen - erscheint demnächst

Die Zusammenkünfte der Drachenclans

Sommer in Lochguard

Über die Autorin

Jessie Donovan hat mehr als eine halbe Million Bücher verkauft, Hunderttausende weitere kostenlos an ihre Leser*Innen verschenkt und es sogar auf die Bestsellerlisten der *NY Times* und *USA Today* geschafft. Sie ist vor allem für ihre Drachenwandler-Serie bekannt, schreibt aber auch über Elfenhexen, Vampire, Alien-Krieger und hat sogar eine verrückt-komische Liebesromanreihe aufgelegt, die in Schottland spielt. Wenn sie nicht gerade ein Buch liest, auf ihrem Laufband joggt oder mit nur wenigen Groschen in der Tasche durch ein fremdes Land reist, findet man sie oft auf Facebook oder TikTok, wo sie mit ihren Lesern interagiert. Sie lebt in der Nähe von Seattle. Dort regnet es zwar oft, doch der Regen macht auch alles grün.

Besuchen Sie ihre Website unter: www.JessieDonovan.com

www.ingramcontent.com/pod-product-compliance
Lightning Source LLC
Chambersburg PA
CBHW030811260626
47169CB00001B/275